U0456024

文坛书苑忆往录

THE REMINISCENCES OF THE LITERARY WORLD

倪斯霆·著

天津社会科学院出版社

图书在版编目（CIP）数据

文坛书苑忆往录 / 倪斯霆著. -- 天津 : 天津社会科学院出版社, 2020.3
ISBN 978-7-5563-0626-8

Ⅰ. ①文… Ⅱ. ①倪… Ⅲ. ①随笔－作品集－中国－当代 Ⅳ. ①I267.1

中国版本图书馆 CIP 数据核字(2020)第 015743 号

文坛书苑忆往录
WENTAN SHUYUAN YIWANGLU

出版发行：天津社会科学院出版社
出 版 人：张博
地　　址：天津市南开区迎水道 7 号
邮　　编：300191
电话/传真：（022）23360165（总编室）
（022）23075303（发行科）
网　　址：www.tass-tj.org.cn
印　　刷：天津海顺印业包装有限公司分公司

开　　本：787×1092　毫米　1/16
印　　张：15.75
字　　数：250 千字
版　　次：2020 年 3 月第 1 版　2020 年 3 月第 1 次印刷
定　　价：68.00 元

序

罗文华

倪斯霆先生所著《文坛书苑忆往录》，是一本具有回忆录性质的文化散文集。很多文朋书友对此书早有耳闻，期待已久，于今即将由天津社会科学院出版社出版，真是一件令人欢喜的事情。斯霆兄命我作序，并且公开放言说作此序者非我莫属，让我诚惶诚恐。但是转念一想，关于此书的内容，除了作者本人外，最熟悉的大概确实就是我了，所以既然难以推辞，也就勉力为之了。

先说一说我熟悉的这份报纸。《天津书讯》是在改革开放、文化复兴的形势下，天津图书出版发行系统于20世纪80年代初期创办的一份小报。与我供职的《天津日报》相比，它是一份名副其实的小报。《天津书讯》的版面主要宣传津版重点书，初为四开四版月报，旋改为四开八版半月报，面向全国公开发行。因我爱买书，又是文化记者兼编辑，加之我爱人在书店工作，所以经常能够见到这份小报。这份小报一般放在书店靠近门口的柜台上，方便读者翻阅、购买。1987年我北大毕业被分配到《天津日报》工作后不久，《天津书讯》的编辑和记者倪斯霆兄即开始与我书信往还，我便更加留意阅读《天津书讯》。我发现，这份小报的副刊版面在斯霆兄的精心耕耘下办得很有文化品味，不仅常有著名学者、作家评论新书，而且设置了一些活泼有趣的书话专栏。于是我真心喜欢上了这份小报，甚至对书友们说它堪称“中国北方的《文汇读书周报》”。那时北京的《中华读书报》、石家庄的《藏书报》等尚未创刊，我的评价并不夸张。同时，承蒙斯霆兄赏识，我也开始为《天津书讯》撰稿，并且成为其中的骨干作者。迄今三十来年过去了，当年作者中的老先生、老太太们绝大多数已经作古，当年应斯霆兄之邀开设过专栏的青年作者闻树国兄、杨栋兄也先后英年早逝，而这本《文坛书苑忆往录》正是叙写关于《天津书讯》的人和事，所以我有幸被斯霆兄认为是对此书最有话语权的人。

再说一说我熟悉的这些作者。《天津书讯》办刊15年,曾经邀约众多名家撰稿,而我在《天津日报》长期编辑文艺副刊,这些名家恰好也都是本报副刊的作者。如斯霆兄在《文坛书苑忆往录》中写道的《天津书讯》的作者丁玲、曹禺、臧克家、严文井、韦君宜、端木蕻良、吴祖光、梁斌、孙犁、方纪、李霁野、袁静、鲁藜、胡絜青、王蒙、邵燕祥、邓友梅、新凤霞、骆玉笙、吴作人、浩然、冯骥才、刘心武、蒋子龙、范曾、叶永烈、谌容、王学仲、航鹰、吴若增、韩映山、张孟良、柳萌、石英、聪聪等,也都曾在《天津日报》文艺副刊发表过作品,其中大多数作者与我十分熟悉,可谓忘年交。我想这也是斯霆兄盛情邀我为《文坛书苑忆往录》作序的专业性考虑吧。在此我要特别说一句,斯霆兄作为"小报编辑",能够约来众多名家的文稿,实在比我们要艰难得多。书中多有这方面的描写,足见斯霆兄待人之诚恳,亦见其做事之巧慧。

最后说一说我熟悉的这些文章。《文坛书苑忆往录》这本书,主要由斯霆兄近几年发表的数十篇具有回忆录性质的文化散文结集而成,而其中很多文章都是经我手在《天津日报》副刊首发的,这自然又成为斯霆兄命我作序的一个重要理由。收在书中的很多文章,如《难忘王愿坚的"军礼"》《未收入孙犁任何文集的"新春寄语"》《方纪的〈来访者〉当年为何引"争议"》《听严文井讲文坛"故事"》《王子野评说80年代初的出版业》《柳萌"忘不掉"50年代初的津门"书香"》等。斯霆兄站在中国文学史、文化史的高度,运用自己研究报刊史的经验优势,钩沉发微,娓娓道来,叙事严整,写人鲜活,都曾经给我留下深刻的印象。最让我感动的文字,是作者在全书开篇的一段抒情:"当年刚走出校门的我,不但阴差阳错间参与了这张传导'文坛春光'小报的创办,而且在此后的十余年,一直担任该报的记者与编辑。直至1996年春天,我被上级机关调到出版局出版研究室,做《天津出版史料》和《天津出版志》的写作与编辑工作,方才告别了服务14年的这张小报。至此,我结束了14年让我终生难忘的美好时光——因为我的青春年华整个献给了这张始终'名不见经传'但却留有'文坛春光'的小报。如今想来,这14年的时光,正是国家春回地暖、文坛万物争荣及个人'激情燃烧的岁月',它让我温馨,也使我亢奋,当然更令我难忘与怀念,这也正是促使我今日今夜追忆前贤写作此书之动因。"

就在近日,我和斯霆兄都收到了中华全国新闻工作者协会颁发的"从事新闻工作30年荣誉证书”。获得这一用自己青春与汗水换来的值得珍视的荣誉,我和斯霆兄还互相祝贺了一下。其实斯霆兄这本记述了大量文坛往事和出版珍闻、凝聚了自己编辑职业思考的《文坛书苑忆往录》,也可视为对这一荣誉的翔实的文字注脚吧!

2019年12月2日于天津镇东晴旭看七十二沽往来帆影轩增1号

目录

一份记录“文坛春光”的读书小报

20世纪80年代初，文学艺术界破冰解冻，书刊出版业复苏返青。虽然春寒阵阵，但全国文坛书林万象更新的春天确实已然到来。以天津为例，那时文坛上，饱经磨难的老作家孙犁、梁斌、方纪、李霁野、鲁藜、王林、雪克、杨润身、袁静、柳溪、王昌定、鲍昌等纷纷复出；意气风发的新锐作家蒋子龙、冯骥才、航鹰、吴若增等，竞相亮相。而在出版业，除此前十余年仍保留建制的天津人民出版社、天津人民美术出版社外，百花文艺出版社、天津科学技术出版社、新蕾出版社、天津杨柳青画社也于1979年或复社或新建。品种繁多异彩纷呈的津版图书因质高量大，更是受到时人热捧。

形势喜人也逼人，在当年已呈现出一派春意盎然的全国文坛书林，尽管名家经典相继再版，新人新作层出不穷，但问题也随之而来，那就是在信息

1983年秋，梁斌在家中接受本书作者采访

王学浩摄

1984年初秋，方纪在家中接受本书作者访谈

姜德君摄

渠道并不发达的年代，如何让渴求知识的广大读者能及时了解出版信息，快速便捷地买到自己喜爱的图书。面对窘境，北京、上海、广东、浙江、辽宁等地的出版部门，率先办起了以介绍本版新书信息、推荐本版佳构为宗旨的“书讯”类小报，或公开出版或内部发行。

受此启发，1979 年 7 月 1 日挂牌并正式对外办公的天津市出版局，也准备创办一张以宣传本版书为宗旨的报纸。因为天津在当时已有六家出版社的基础上，已正式定于 1983 年再创办天津古籍出版社、天津教育出版社及南开大学出版社，而天津大学出版社、天津科技翻译出版公司、天津社会科学院出版社的创办，也已被提上工作日程。如何将已出现和即将出现的十余家出版社的庞大出版物推向市场，并宣传津版重点书，已成为刚刚组建的天津市出版局的当务之急。而在当时，办一张“书讯”类报纸，已被全国图书市场证明是最行之有效的办法。对此，出版局领导非常重视，局长孙五川亲自指定出版处干部王树人主抓此事。

王树人本身就是天津知名文学评论家，此前一直在从事当代文艺理论的研究与写作，因此他接到任务后热情极高，很快便将当时天津已有六家出版社的领导召集起来，研究落实。最终决定，成立由王树人任主任的编委会，六家出版社各派总编室负责人担任编委，并承担本社稿件的组织工作。编委会下设编辑部，负责具体稿件的编排和社外其他稿件的采编，同时也承担报纸的出版、发行业务。值得一提的是，王树人在此任上尽职尽责，事事亲为，这也为他几年后参与创办《今晚报》并出任副刊部副主任打下了基础。

1985 年《天津书讯》报部分编辑合影。右二为总编辑刘云和，右三为本书作者

姜德君摄

1982 年 11 月 15 日，经过一年多筹备，最终定名为《天津书讯》的报纸悄然面世。初为四开四版月报，旋改为四开八版半月报，全国公开发行。当年刚走出校门的我，不但阴差阳错间参与了这张传导“文坛春光”小

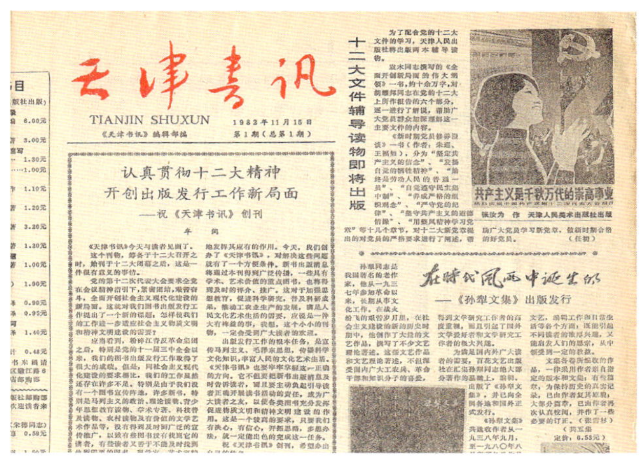

天津书讯

TIANJIN SHUXUN

《天津书讯》编辑部编

1982年11月15日

第1期（总第1期）

认真贯彻十二大精神 开创出版发行工作新局面

——祝《天津书讯》创刊

牟 闵

《天津书讯》今天与读者见面了。这个刊物，筹备于十二大召开之时，始刊于十二大闭幕之后，这是一件很有意义的事情。

党的第十二次代表大会要求全党在会议精神指引下，紧密团结，艰苦奋斗，全面开创社会主义现代化建设的新局面。这就对我们图书出版发行工作提出了一个新的课题，怎样使我们的工作进一步适应社会主义物质文明和精神文明建设的需要？

应当看到，粉碎江青反革命集团之后，特别是党的十一届三中全会以来，我们的图书出版发行工作取得了很大的成绩。但是，同社会主义现代化建设的要求相比，我们的工作显然还存在许多不足。特别是由于我们没有一个图书宣传阵地，许多新书，特别是马列主义的政治、理论读物、青少年思想教育读物、学术专著、科技普及读物、农村读物及有价值的文学艺术作品等，没有得到及时而广泛的宣传推广，以致有些图书没有找到它的读者，有些读者又苦于不能及时找到……

……地发挥其应有的作用。今天，我们创办了《天津书讯》，对解决这些问题就有了一个方便条件。新书出版消息将通过本刊得到广泛传播，一些具有学术、艺术价值的重点图书，也将得到及时的评介、推广。这对于加强思想教育，促进科学研究，普及科研成果，推动工农业生产的发展，满足人民文化艺术生活的需要，应说是一件大有裨益的事。我想，这个小小的刊物，一定会受到广大读者的欢迎。

出版发行工作的根本任务，是宣传马列主义、毛泽东思想，传播科学文化知识，丰富人民的文化艺术生活。《天津书讯》也要牢牢掌握这一正确的方向。它不但要把新书出版消息及时告诉读者，而且要主动负起引导读者正确开展读书活动的责任，成为广大读者之友，以使各类图书充分发挥促进物质文明和精神文明建设的作用。这是一个较高的要求，只要我们有决心，有信心，开拓思路，多想办法，就一定能出色的完成这一任务。

祝《天津书讯》创刊，希望办出……

十二大文件辅导读物即将出版

为了配合党的十二大文件的学习，天津人民出版社将出版两本辅导读物。

宣木同志撰写的《全面开创新局面的伟大纲领》一书，约十余万字，对胡耀邦同志在党的十二大上所作报告的六个部分，逐一进行了解说，帮助广大党员群众加深理解这一主要文件的内容。

《新时期党员修养漫谈》一书（作者：朱通、王福如），分为“坚定共产主义的信念”、“发扬自觉的牺牲精神”、“始终是劳动人民的普通一员”、“自觉遵守民主集中制”、“养成严格的组织观念”、“严守党的纪律”、“坚守共产主义的道德情操”、“用整风精神学习党章”等十九个章节，对十二大新党章提出的对党员的严格要求进行了阐述，帮助广大党员学习新党章，做新时期合格的好党员。（任初）

共产主义是千秋万代的崇高事业

张汝为 作 天津人民美术出版社出版

在时代风雨中诞生的

——《孙犁文集》出版发行

孙犁同志是我国著名的老作家，他从一九三七年参加革命以来，长期从事文化工作。在战火纷飞的艰苦岁月里，在社会主义建设的新的历史时期中，他创作了大量的文艺作品，撰写了不少文艺理论著述。这些文艺作品和文艺理论著述，不但深受国内广大工农兵、革命干部和知识分子的喜爱，得到文学研究工作者的高度重视，而且引起了国外文学爱好者和文学研究工作者的极大兴趣。

为满足国内外广大读者的需要，百花文艺出版社在汇集孙犁同志绝大部分著作的基础上，编辑、出版了《孙犁文集》，并已向全国各地和国外正式发行。

《孙犁文集》共选收作者从一九三八年九月，至一九八〇年八……

……文艺、编辑工作和日常生活等各个方面，既能引起不同读者的浓厚兴趣，又能启发人们的思索，从中领受到一定的教益。

文集各卷所编收的作品，一律采用作者亲自指定的版本和文具；有些篇章，为保持历史的真实记录，已由作者复其原貌，大部分篇章，已由作者再次认真校阅，并作了一些必要的订正。（张雪杉）

（共五集 定价：6.53元）

1982 年 11 月 15 日《天津书讯》报创刊，此为创刊号

报的创办，而且在此后的十余年，一直担任该报的记者与编辑。直至 1996 年春天，我被上级机关调到出版局出版研究室，做《天津出版史料》和《天津出版志》的写作与编辑工作，方才告别了服务 14 年的这张小报。至此，我结束了 14 年让我终生难忘的美好时光——因为我的青春年华整个献给了这张始终“名不见经传”但却留有“文坛春光”的小报。如今想来，这 14 年的时光，正是国家春回地暖、文坛万物争荣及个人“激情燃烧的岁月”，它让我温馨，也使我亢奋，当然更令我难忘与怀念，这也正是促使我今日今夜追忆前贤写作此书之动因。

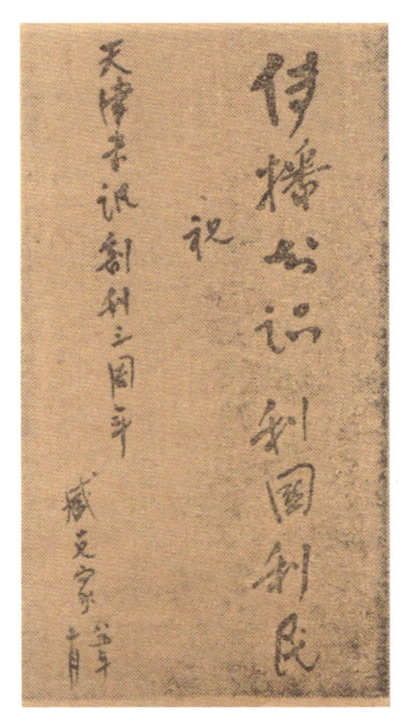

1985 年 11 月 15 日《天津书讯》报刊出的著名诗人臧克家题字

记得报纸创刊号推出前后没做任何宣传，只是请当时主管新闻出版的天津市委宣传部副部长牟闵撰写了发刊词，报头也仅是从公开出版的鲁迅手迹中的集字。但出乎意料的是，报纸发行两期后，迅速在文坛及各地读者中引发反响，编辑部收到了众多来信。其中最大的呼声便是希望多登些劫后余生老作家、老学者们的近况，以及他们新作出版的信息，因为那是一个崇尚偶像心有理想的年代。

1982 年冬，作家冯骥才在天津长沙路思治里家中接受本书作者采访

倪斯霆摄

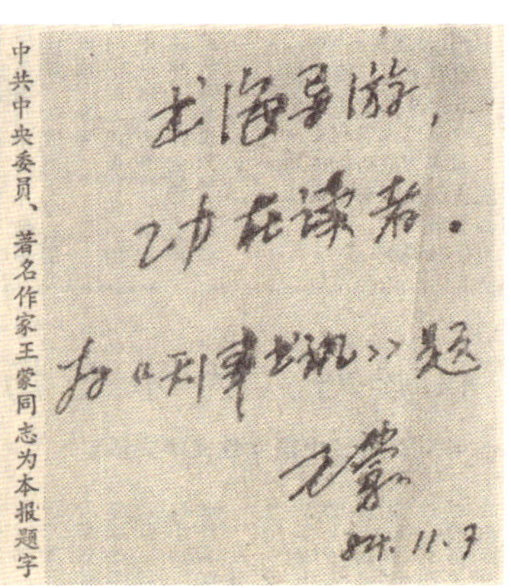

中共中央委员、著名作家王蒙同志为本报题字

书海导游，功在读者。为《天津书讯》题 王蒙 84.11.7

1984 年 11 月 15 日《天津书讯》报刊出的王蒙题字

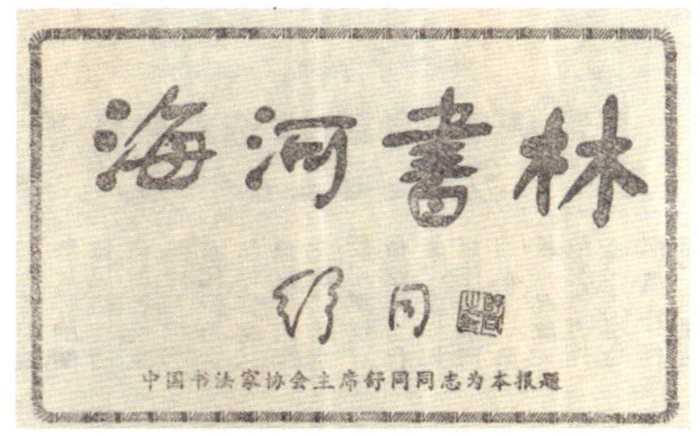

海河書林

舒同

中国书法家协会主席舒同同志为本报题

1983 年 9 月 15 日《天津书讯》报刊出时任中国书法家协会主席舒同为该报的题字

1985 年诗人艾青在接受本书作者采访后与夫人高瑛合影

倪斯霆摄

受此鼓舞，报社决定在即将到来的 1983 年前两期，先刊发部分老作家的“新春寄语”。为了尽快组到稿件，我们首先拜访了此时已在全国文坛产生影响的冯骥才先生，请他为我们联系老作家。记得在天津长沙路冯先生那顶层逼仄的旧居里，冯先生在给本市几位老作家写过信后说：“你们的眼睛应该盯向全国，既要把天津的出版信息传递出去，又要将国内文坛的情况反映出来，这样的报纸才能在全国站住脚。现在‘凌汛’已过，全国文坛春色渐浓。我刚刚从人民文学出版社改稿回来，你们应该去北京采访这个社，在那里可以真实地感受到什么叫春潮涌动。”

也许是受了冯先生的鼓动，也许是我们当时也确有这种想法，反正从冯先生家出来后，我们在拜见了一批天津老作家并拿到他们“新春寄语”的同时，果真去了北京及其他城市。

据我近日翻查旧报统计，仅在小报创办的头三年，为我们或题词或撰写稿件的全国各行业名家，就有丁玲、曹禺、臧克家、严文井、韦君宜、端木蕻良、舒同、吴祖光、梁斌、孙犁、王子野、方纪、李霁野、袁静、曹辛之、姚雪垠、鲁藜、胡絜青、陈伯吹、杨石先、顾工、苏金伞、柳溪、塞风、鲍昌、王蒙、邵燕祥、邓友梅、新凤霞、骆玉笙、吴作人、浩然、冯骥才、刘心武、蒋子龙、范曾、岳野、王树梁、程造之、叶永烈、谌容、王学仲、航鹰、吴若增、叶文玲、柯原、胡万春、韩映山、张孟良、陈靖、柳萌、流沙、刘锡诚、洪讯涛、黎辛、石英、樊发稼、詹同、葛翠琳、聪聪、张赣生、冯育楠、郭秋良、王家斌、舒济、中杰英、辛一夫、朱明瑛等。

此外，我们还拜访或采访过叶圣陶、冰心、沈从文、艾青、赵朴初、费孝通、胡昭衡、艾芜、巴波、杨振宁、王朝闻、贺敬之、柯岩、刘白羽、魏巍、谢添、王愿坚、胡征、黄悌、张贤亮、黄宗江、黄宗英、杨在葆、许还山、黄建中、刘绍棠、来新夏、韩静霆、梁凤仪、程乃珊、张洁、张抗

1985 年歌唱演员朱明瑛在北京为本书作者留通信地址

姜德君摄

1983 年作家邓友梅在北京家中接受本书作者采访

王学浩摄

1984 年 7 月 15 日作家张贤亮在北戴河《小说家》笔会上接受本书作者采访

姜德君摄

1984 年 7 月 15 日作家程乃姗在北戴河《小说家》笔会上接受本书作者采访

姜德君摄

抗、叶蔚林、肖复兴、秦文君、何申、关仁山等文化名人。

《天津书讯》当年确是张行业小报，如今图书馆与集报者也鲜有收藏，但在它存在的十五年中，能刊发以上众多名家的文章或书画作品，即使是在未经“经济效益”侵染的 20 世纪 80 年代初，亦属奇葩。因为这其中的大多数作品都是无偿的。同时，作为当时报社最年轻的记者，我不但亲身感受了当年那场波澜壮阔的思想解放运动和新启蒙浪潮，而且也有幸受命采访了这些名家中的绝大多数人。如今他们都已被载入史册，有些甚至成为相关行业的“地标”。

然而，岁月无情，近四十年光阴转瞬即逝。斗转星移间，众多大师已先后摇落。每每看到讣闻，我除了在心底里保留着一些思念一丝惆怅外，更多的是努力地追忆着当年采访与组稿时的幕幕情景，回忆着大师们当年或为我写下或对我讲述的文坛往事和出版珍闻，重温着当年那个使人充满理想让人激奋向上的书香年代。如今为保存史料计，我将印象深刻的一些史实记录下来，并加入了我的部分思考，权当是对现当代文坛及出版业的一种拾遗补阙吧。

难忘王愿坚的“军礼”

在筹备创刊《天津书讯》报时，我们有个想法，报纸出版后要每期寄赠全国作协会员。其原因有二：当时正是文学的春天，新老作家纷纷亮相，名家名作层出不穷，作为一张传递书讯的报纸，就要及时地将这些名家的动态与作品宣传出去，而这首先需要让众作家熟悉这张报，乐于为之“爆料”，此其一；其二，当年的文学爱好者甚多，他们急于和崇拜的偶像们沟通，我们的报纸欲做此间“桥梁”，满足作家与读者的互动。

为此，1982 年夏天，我曾受命多次前往北京沙滩原文化部大院(今《求是》杂志社)，去“淘换”全国作家的地址。那时的文化部大院，非常杂乱，各种文化机构都聚此办公。刚刚恢复的中国文联与中国作协，就“蜗居”在院中斜对着大门哨兵与登记室的二层简易临时建筑中。因我跑得频繁，到后来连门卫和哨兵都与我熟识了，已无须任何登记便可以随便出入这个大院。

在经过多次沟通后，虽然最终我在中国作协搞到全部通联资料，但那已到了报纸出刊前几日。此前我仅是从中国文联关登瀛先生处，拿到了几位居京中国作协会员的住址，并蒙关先生牵线，与他们电话联系确定了拜访日期。这其中，就包括著名军旅作家王愿坚。

年轻时的王愿坚

资料图片

1982 年 12 月 8 日下午，在报纸创刊号推出 23 天后，我们如约来到北京东城朝内小雅保胡同 79 号王愿坚的家中。因为事先有过约定，王老师那天穿戴着整齐的军装，热情地用茶水招待我们。没有过多的客套，快人快语的王老师便用沙哑的嗓音讲起了他的近况："我刚陪同美国《战争风云》的作者沃克从西安、上海参观回京，所以今天才约你们过来，实在抱歉。沃克对我们的抗战和打老蒋非常关注，一路上收集了不少资料。可能是因为我以前写的小说和电影都是革命战争题材，所以这次上级让我陪沃克在几个城市走走。"

因为在采访之前，我们已对王老师的经历有所了解，于是首先问起了感兴趣的话题：作为特殊年代深受观众喜欢的电影，《闪闪的红星》是如何创作的。对此王老师答道："我 1972 年夏天奉调八一电影制片厂，不久李心田的中篇小说就出版了，我们感觉这个题材在当年有特点，故事性也强，于是就和陆柱国把它改编成了电影。从小说到电影这个二度创作很难，加上当时条条框框多，剧本是在集体讨论的基础上，由我俩共同执笔完成的。如果说这部影片如今还能得到观众认可，那就是在当时我们已尽最大努力去克服'三突出'的干扰。"

随后，他便讲起了自己的创作经历："我出生于山东诸城，今年已 53 岁。小时上过几年小学，15 岁那年到解放区干校学习，转年参加了八路军，从事过编辑、记者工作。在战争年代，我看到听到了许多感人的英雄事迹，一直想把他们写出来。1952 年，我担任《解放军文艺》编辑时，参加了革命回忆录《星火燎原》的组稿和编辑工作。这期间，我曾到许多革命老区去采访，听到了众多动人的故事，这便激发了我的创作欲望，于是我的第一个短篇小说《党费》，便在《解放军文艺》1954 年第 12 期发表了。"

20 世纪 50 年代中期新华书店重点推荐王愿坚的小说《党费》

倪斯霆收藏

循此话题，我们的主编提出了一个疑问："和您同时期开始写作并经历相同的曲波、杜鹏程等作家，在当年都是以长篇起家，而您为何一直在写短篇小说？”听此提问，王老师哈哈大笑：“不止一个人问过这个问题，以前我也在文章中做过回答。”随后他便从里屋拿出一沓稿纸说：“解放军文艺出版社最近要出一本研究我小说的专集，收了一篇1959年我谈创作的文章，这是修改后的原稿，或许能回答你们的问题。”接着他一边看着稿纸一边回忆说：

在革命前輩精神光輝的照耀下

——談几个短篇小說的写作經过

王愿坚

《北京文艺》1959年第11期刊出王愿坚谈其短篇小说写作经过的文章

倪斯霆收藏

在写《党费》之前，我不知道小说该如何写，我就找些短篇小说来学习。此时凑巧一个同事调查读者意见回来说，部队有个干部对我们《解放军文艺》上的小说有三个要求：第一，要有教育意义，使人读后能学到东西；第二，要有故事性，读了之后能讲给别人听；第三，要短，最好在睡觉前几十分钟能看完一篇。这给了我很大启发。我想，我们写小说就是给战友们看的，战友们有这个要求，我们就要满足他们。而且我感觉，这三点也大致能代表大部分读者对短篇小说的要求，于是我就按这些要求写了短篇小说《党费》。让我想不到的是，《党费》发表后，竟得到了茅盾、侯金镜等人的好评，这让我欲罢不能，于是便又接连写出了《粮食的故事》《七根火柴》《妈妈》《亲人》等一系列短篇小说，而且此后我便把短篇小说作为了我的写作主项。

那时我刚出校门，对什么都好奇，听到此便不知深浅地接话说：“《亲人》我知道。我爸爸60年代在曲艺团做编导，他曾将这篇小说改编成单弦《将军认父》，是由张伯扬老先生演唱的。”

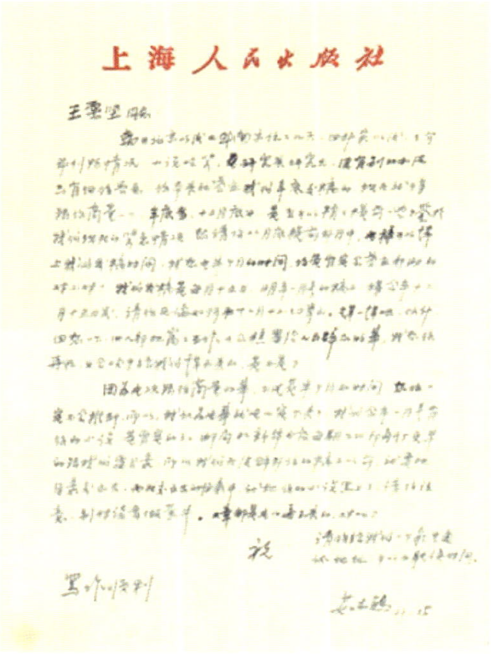

1977 年 11 月 15 日茹志鹃写给王愿坚的催稿信

资料图片

我的话音刚落，一个出乎意料的场景出现了。只见王老师立刻站了起来，迅速整理了一下军装，抬手便给我们敬了一个标准的军礼，然后他神情庄重地说："向你父亲问候！这个节目我在收音机里听过。你父亲在'文革'中一定因为我这篇小说受了牵连，电影导演郭维就因为 1962 年改编这部小说在《电影文学》上发表，结果'文革'中吃了很大的苦。这部小说在当年曾遭到'左'的思潮的批判，认为是'宣扬资产阶级人性论'，是'散发着资产阶级和平毒素'的作品，我也因此受到了审查。前年解放军文艺出版社重新出版我的小说集，我特意把《亲人》加了进去。"

面对此言此景，我们深感震撼，都为这位军旅作家的质朴和真性情所感动。

告别时，王老师对我们讲："最近写电影的工作比较多，《四渡赤水》已经开拍，目前正考虑一部新剧本，也是革命战争题材。目前我是写着电影，带着短篇，尝试着中篇，准备着长篇。过一段有空闲我会给你们写点东西，对天津我有感情，'百花'约过我的书稿，'新蕾'社《作家童年》发过我的回忆。今年七八月份周骥良约我去天津作报告，我因时间错不开没去，看看明年是否有机会。"

可能是由于他太忙，回到天津后，我们一直没有接到他的来稿。1984 年 3 月 14 日，我去北京组稿时，曾再次去过他家，可惜他不在。一位王姓女医生(不知是女儿还是儿媳)告诉我一个电话，是八一电影制片厂文学部主任办公室的，可惜也没打通。当时我想，以后还有机会见面约稿，再说吧。岂料 1991 年初，我得到消息，他因病去世了，享年 62 岁。

未收入孙犁任何文集的"新春寄语"

1982 年 11 月底,《天津书讯》报在推出创刊号不久,为了满足读者对老作家的关注,同时也为了弥补创刊号缺乏"仪式感"的遗憾,决定从来年第一期起,连续刊登两期有影响的新老作家的"题词"和"新春寄语"。在列出的一长串组稿名单中,大家不约而同地将生活在天津的孙犁与梁斌排在了"首席"。

那时我进编辑部时间短,也是年轻好胜,为了显示"能力",在安排组稿人员时,便主动请缨去找孙犁,并说虽然孙犁不认识我,但我知道他家住哪儿,他住的那个大院我小时经常去,那里有我好多同学。结果碍于多年前的一些"旧事",编辑部研究来研究去,几位老编辑都不便出面,最后只能由我这个初出茅庐的"小字辈",与摄影记者王学浩一同前往。

那是一个滴水成冰的早上,我与学浩兄轻车熟路地来到了多伦道上俗称"大红门"的天津日报社宿舍。后来才知道,这个有山有水有回廊的破落大院,竟是 1926 年新记《大公报》复刊时社长(后任国民政府实业部长)的吴鼎昌私宅。当我们登上右手的高台阶走进孙老家门时,孙老正坐在屋中迎门的桌前吃早点。至今印象深刻的是,戴着套袖的孙老面前摆着一套煎饼果子和两片青萝卜。

1982 年夏,孙犁与天津市出版局副局长林呐(右)在白洋淀合影

蔡诚忠摄

我们先是自报家门,随后递上报纸,并征询孙老对报纸的意见。刚开始孙老表情严肃,只是低头看报,话不是很多,好像也不情愿说,基本上是问一句答一

句。可是当我们提起刚刚由百花文艺出版社推出的五卷本《孙犁文集》时，他突然主动起来，指着报上责任编辑之一张雪杉写的相关报道，连着问卖得如何、读者有何反应。当我们告诉他第一版已被各地书店订购一空，准备开印第二版时，他笑了，话也明显渐多。他说不久前回了一趟白洋淀，是天津市出版局副局长兼百花文艺出版社社长林呐陪同去的，主要是最后敲定文集的一些具体事宜。随后他说，这五卷本文集只是他作品的一部分，都是他亲自选定篇目，也都是由他亲自校阅的。

行文至此，有必要对这套五卷本《孙犁文集》做些说明。因为近年孙犁大热，各出版社先后推出了一批不同版本的孙犁文集、选集甚至“全集”，由此造成目前市场上孙犁作品繁杂，人们难辨出版质量的良莠。其实，在孙犁生前，首次推出并经其本人亲自审定者，便是这套 1982 年由百花文艺出版社推出的五卷本《孙犁文集》。

对此，其责编之一张雪杉当年曾对我谈过也为我们小报写过编辑“内幕”：这套文集的启动工作始于 1979 年初，当时天津出版局刚刚成立，为了凸显天津出版特色，便指定“百花文艺出版社在汇集孙犁同志绝大部分著作的基础上，编辑、出版了《孙犁文集》，并已向全国各地和国外正式发行”。全集“共选收作者从 1938 年 9 月，至 1980 年 8 月所著各类作品近三百篇，约计 170 万字；按照不同体裁，列为七卷、分五册出版”。第一册包括短篇小说、中篇小说两卷；第二册是长篇小说卷；第三册包括散文、诗歌两卷；第四册是文艺理论卷；第五卷为杂著卷，收入了作者的自传、读书笔记、书衣文录、手札和部分书信等。此外，对全集的权威性，张雪杉有如下爆料：

文集各卷所编收的作品，一律采用作者亲自指定的版本和文集；有些篇章，为保持

在時代風雨中誕生的

——《孙犁文集》出版发行

孙犁同志是我国著名的老作家，他从一九三七年参加革命以来，长期从事文化工作。在战火纷飞的艰苦岁月里，在社会主义建设的新的历史时期中，他创作了大量的文艺作品，撰写了不少文艺理论著述。这些文艺作品和文艺理论著述，不但深受国内广大工农兵、革命干部和知识分子的喜爱，得到文学研究工作者的高度重视，而且引起了国外文学爱好者和文学研究工作者的极大兴趣。

为满足国内外广大读者的需要，百花文艺出版社在汇集孙犁同志绝大部分著作的基础上，编辑、出版了《孙犁文集》，并已向全国各地和国外正式发行。

《孙犁文集》共选收作者从一九三八年九月，至一九八〇年八月所著各类作品近三百篇，约计一百七十万字；按照不同体裁，列为七卷、分五册出版。

文集第一册包括短篇小说、中篇小说两卷，第二册是长篇小说卷。在这些短篇、中篇、长篇小说中，作者生动地描绘了我国抗日战争、解放战争、……文艺，编辑工作和日常生活等各个方面，既能引起不同读者的浓厚兴趣，又能启发人们的思索，从中领受到一定的教益。

文集各卷所编收的作品，一律采用作者亲自指定的版本和文集；有些篇章，为保持历史的真实记录，已由作者复其原貌；大部分篇章，已由作者再次认真校阅，并作了一些必要的订正。（张雪杉）

（共五集
定价：6.53元）

孙犁同志在白洋淀
（綦诚忠摄）

，怎样分析社会主义的矛盾和……题，划清真假社会主义界限等四个方面（专题），分析了资……主义的腐朽性和社会主义制度优越性。

全书共十四篇文章，九万多……，全国各地新华书店经售。

（文　明）

《天津书讯》创刊号上有关《孙犁文集》的报道

历史的真实记录，已由作者复其原貌；大部分篇章，已由作者再次认真校阅，并做了一些必要的订正。

由此可见，在当今众多版本的孙犁作品集中，这套“五卷本”的权威性是其他版本所无法替代的。此外，这套文集的发行佳绩也让刚刚复社的“百花”尝到了甜头。此后几年，随着多卷本的《梁斌文集》《李霁野文集》《王林文集》《方纪文集》及《王蒙选集》《浩然选集》《冯骥才选集》《蒋子龙选集》等的相继杀青，为天津以及国内文学名家出版文集，便成了“百花”的一大出书特色。

记得在那天的交谈中，孙老还讲了一些《孙犁文集》在编选过程中的“趣事”，以及当时京津两地间文人的“故事”，有些让我们开了眼界，有些则让我们感到吃惊。来前我听友人讲，孙老从不轻易给报刊题词题字，因此当我们随后提出请他题写“新春寄语”时，心中不免忐忑。但出乎意料的是，他竟然爽快地答应了。

几天后，我便从投递员手中接到了他写给我的信函。打开一看，大喜过望，孙老竟给我们写来了一篇有要求、有范例、有“希望”的短稿。这便是刊登在 1983 年 1 月 15 日小报头版上的孙犁“寄语”。近日我查阅现已面世的不同版本的《孙犁文集》及各类孙犁选集等，均未收录此文，现为保存史料计，特转录如下：

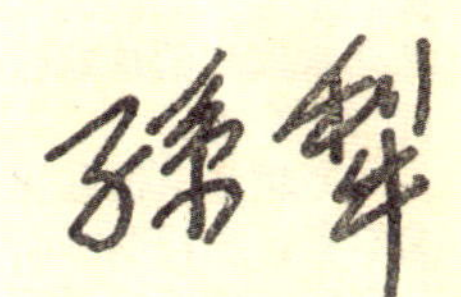

《天津书讯》一出版，我就看到了。作为一个读者，希望能及时了解各类图书的出版消息，“书讯”无疑是极好的一个帮手。如果说“书讯”要有自己的特点，一定要以书为主，围绕书多作文章。评介文章要写得短小，生动活泼。全国的“书讯”报很多，我较爱读《联

1983 年 1 月 15 日《天津书讯》报刊登的孙犁“新春寄语”

《天津书讯》一出版，我就看到了。作为一个读者，希望能及时了解各类图书的出版消息，“书讯”无疑是极好的一个帮手。如果说“书讯”要有自己的特点，一定要以书为主，围绕书多作文章。评介文章要写得短

小，生动活泼。全国的“书讯”报很多，我较爱读《联合书讯》，因为它重点突出，内容充实，有一定的学术水平。有些地方的“书讯”，开始办得还好，后来慢慢地离开了它的宗旨，失去了自己的特点，这样会失去读者。还有一点希望，古籍的整理和出版，越来越引起各方面的重视，希望“书讯”多做这方面的宣传工作，指导读者，特别是青年同志正确地学习和继承祖国丰富的文化遗产。

孙老文中说的“全国的‘书讯’报很多”，确是实情。譬如那一时期面世的便有北京的《社科新书目》《科技新书目》《读者导报》《联合书讯》《群众书讯》《文学书窗》《华夏书讯》、上海的《书讯报》《古籍书讯》、沈阳的《辽宁书讯》等。看来孙老不但有意地收集了这些或公开或内部出版的小报，而且还认真仔细地阅读过，否则他便不会在比较的基础上提出“爱读《联合书讯》”。对此，孙老可谓“慧眼独具”。因为在当时林林总总的各类书讯报中，《联合书讯》确实是以文史兼顾、“有一定的学术水平”而著称。在我们小报筹备创刊期间，我们曾专程去北京，到这个编辑部取过经。

据当年负责此报编辑出版工作的人民出版社总编室杨寿松主任介绍，这张报纸是由人民出版社、中国社会科学出版社、生活·读书·新知三联书店、商务印书馆、中华书局五家性质相近的权威出版社联合主办的。其宗旨是宣传、评价此五家出版机构的文史类新书，为读者及时提供大量的文史书信息。在我目前还能找到的旧报中，便有一张出版于1981年11月15日的《联合书讯》，虽然“其貌不扬”，但在有限的版面上，便有对《太平天国史译丛》《古小说简目》《中外交通史籍丛刊》《中国文学名著讲话》《近二十年国外“中国学”工具书简介》《王国维与叔本华哲学》《先秦文学论集》《中国国民革命军的北伐》等二十余部新出文史书的书评书介。

联合书讯

人民出版社　中国社会科学出版社

生活·读书·新知三联书店　商务印书馆　中华书局编

1981年11月15日出版　第18期

《二程集》（全四册）——研究宋明理学的重要材料

《中外交通史籍丛刊》三种最近出版

《太平天国史译丛》第一辑出版

小说史研究的必备工具书——《古小说简目》

孙犁当年爱看的《联合书讯》

也正因此，学者王瑞来在撰文怀念其恩师傅璇琮先生时曾言，其“正式进入中华之后，傅老师安排我编辑杂志《学林漫录》，从大量的学术掌故中，也使我不仅获得了学术史的知识，还在无形之中接受了学术熏陶。无论是编辑工作，还是学术研究，我的一点小小的成就，都会得到傅老师的极大勉励。我摘取白居易诗‘闲征雅令穷经史，醉听清吟胜管弦’，以‘醉听清吟胜管弦’为题，在当时的《联合书讯》中发表了一篇介绍新刊《学林漫录》的文章。傅老师读到后，喜悦勉励的情形，至今犹在目前。”

能够使学者在上面撰文，能够入傅璇琮先生法眼，又能够让孙犁老人“爱读”，《联合书讯》的编辑质量和在当时的影响，确实不容小觑。

以上便是孙老第一次为小报“赐稿”。此外，值得一记的是，1985 年 10 月，当小报创刊三周年时，孙老再次对我们的工作给予了鼓励与肯定。但这次不是“赐稿”，而是亲笔书法题词：“多印好书，多售好书，多读好书。祝天津书讯创刊三周年”。

题词仍然是我去约的，记得我想让孙老当时就写，而且还拿出了整套照相设备准备拍照，岂料孙老见此摆手说，你要这样我就没法写了，还是我写好后你们来取吧。没过几日，林呐副局长便打来电话，说他刚从孙老家回到“百花”社，捎回了孙老为小报的题词，让我去取。这幅题词被照相制版后，刊登于 1985 年 11 月 15 日的报纸五版上，而原件经装裱入框后就挂在我办公桌对面的墙上。

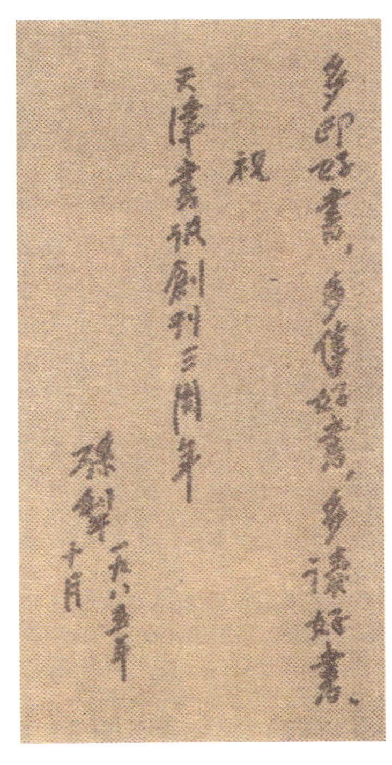

1985 年 11 月 15 日《天津书讯》刊出的孙犁为报纸创刊三周年题字

1996 年春，我被上级机关调到天津市出版研究室工作，从此离开了我效力 14 年的《天津书讯》报。几年后我曾回过原单位，但孙老的这幅题字和曹禺、吴祖光、新凤霞、严文井、端木蕻良、舒同、梁斌、方纪、胡絜青、王蒙、骆玉笙、吴作人、范曾、王学仲等名家的“墨宝”，一齐“不翼而飞”。自那之后的许多年来，我在天津的旧物市场及各种拍卖会信息上，曾仔细地搜寻过这些“文物”的踪迹,但至今杳无音讯。我想,就从这批字画的市价行情上考量,它们也肯定还留存于世。真的渴望有朝一日它们能“现身”坊间,在重新彰显其价值的同时,也一圆我重回与这些文化名人交往的幸运梦。

梁斌字画引来《红旗谱》出版“内幕”

梁斌是我如今仍在崇拜的老作家之一。原因有三：

一是我近年曾读过他的自传《一个小说家的自述》，由此我知道了他为写作《红旗谱》“三次辞官”的故事——一辞湖北省委书记李先念亲自点将的《武汉日报》社长；二辞中央文学研究所机关党支部书记；三辞天津市人民政府副市长——这些事均发生在新中国成立之初，每个职位如果安若处之，则未来官运必然亨通。

二是我少年时期正逢“文革”，父亲数千册书被抄，不知为何单单落下一部《红旗谱》，于是它便成了我的文学启蒙，只记得我是正着读完反着看，直看得前后掉页、四角卷边。

三是1982年底，当《天津书讯》报决定翌年首期刊发老作家“新春寄语”时，我曾受命去梁老家组稿，在多次拜见老人的同时，其憨厚淳朴的人性让我至今难忘。

对于梁老的生平，我以前知之不多，直至近年读了他在1991年出版的自传《一个小说家的自述》后，方才感到，用“波澜壮阔”来形容其一生，并不为过。在这部厚厚的近40万字的大书中，我看到了一个作为革命者的梁斌；一个作为领导者的梁斌；同时更是作为一个大作家的梁斌。我想，在以上三个角色中，梁老可能感到最后一个更适合自己，否则他就不会将自传命名为

梁斌1985年秋末在家中接待《天津书讯》编辑时留影

姜德君摄

《一个小说家的自述》。

"自述"太厚，厚到596页，要想完整读完，那是需要时日的。好在我手边尚存一册1986年天津社会科学院文学研究所编辑的内部刊物《天津文学史料》创刊号，这里面有一篇梁老自己写的《梁斌自传》，文章不长，履历尚全，而且至今尚未收到梁老的各种作品集中，现抄录于此：

> 一九一四年三月出生于河北省蠡县，原名梁维周。十三岁加入共青团，十六岁考入保定二师，一九三一年暑期参加保二师二次学潮，为护校委员会委员。"九一八"后，即投身于抗日救亡运动。曾参加南大桥飞行集会，西郊飞行集会，深入工厂农村，发动工人农民起来抗日。一九三二年二师被反动派解散，在报纸上宣布了三十名共产党员、五十名嫌疑分子，我亦在其中。
>
> 一九三三年到北平，参加北平左联，开始在平津各报纸发表文章。一九三四年考入山东剧院，学习话剧、京剧、昆曲。一九三七年参加家乡地下党的活动，并转为党员。
>
> 一九三八年为冀中新世纪剧社社长、导演，写了《爸爸做错了》《血洒卢沟桥》《堤》《抗日人家》《五谷丰登》几个剧本，《烧桥》《三个布尔什维克的爸爸》几个短篇，及中篇《父亲》。一九四〇年兼冀中文建会文艺部长。
>
> 一九四三年，深入战地生活，写了一批短篇，这些短篇，已经遗失。
>
> 一九四四年到分局党校，参加整风运动。一九四五年，为中共蠡县县委宣传部长、副书记。一九四七年参加冀中区党委主办的博野十二村土改试点，为北淹村土改队队长兼支部书记。一九四八年，南下新区工作，到湖北襄阳地委，做宣传部长，兼《襄阳日报》社长，一九五二年为武汉市《武汉日报》社长。
>
> 一九五三年开始执笔写长篇《烽烟图》，一九五四年调北京文学讲习所工作。一九五五年调任河北省文联副主席，为专业作家，开始写《红旗谱》《播火记》。一九五六年完成《红旗谱》，一九五八年出书，博得全国评论界的好评；有俄文译本、日文译本、英文译本、法文译本、越文译本、朝鲜文译本。并编为话剧、评剧、京剧，搬上舞台。并改编为电影搬上

银幕。

一九六三年,《播火记》出书。一九六六年开始十年动乱,被关进牛棚,接受批判。一九七六年被解放,恢复自由,发现《烽烟图》原稿遗失。一九七五年,在牛棚中,秘密写《翻身记事》,一九七七年出书。

一九七九年,在保定找到《烽烟图》原稿下册。在山东省找到原稿上册。

本年六月参加作家代表团访问日本,回国后以旅日随笔为副题写了《杨柳桥之夜》《友邻夜话》《琵琶湖游记》……等散文,在《人民文学》《天津日报》发表。十月在四次文代会上,继续被选为中国作协理事,并被选为全国文联主席团成员。和作家、金石家辛一夫、青年作家冯骥才,在天津举办金石书画展览。

《播火记》《红旗谱》重加修改,由中国青年出版社再版。中国外文出版社出版《红旗谱》的英文译本和法文译本。河北省话剧院重新排演话剧《红旗谱》。

从一九八〇年开始,因年老多病,不再写长篇。开始撰写散文、回忆文章。

在河北省四次文代会上被选为河北省文联主席。

创作经验专集《春潮集》,由上海文艺出版社出版。

重新修改的《烽烟图》交中国青年出版社出版。

一九八三年将短文结集,名《笔耕余录》交中国青年出版社出版。

一九八三年被聘为天津文联名誉主席。

将一生的写作编选成册,交百花文艺出版社出版,《梁斌文集》止于一九八七年出书。

自一九五五年被聘为河北省政协委员,十年动乱之后,被聘为政协副主席。

一九六四年开始,为全国政协四、五、六届政协委员。

以上便是梁老"波澜壮阔"一生的履历式缩写。如果说这个缩写尚显"干巴",那么我还可以补充一个活生生的梁老及其代表作的"故事"——因为1982年底,我不仅在梁老家面对面地组过他为我供职的《天津书讯》报所写的“新春寄语”及书画，而且还因这些作品的刊发，曾引来一篇有关《红旗谱》出版“内幕”的文章。

至今记得，梁老的家坐落在天津幽静的南海路永健胡同六号，两楼两底，这里原来是另一著名作家海默的住宅。

1982 年底，梁斌在家中为《天津书讯》作画

倪斯霆摄

1960 年，海默由天津调北京电影制片厂任编剧，此洋楼便经天津市委宣传部副部长鲁获斡旋，转给了梁老一家居住。或许是一种巧合，就在这一年，梁老的名著《红旗谱》由北京电影制片厂和天津电影制片厂联合拍摄，而其编剧之一便是海默。

印象深刻的是，梁老的工作间不像书房更像画室。硕大的画案上铺着毛毡摆着笔架，书柜里码着整卷宣纸与字画，造型各异的盆盆绿植摆满了窗台与桌案，即使在冬天，也显得满屋春意盎然。矮胖的梁老那天头戴一顶浅色毛线帽笑呵呵地对我们说：小报有书卷气，接到你们电话我已写好寄语。说着便将一个大信封递给我，打开一看，原来是一幅国画和一篇小稿。但见两尺高立幅宣纸上画有两株老梅绽着新蕊，右边写有四个大字：新春寄语。而小稿则是名副其实地体现着画中字意：

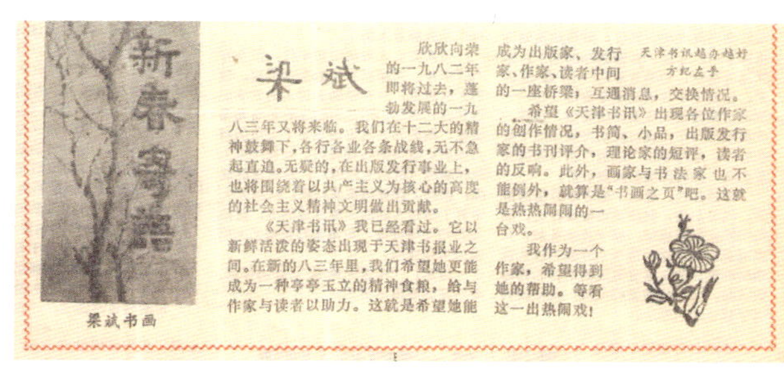

新春寄语

梁斌书画

梁斌

欣欣向荣的一九八二年即将过去，蓬勃发展的一九八三年又将来临。我们在十二大的精神鼓舞下，各行各业各条战线，无不急起直追。无疑的，在出版发行事业上，也将围绕着以共产主义为核心的高度的社会主义精神文明做出贡献。

《天津书讯》我已经看过。它以新鲜活泼的姿态出现于天津书报业之间。在新的八三年里，我们希望她更能成为一种亭亭玉立的精神食粮，给与作家与读者以助力。这就是希望她能成为出版家、发行家、作家、读者中间的一座桥梁，互通消息，交换情况。

希望《天津书讯》出现各位作家的创作情况，书简、小品，出版发行家的书刊评介，理论家的短评，读者的反响。此外，画家与书法家也不能例外，就算是“书画之页”吧。这就是热热闹闹的一台戏。

我作为一个作家，希望得到她的帮助。等看这一出热闹戏！

天津书讯越办越好 方纪左手

1983 年 1 月 15 日《天津书讯》报刊登的梁斌书画与“新春寄语”

欣欣向荣的一九八二年即将过去，蓬勃发展的一九八三年又将来临。我们在十二大的精神鼓舞下，各行各业各条战线，无不急起直追，无疑的，在出版发行事业上，也将围绕着以共产主义为核心的高度的社会主义精神文明做出贡献。

《天津书讯》我已经看过。它以新鲜活泼的姿态出现于天津书报业之间。在新的八三年里，我们希望她更能成为一种亭亭玉立的精神食粮，给予作家与读者以助力。这就是希望她能成为出版家、发行家、作家、读者中间的一座桥梁：互通消息，交换情况。

希望《天津书讯》出现各位作家的创作情况，书简、小品，出版发行家的书刊评介，理论家的短评，读者的反响。此外，画家与书法家也不能例外，就算是“书画之页”吧。这就是热热闹闹的一台戏。我作为一个作家，希望得到她的帮助。等看这一出热闹戏！

想不到的是，梁老的书画与“寄语”在小报 1983 年第一期刊出后，很快便引来了曾编发过《创业史》《红日》《烈火金刚》《朝阳花》《阿诗玛》等名著的人民文学出版社资深编辑黄伊的来稿。更为难得的是，在这篇名为《在我印象中的梁斌》的文章中，还曝出了当年《红旗谱》出版后与再版时的一些鲜为人知的“内幕”——

二十多年以前，梁斌的《红旗谱》出版。当时，我是一个小编辑，没有那样大的荣幸和能耐，担任该书的责任编辑。但我近水楼台，借读了该书的校样，深受感动。我觉得一个大作家已经诞生。这本书出版于一九五八年一月，我在同年三月十一日的上海《解放日报》上，发表了一篇题为《战斗的旗帜》的评论文章，向华东地区的读者，推荐这部作品。文章虽短，但因为它是第一篇评论《红旗谱》的文章，梁斌看了，十分高兴，从此我们成了朋友。

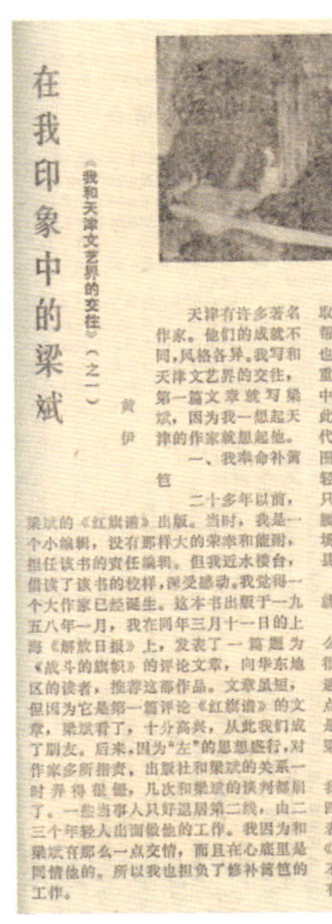
在我印象中的梁斌

《我和天津文艺界的交往》（之一）

黄伊

天津有许多著名作家。他们的成就不同，风格各异。我写和天津文艺界的交往，第一篇文章就写梁斌，因为我一想起天津的作家就想起他。

一、我奉命补篱笆

二十多年以前，梁斌的《红旗谱》出版。当时，我是一个小编辑，没有那样大的荣幸和能耐，担任该书的责任编辑。但我近水楼台，借读了该书的校样，深受感动。我觉得一个大作家已经诞生。这本书出版于一九五八年一月，我在同年三月十一日的上海《解放日报》上，发表了一篇题为《战斗的旗帜》的评论文章，向华东地区的读者，推荐这部作品。文章虽短，但因为它是第一篇评论《红旗谱》的文章，梁斌看了，十分高兴，从此我们成了朋友。后来，因为“左”的思想盛行，对作家多所指责，出版社和梁斌的关系一时弄得很僵，几次和梁斌的谈判都崩了。一些当事人只好退居第二线，由二三个年轻人出面做他的工作。我因为和梁斌有那么一点交情，而且在心底里是同情他的。所以我也担负了修补篱笆的工作。

取得了对方的信任，弥……帮”垮台后，因该书……也牧早已故世，编辑……重印时的责任编辑。……中，凡发现疑问均与……此相互关系比较融洽。……代会时，我在会场门……围有多少名作家彬彬……轻轻地打着招呼，他只顾一把搂着我的……膀，和我一起走进会场，就象在他老家蠡县赶集一样。

二、他老实得就象一个农民

一般作家都有那么一点架子，有些还很难侍候。但是，我遇到两位大作家却一点架子也没有。一个是艾芜，另一个就是梁斌。

十二大召开时，我知道艾芜是代表，四处打听他们四川代表团的驻地。因为《百炼成钢》要重版，不知他修订好了没有？我正焦急，他自……

《天津书讯》1983 年 12 月 15 日刊出黄伊写梁斌的文章

后来,因为"左"的思想盛行,对作家多所指责,出版社和梁斌的关系一时弄得很僵,几次和梁斌的谈判都崩了。一些当事人只好退居第二线,由二三个年轻人出面做他的工作。我因为和梁斌有那么一点交情,而且在心底里是同情他的。所以我也担负了修补篱笆的工作。我先后几次到北京锥把胡同的河北驻京办事处、保定文联和天津他的家里和梁斌交朋友,叙友情,终于慢慢取得了对方的信任,弥合了裂缝。

"四人帮"垮台后,因该书原来的责任编辑萧也牧早已故世,编辑室指定我担任该书重印时的责任编辑。我在处理此稿过程中,凡发现疑问均与梁斌商量解决,因此相互关系比较融洽。开第四次全国文代会时,我在会场门口碰到他,不管周围有多少名作家彬彬有礼地走着,互相轻轻地打着招呼,他只顾一把搂着我的腰,和我一起走进会场,就像在他老家蠡县赶集一样。

随后,黄伊又将梁老与另一位老作家艾芜进行了比较:"一般作家都有那么一点架子,有些还很难侍候。但是我遇到两位大作家却一点架子也没有。一个是艾芜,另一个就是梁斌。十二大召开时,我知道艾芜是代表,四处打听他们四川代表团的驻地。因为《百炼成钢》要重版,不知他修订好了没有?我正焦急,他自己坐公共汽车找我来了。七十多岁高龄的老作家,十二大代表艾芜亲自把《百炼成钢》修订本送给我。梁斌和艾芜一样朴实。假如说艾芜像一个教书的先生,梁斌却像一个河北的村干部。艾芜轻轻地走,谁也不惊动,到我们的办公室来送修订本;而梁斌却拿着一个沉甸甸的白布包,里面包着一大包稿子来找我。传达室的老头以为是我们从前下放时认得的村干部来给我送红枣呢!"

文章最后,黄伊写到了他与梁老的"礼尚往来":

有些投稿者有一种误解,以为要发表作品,得给编辑送香油,送点心。我和梁斌交往二十年,帮他出了不止一本书,说老实话,礼物是有的。这几年,他送给我的礼物有《翻身记事》《春潮集》《播火记》《烽烟图》。每送一本书,上面都写有"黄伊同志正之",除了签名,还盖了一个大图章。礼尚往来,我也把我编选的《萧也牧作品选》回赠给他。梁斌在创作的余暇,喜欢写写字,画几笔松树、石头。我请他写一个条幅给我作

1985 年秋末，梁斌在家中再次为《天津书讯》报题字

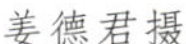

姜德君摄

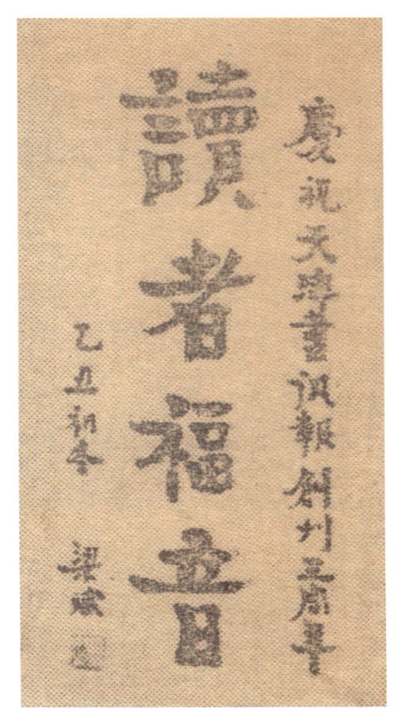

1985 年 11 月 15 日《天津书讯》刊出的梁斌为报纸创刊三周年题字

纪念，他写了斗大的《响导》两个字送给我。我花了十元钱，请人裱上，挂在我的书房里。

为了慎重起见，在刊发此稿前，我再次来到了梁老家中核对事实。梁老阅过文章，只是轻轻一笑，随后告我，黄伊是个好编辑。此文在小报 1983 年 12 月 15 日发表后，曾被几家媒体转载，不知后来是否收到黄伊的作品集中。如今，随着小报的散佚和当事人的先后故去，这已是一篇难得的当代出版史料了。

此后，我还来过梁老家几次。1985 年 11 月，在小报创刊三周年之际，梁老当着我的面题写了书法贺词："庆祝天津书讯报创刊三周年　读者福音"。有趣的是，梁老先写了一张"读者佳音"，后觉不妥，又重写成"读者福音"。

方纪的《来访者》当年为何引“争议”

知道方纪这个名字，是在“文革”期间。那是上小学的 1970 年，我从大街上漫天飞舞的纸片中，捡到一张有“批判”方纪内容的《文艺革命》小报。归家后，我问从事文艺工作的父亲，方纪是谁？父亲当时一脸沉重，没有作答。不久，我又从一些报纸、杂志中，时不时地看到有“文艺黑线在天津的代理人方纪”的词句，当我再次询问父亲时，父亲终于说：“是个好人，懂业务。当年我整理张寿臣等老艺人舞台经验时，他是文化局长，给过我支持和帮助。”并随手从抄家发还的书堆中抽出一本名为《不尽长江滚滚来》的书，递给我看。

这是方老 1958 年在长江文艺出版社出版的一本长诗集，记得他在后记中写道，生活使他发出了声音，而使这声音成为乐曲并形成旋律的，是同他一起游览长江的诗人徐迟（大意）。也就是从这时起，我记住了方纪这个名字。并且知道了他当年在延安从事编辑和写作时，毛泽东曾亲笔为其改稿，周恩来也专门写信鼓励他写作。1949 年初随军进津后，曾任《天津日报》首任副刊科科长（副科长为孙犁）、中苏友协总干事、市文化局长、市文联及市作协主要领导、市委宣传部副部长等职。

1953 年兼任天津人民出版社社长时的方纪

方兆麟提供照片

1982 年底，刚刚创办的《天津书讯》报在组织新春贺词及寄语时，主编说，去看看老领导方纪吧，“文革”中受迫害很重，听说半身不遂了，但左手能写字。我一听，连忙争取前往。

那天，在天津著名“五大

道”里的香港大楼，我们敲开了方老的家门，只见瘦弱的方老身穿领扣系得严整的中山装，手拄拐杖缓缓站起，示意我们进屋坐下。主编首先向方老问好，并关心他的身体情况，此时只听方老口语模糊，拉着长音说：右半边不行了！怎么办呢？表情看似即焦急又无奈。当我们问询他在动乱年代的遭遇时，方老却出乎意外地一字一顿说道：“我现在力争做一个残而不废的老兵！”

随后，尽管口语困难，基本上是两三字一顿，但他还是关切地问起当时文艺界与出版界的现状，并不时地打听着一些老部下的近况。当主编告诉他我们创办了一张宣传报道新书的报纸，并忐忑地问他能否为小报题词时，方老突然兴奋起来，接过报纸仔细端详一番后，急切地说：以后每期给我，我就想知道这方面的消息。说罢，他艰难起身，拄着拐杖走到书案前，用左手拿起毛笔，疾缓有度地写下：

天津书讯越办越好　癸亥年　方纪左手

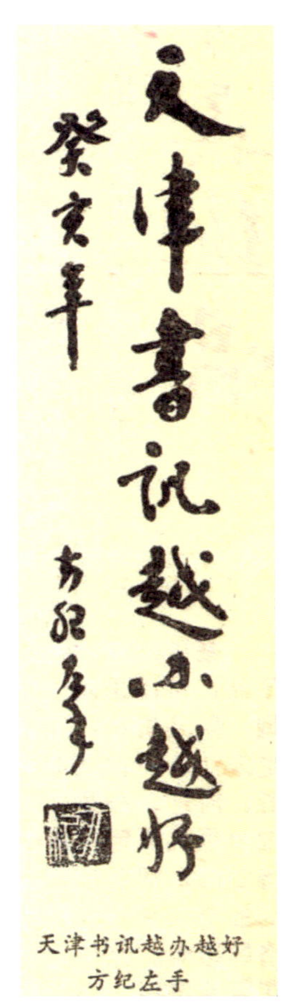
天津书讯越办越好
方纪左手

1983 年 1 月 15 日《天津书讯》报刊登的方纪题字

看着他艰难地用左手写字，再看看宣纸上潇洒的字体，我们深为老人的毅力和艺术悟性所折服。近年我从一些怀念文章中得知，“文革”中大难不死的方老，为了恢复脑力，顽强地用左手开始练字，最初由于手指颤抖握不住毛笔，就从画圈练起，其最终取得的左手书法成绩，曾被老友茅盾惊叹“左腕写毛笔字尚能如此完好实得钦佩！”

1983 年 11 月 15 日《天津书讯》报上的方纪题字

告别方老，我们立即制

版，将其题词刊登在1983年报纸第一期头版上，与孙犁、梁斌二老的寄语、书画毗邻。

时光易逝，日转月移间就到了1983年10月，此时小报创刊已整整一年。就在我们准备周年文章时，意外地接到了方老电话，仍是拖着长腔的一字一顿：“小报好，每期都看。一年了，给你们写了俩字，来拿吧！”放下电话，我们喜出望外，摄影记者学浩兄拉着我便直奔方老家。一进门，方老递给我们一个信封，打开一看，“书海”两个遒劲大字便映入眼帘，左边是一行小字“天津书讯创刊一周年　方纪左手”。我们在高兴之余，学浩兄顺手为方老拍了两张照片。分手时，方老说，好好干，两周年还祝贺。

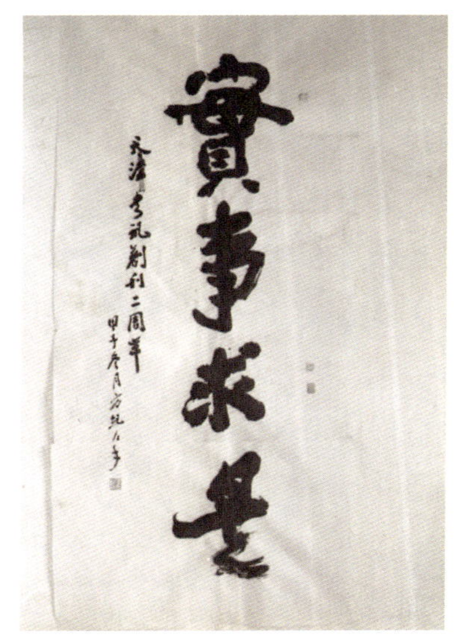

方纪此幅题字刊登在1984年11月15日《天津书讯》报上

方老没有食言，转年的10月，当我们再次踏进方宅，方老欣然命笔再次为小报题词：

实事求是　天津书讯创刊二周年

方纪左手

与我同去的报社美编德君兄抓住时机按下快门，拍下了方老题词的瞬间。方老的这后两次题词和挥毫照片，分别刊发在1983年和1984年11月15日出版的小报头版上。

1984年初秋，方纪在家中为《天津书讯》题字

姜德君摄

值得一记的是，就在1984年的这次拜访中，我还有了两大收获——

其一是，就在这次题词的同时，已与方老熟悉的我，斗胆开口求字，方老未加思索，随手便在整张宣纸上写下斗大的“崔巍”两字。当时我不解其意，也未敢发问，后来查词典

1984 年初秋，方纪在家中为本书作者题字，站立者为本书作者

姜德君摄

方知，可能是方老看我长得又高又胖的缘故。只可惜这张墨宝在我几次搬家中弄丢了。

其二是，我得到了一本方老在 1981 年出版的《方纪小说集》，从而让我知道了在散文、诗歌成就之外，方老在小说创作方面的“不同凡响”与“不合时宜”。而这本小说集的获得，则是缘于一篇来稿。那是在当年夏天，我收到了上海艺术研究所王延龄先生的文章《却从“来访”识津门》，其中他写道：

> 读天津作家的作品，唯一不能忘记的是方纪同志，而他的大作也不是全读过，可以说只读过他的小说《来访者》，读它时正是 1957 年那股龙卷风刮过不久，我已被吹到一个农村的破屋子里，进行“脱胎换骨”的“大检修”，能否继续使用，不取决于“机器”本身，而在检修者的灵感，碰上我本身灵敏度又不高，长期搁置大约是毫无疑义了。那时的文学刊物在狂风过

1984年11月15日

却从「来访」识津门

王延龄

读天津作家的作品，唯一不能忘记的是方纪同志，而他的大作也不是全读过，可以说只读过他的小说《来访者》，读它时正是57年那股龙卷风刮过不久，我已被吹到一个农村的破屋子里，进行「脱胎换骨」的「大检修」，能否继续使用，不取决于「机器」本身，而在检修者的灵感，碰上我本身灵敏度又不高，长期搁置大约是毫无疑义了。那时的文学刊物在狂风过后，似乎都蔫了，看上去并不那么有味，乡居中只有一本「收获」杂志，因为那是放逐我的原单位编辑出版的，因此发一本到草屋。我在田中归来腰酸背痛之余，洗好脚可以躺在床上看的书只有《收获》。

有一期登了篇《来访者》却使我看得入神，因为我那时的思想行动和方纪同志作品中描写的来访者所差无几。有许多想不通的问题却无处发问，也不敢发问，这些事今天看来都显得平淡无奇，但在上海一言堂天下的「盛世」都能上纲上得你拍案叫绝，例如在整风时，我单位平时面罩秋霜的人事科长，却殷勤请我到茶座吃一客豆沙包，泡一杯茶，征求意见，酒涡不时浮出微笑怂恿我对她提意见，那意见我也十分从自己出发，我说：「我多年靠拢党，希望成为这个队伍的一员，但你们却从不找我。」她也表示：「过去关心不够，今后要加强联系。」这谈话可说是十分标准的个人政治上要求上进的语言，说是交心也可以吧！然而居然我的「罪案」有一条：「在整风中削尖脑袋妄图混入党内。」可

1984 年 11 月 15 日《天津书讯》报刊出王延龄谈方纪的文章

> 后，似乎都蔫了，看上去并不那么有味，乡居中只有一本《收获》杂志，因为那是放逐我的原单位编辑出版的，因此发一本到草屋。我在田中归来腰酸背痛之余，洗好脚可以躺在床上看的书只有《收获》。
>
> 有一期登了篇《来访者》却使我看得入神，因为我那时的思想行动和方纪同志作品中描写的来访者所差无几。……读过《来访者》我的心情却无法平静。对于方纪同志敢在这时发表这样小说十分敬佩。
>
> 然而这篇作品不久就遭到了批判，这时我才知道方纪是天津市委宣传部副部长，我想这样有点正义感或者党性较强的同志是敢于正视现实的……我想在这样同志主持的天津文艺界当中是不乏有识之士的。果然不久，我又从《新港》上读到了吴雁（王昌定）同志的《创作需要才能》……当然吴雁的文章比方纪的小说的下场更惨，我看有许多报刊纷纷以围剿方式进行“帮助”。

如此大胆触碰共和国敏感事件的文章，在当年还是少见，编辑部也拿不准。于是我便借着两周年题词的机会，其实是抱着“核实”的心态，去了方宅。记得方老当时看过文章后，先是沉思，然后点头说“是这样的”。我当年没看过《来访者》，便问方老这篇小说写的什么，“来访者”是谁？方老没回答，或是说了我没听清楚，现在只记得，他随手从书架上拿出一本《方纪小说集》送给我。

归家后，我便急不可待地翻开最后一篇《来访者》。只一看开头，我就被小说那神秘的氛围和那个名叫“康敏夫”的“自述”所吸引。随着情节的进展，我愈发对两次“自杀未遂”的知识分子康敏夫的境遇产生同情。然而看到结尾，我才知道，这个“来访者”康敏夫“和那些右派分子，在精神上，是那么相像。”然后再看篇尾这部小说的写作时间，竟是“一九五七年十二月”，而其故事主人公康敏夫的“来访”，则是“发生在今年六月初。正在‘大鸣大放’，右派分子猖狂进攻，反右派斗争还没有开始的时候。”而且“以后，没有几天，六月八日，‘人民日报’的社论发表了，整风形势急转直下，工人说话了，反右派斗争开始了。”（本段以上引文均摘自《来访者》）

在那个敏感年月选取如此敏感题材又以康敏夫这个敏感人物作为主人公，而且又是用一种“现在进行时”的笔法去“现身说法”，身为“右派”集中地而又参与领导“反右”的文艺界高级领导，方纪的《来访者》究竟要告诉人们什么，当时我没看明白。好在弋兵(马献廷，曾任天津市委宣传部副部长)在该小说集的编后语中有所解读：“从方纪的作品看，小说的数量不多，但是在他断断续续二十多年的小说创作过程中，总是伴随着批评和争议”。“这就给人们提出了一个问题：在方纪的小说创作道路上，究竟发生了什么问题？难道真像有人所说的那样，一个曾用大量诗歌、散文对党的事业做了那样热情洋溢地赞颂的作家，同时却用小说去抒发自己的阴暗感情？”

1984 年初秋，方纪在家中为《天津书讯》题字

姜德君摄

对此弋兵谈到，方纪小说的一个突出特点，便是“他勇于塑造各种人物典型，也敢于尝试各种表现方法。这一点，他在他的当代同行中，应该是表现得比较突出的。”“从方纪的小说中也可以看到，他是把为工农兵和写工农兵这两个概念相区别的。他坚持工农兵的方向，却并不把工农兵作为自己小说中的唯一的主人公。”特别是“《来访者》中康敏夫这个人物及其悲剧的处理，是有其很不平凡的意义的。它告诉人们，新的社会制度的建立，并没有也不可能一下把旧制度加在人们思想上、精神上的枷锁统统粉碎，甚至这些枷锁依然深深地勒在一些人的灵魂上，使得他们无法摆脱本来在新社会中可以摆脱的生活悲剧。康敏夫的遭遇可能是偶然的，但制度留在人们思想上、精神上的枷锁会制造新的悲剧，这却是必然的。作者怀着一种复杂的、甚至是矛盾的感情向人们揭示这个悲剧的社会意义，可以看出，作者对康敏夫的感情是鄙夷的，但对他的遭遇却是无法掩饰自己的深深同情。正是由于作者敢于面对这个很不平常的题材，并敢于对它作了很不平常的艺术处理，这就使得《来访者》成为方纪小说创作中一枝奇葩”。

知道了这枝“奇葩”的内容和当时方老的心态及境遇，王延龄的《却从“来访”识津门》一文，便刊发在了 1984 年与方老题词的同一期报纸的四版上。

如果说以上对《来访者》的认识，还仅仅停留在弋兵“编后语”的解读上，那么今日今夜在写这篇文章时，我对方老写这部小说的“创作思想”又有了新发现。因为就在近日的一次淘书中，我竟在旧书摊上淘得了由中国文学艺术界联合会编辑的《文艺报》1956年全年合订本。在这个记录新中国“十七年”中难得一现的知识分子“早春天气”的合订本第5、6期合刊里，我看到了一篇方纪的“发言”，而这个“发言”恰恰由他自己回答了他的“问题”所在。

1956年2月27日至3月6日，中国作家协会于北京召开了第二次理事

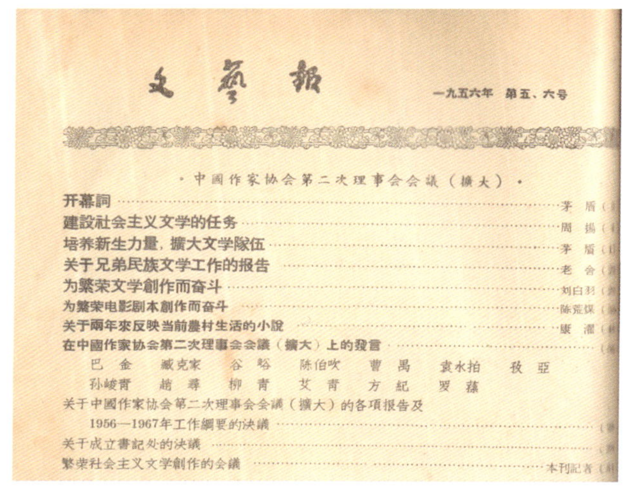

文藝報　一九五六年　第五、六号

·中國作家协会第二次理事会会議（擴大）·

开幕詞……茅盾
建設社会主义文学的任务……周揚
培养新生力量，擴大文学隊伍……茅盾
关于兄弟民族文学工作的报告……老舍
为繁荣文学創作而奋斗……刘白羽
为繁荣电影剧本創作而奋斗……陈荒煤
关于兩年來反映当前農村生活的小說……康濯
在中國作家协会第二次理事会会議（擴大）上的發言
巴金　臧克家　谷峪　陈伯吹　曹禺　袁水拍　[illegible]
孙峻青　趙尋　柳青　艾青　方紀　罗蓀
关于中國作家协会第二次理事会会議（擴大）的各項报告及1956—1967年工作綱要的決議
关于成立書記处的決議
繁荣社会主义文学創作的会議……本刊記者

1956年《文艺报》5、6期合刊目录，本期刊有方纪在中国作协第二次理事会上的发言

倪斯霆收藏

会。继周扬、茅盾、刘白羽等人所做的“建设社会主义文学的任务”“培养新生力量，扩大文学队伍”“为繁荣文学创作而奋斗”等报告后，会议在第三、四天，进行了小组讨论。而就在这次讨论中，方纪作了发言，他谈到：

> 社会是一个整体，劳动把人们联系起来。任何生活事件的发生，总是通过一定的社会关系反映到人的头脑中来。作家应该对社会中的事变发表意见，但他必须站在这社会关系当中的某一个地位，从他所在的立场上来反映生活和解释生活的事变，如果作家脱离了这种关系，站在生活之外，从生活的旁边来看待生活，那么，即使是对生活的最好的赞美，也是无力的。

……

每一个作家都必须走自己的道路，通过自己的道路进入到生活中去，然后写出自己所特有的作品来。

但是，为什么也有作家到生活中去了，却写不出东西来，或者写了，却产生了公式化或自然主义的毛病呢？这个问题可能关系到作家的全部工作。但最根本的，还是作家同生活的关系。

我们知道，公式主义是违反生活的真实，破坏艺术创作的规律和艺术作品的社会效果的。自然主义尽管看起来和它相反，实际上也是在貌似现实主义的掩盖下，破坏艺术的真实和艺术的规律；特别是它宣传文学的无思想和降低文学艺术的社会效果。

在会议期间，我翻阅了五种选集中的小说和散文中的若干篇，联系到平时的一些印象，使我产生了这样一种感觉，我觉得：在许多新作家的作品中，和像我们这一辈作家（包括我自己在内）的作品比较起来，有这样一种区别——我阅读着新作家的作品，能分明地感觉到浓厚的生活气息，感觉到是生活本身在讲话，作家的思想感情完全溶解在生活之中了。如像“黎明的河边”“不能走那条路”“一面小白旗的风波”“陕北札记”“跋涉者的问候”，等等。而在读我们这一辈作家的有些作品时，却觉得所看到的不是生活本身，而是生活的复制品；虽然他们在技巧上比较成熟，复制得相当精致，但总能够看出作家是站在生活的旁边欣赏生活，对生活发出感叹，却感觉不到生活的力量。

如果我这种感觉还有一点道理，那么，这是什么缘故呢？是不是因为在我们有些作家身上发生了对生活的倦怠、懒惰，和在创作中发生了害怕真实的毛病，因而选择了抵抗最少的路线呢？

对此他提出：“必须指明：公式主义和自然主义，是和文学艺术创作的规律不相容的，是破坏文学艺术的社会效果的。必须积极克服这种障碍我们当前创作发展的有害倾向。”“对于作家的工作，无论在什么时候，都必须强调生活，同时强调思想。把生活和思想割裂开来，或对立起来，就必然走上不是公式主义就是自然主义的道路。”发言最后，他号召：“同志们，让我们满怀信心地工作吧！既然我们有了这样丰富的生活，我们就一定会有同样丰富的文学;既然这个光荣的任务落在了我们的肩上,就让我们勇敢地担当起来吧!”

会上他是这么说的,返津后他也是这么做的。于是我们在一年多后,便看到了“从他所在的立场上来反映生活和解释生活”,并让“生活本身在讲话”,在“积极克服”了“公式主义和自然主义”的“障碍”后,写出的具有“抵抗”思想的《来访者》了。可以说,这既是它来源于“生活”,同时又极具独立“思想”的一篇反“公式主义”的“自己所特有的作品”。然而他“勇敢地担当”的结果,却是和1957年下半年及此后许多年的“文学艺术创作的规律不相容”,因此他的作品出现“总是伴随着批评和争议”的“问题”,便也就不足为怪了。

在目前中国内地出版的各类当代文学史上,对方纪与《来访者》的评介很少,甚至其人其作已成了当代文坛的“失踪者”。但一个事实不容忽视,那就是在1978年4月法国巴黎第七大学东亚出版中心出版的,由中国香港学者林曼叔、海枫、程海合著的《中国当代文学史稿》中,却有对方纪和《来访者》的分析专节。作者在书中披露:此书由“林曼叔执笔,前后经过四年的时间,才得以完成”。据此可知,正当方纪作为“文艺黑线在天津的代理人”,接受“批判”与羞辱时,海外学者已敏锐地发现了其《来访者》的“与众不同”,并给予高“规格”进入“文学史”的“待遇”。

对此,著名学者陈子善先生曾著文云:《中国当代文学史稿》“梳理1949—1965年十七年间中国内地文学创作的情况。作者虽然在海外,但对内地文坛的观察和分析都较为到位,既不‘否定的时候过于否定’,也不‘肯定的时候过于肯定’,力争‘客观地全面地从作品本身文学价值去加以论述’。而史料掌握较为全面,也是此书的一个鲜明特色。书中提及的一些作家,如刘澍德、吉学霈,分析的一些作品,如《来访者》(方纪作)、《东风化雨》(羽山、徐昌霖著),至今都鲜有论及”。

由此可见,如果跳出当时的政治氛围和意识形态,或者本来就在当时那个政治氛围和意识形态之外,只从文学亦即人学的视角去赏评文学,方纪的《来访者》在当年的文学价值和文学意义,便凸现出来了。而这个发现,恰恰来自“事不关己”的海外学者。由此也可看出,在现当代文学史上,“身在此山中”的“当事者”的主观叙述,与“跳出三界外”的“旁观者”的客观叙述,差异之大是如此明显。

1984 年初秋，方纪在家中与本书作者交谈

姜德君摄

继 1984 年的拜访后，我与方老还分别在不同场合见过面。记得有一次方老参加天津人民出版社的会议，在赤峰道下车时看到我，拉着我手断断续续地说："苏加诺、赵明诚……"我立即明白，这是他的两部藏品《苏加诺藏画集》和《赵明诚集》在动乱年代被抄走，一直下落不明。在一次聊天中，他知道我曾在古籍书店暂借于天津文庙大殿里的旧书库中工作过，当时那里堆满"文革"中查抄来的旧书旧刊，他曾让我为他在那里寻找这两部书。我为此曾两次去已迁到南门里大街的古籍书店旧书仓库去寻找，但终无所获。当我把结果告诉他时，他也只能是无奈地点头苦笑了。

冯骥才的“逸文”与“趣谈”

与冯骥才先生相识很早，早到近四十年前的1981年底。那时我刚刚进入筹备中的《天津书讯》报，文坛复苏尤其是小说勃兴年代的文学氛围，笼罩着这个即将为新时期文坛书林“摇旗呐喊”的小小报社。激荡人心的思想解放运动和新启蒙浪潮，让整个单位的人每天都有关于文学的新话题。似乎那时人人都是文学评论家，刘心武、卢新华、王亚平、蒋子龙、高晓声……一个个文坛新人每出一部新作，都是人们议论甚至是讨论的焦点。

而在我们编辑部，谈论最多的，则是冯骥才的作品和关于他的“故事”。这不光是缘于他的《义和拳》《铺花的歧路》《啊》《雕花烟斗》等在当时的轰动，也掺杂着作为同乡人对这位无论是身高还是言谈举止都有异于常人的“乡贤”之景仰。也正因此，报纸创刊前编辑部在酝酿拜访名人时，就把他放在了首位，而我则“理所当然”地成了联系人——因为我父亲和他在年轻时就是文友，再加上我的授业恩师张赣生先生又是他当年的画友。

1982年冬，冯骥才在天津长沙路思治里家中接受本书作者采访

倪斯霆摄

至今还有清晰的记忆，一个冬日的黄昏，我拿着冯宅地址和主编及摄影记者在天津幽静的长沙路上，一条胡同一条胡同地寻找，终于在靠近成都道的位置找到了长沙路思治里 12 号那个顶层上的亭子间。这间房子让我印象尤其深刻，面积不大但超高，这倒与主人那颀长的身躯相匹配。虽然屋子逼仄但文化味浓郁，迎面摆满书籍的老式木桌上，一幅折皱式的《清明上河图》临本被平抻开展示着，而“古画”前摆放的几个鸡蛋壳上，则画着细腻的传统工笔画。后来得知，这都是主人年轻时的杰作。

那天我们运气好，长时间住在北京，被借调到人民文学出版社改稿的冯先生，恰巧返津甫归。记得当我将父亲写的“介绍信”递给他时，他回头叫着正在屋外简易厨房忙饭的妻子：“你看，这是倪钟之的儿子。”原来他与妻子顾同昭当年在书画社是同事，他们都与我父亲相熟。有了这层关系，我们的交流便亲近了很多。

冯先生讲话有着天津人常说的“齿音字”，但这并不妨碍他的侃侃而谈甚至口若悬河，相反倒是增强了他的语言魅力和个人风格。那时他爱用“好玩”这个词。讲到他的写作，他说“好玩”；讲到往昔的绘画，他说“好玩”；讲到当年打篮球，他说“好玩”；讲到同住在出版社招待所里的文友，他仍说“好玩”；而讲到人民文学出版社的掌门人韦君宜，他更是连声说“好玩”，并举了好多这个“韦老太”如何“好玩”的例子。尽管我们当时听得津津有味，但时间久了也难免张冠李戴。好在近年他出版的回忆录《凌汛》中，有许多传神的描写。

1987 年底，冯骥才在家中接待本书作者后留影

姜德君摄

例如，他写在天津第一次见到韦君宜时说：韦是“一位矮小、瘦弱、不起眼、五十多岁的女人。尽管她没有领导派头，我却挺紧张，不知该说什么。可是韦君宜好像也紧张，话不多，很少看我一眼。只记得坐在那里

等着开会的时候，问我是否读过姚雪垠的《李自成》，那是‘文革’期间唯一出版的历史小说了。我说我读过，还说我特别喜欢《三国演义》、老舍的小说，还有巴尔扎克和俄罗斯文学，她小小又圆圆的眼睛在镜片后边闪了闪亮”。而会后，他送韦君宜和人民文学出版社编辑李景峰去火车站回北京时，却有了“好玩”加“有趣”的“故事”：

> 那时没有出租车，我们乘公共汽车，车上人多，找不到座位，只好让这位矮我两头的长辈一直挤在我身边。一路上我左顾右盼想给她找个座位，待有人起身空出座位，我们也到站了。人家老远地跑来一趟，按礼节我应请她吃点什么，可那时兜里发窘，只好带他们到劝业场后边去吃那种纯粹本地老百姓的饭食“锅巴菜”——一种带卤汁绿豆煎饼条。这种大众的小吃店要先买竹制的饭牌，然后排队凭牌去拿饭。这里人多，凳子少，人们都是先找一个凳子，拎着凳子排队取饭，韦君宜不懂这里的俗规，见有个空座位就坐上去，不想这座位有主儿，人家去拿筷子，桌上还放一碗刚取来冒着热气儿的锅巴菜，一见韦君宜占了座位，便大吼大叫。这人一看就是个悍妇，长相蛮横，人也厉害，韦君宜慌忙站起来躲开，她还不依不饶，将韦君宜吓得吃惊地张着嘴。我忙上去又道歉又解释，那女人嘴里依旧不干净地叨叨。
>
> 待我给韦君宜找来凳子，取来锅巴菜，她吃了半碗就吃不下去了。不知是不爱吃还是给吓的。我一直送他们上了火车，她也没怎么说话。

冯骥才

让鲜花开满八三年
——致《天津书讯》

书店是联系作家和读者的一条渡船。作家的劳动和创造，由这船儿送到
书讯》创刊之举，是在这两
种信息以最快的速度传来传
者和作家都会成为你们的知

1983年1月15日《天津书讯》报刊登的冯骥才“新春寄语”

这个“有趣”的“故事”绝不是“段子”，韦君宜老人我见过，也打过交道，冯先生笔下“韦老太”的神态，确是如此。

那天我们聊了很多。巧的是，正在兴头上，百花文艺出版社资深编辑谢大光先生也赶了过来，于是，我们谈的就更热闹了。临别时，不但让冯先生给我们即将走访的市内外名作家，写了好多“路条”，而且还请他为小报写了《让鲜花开满八三年——致〈天津书

讯〉》的“新春寄语”。作为他当年的“作品”，这个“新春寄语”因为太短，此后没见他收入各种文集中，因此，可视其为他早年的一篇“逸文”，现披露如下：

> 书店是联系作家和读者的一条渡船。作家的劳动和创造，由这船儿送到彼岸的读者那里。《天津书讯》创刊之举，是在这两岸间架起的一条电话线。各种信息以最快的速度传来传去。报纸虽小意义重大。读者和作家都会成为你们的知己和朋友，都会支持你们。
>
> 八三年的到来给你们展开了一个宽阔的用武之地。你们的汗水将在这片阔地上落地成花。祝愿你们顺利！

继这篇“逸文”于 1983 年 1 月 15 日与孙犁、梁斌、方纪、鲍昌的“寄语”一同在小报头版刊出后，我便成了冯先生家的常客。1984 年，天津最早的两座带电梯和暖气的高层居民楼——云峰楼和劲松楼，在南京路上崛起。冯先生乔迁前者，我家还迁后者。住的近了，来往方便。那一时期，举凡单位有了困难，我便到他家去寻求帮助；外地同行或文友有时有事求他，我也乐于“跑合”。

不久，他在天津小白楼起士林西餐厅后面的胡同里建了“大树画馆”。一次，他找我去谈编书的事，恰好那天上午我在“三宫”旧书市场发现了一大批朱贞木、郑证因等民国天津武侠小说作家的原版书，因是民国旧货，老板要价奇高。我将此事告诉他后，他翌日便让手下人将这批旧书全部拿下。那时他已由写作、绘画转向了文物和古建筑保护，我曾亲眼见过他在天津百年老街估衣街被拆毁时，坐在现场抹泪的情景。也就是从那时起，他将保护古村落、古建筑、古文物作为了此后最大的事业。

1997 年，冯骥才在送给本书作者（左）的书上签字

马元春摄

那年头，他作为中国文联常务副主席、中国民间文艺家协会主席、天津文联主席，工作非常繁忙，经常国内外飞来飞去，我见他的机会

2009 年,本书作者之子倪坦(右)在扬州与冯骥才合影

马涛摄

逐渐减少。但我爱人因在天津文联工作,又担负着天津民协秘书长的职务,作为“双重”部下,倒是能时不时地与他相见。我有事,便通过这个渠道与他沟通,我近年出版的一些新书,也是通过这个渠道进行传递。2008 年,他到扬州去考察工作,当时我儿子倪坦正在扬州大学文学院读书,因对他崇拜便去找他。他见到倪坦后,头一句话便说:“不是外人,我与你爷爷、爸爸、妈妈都是朋友。”

2016 年早春时节,我父亲因病故去,他惊闻讯息后的第一时间便说:“中国曲艺的百科全书走了!”并表示要亲自前来吊唁,虽然后来因为临时的要事无法脱身,他在让工作人员送来高高大大花篮的同时,还亲自发来了唁电:“惊闻钟之辞世,心中痛惜。钟之先生在曲艺的历史研究、遗产挖掘和理论建设上,成就斐然,贡献颇巨,学界公认。钟之离去,是曲艺界和文化界一大损失,然其学术影响将绵延不绝。”

因了《天津书讯》的媒介,与冯骥才先生相识;因了父亲的关系,与冯骥才先生相近;因了书籍的因缘,还让我有了写冯骥才先生的机会。这个机会的结果,便是我在 1988 年 1 月 2 日的《天津书讯》报上,写有一篇《冯骥才与〈海外趣谈〉》的稿子。此文刊出后,很快便引起地处沈阳的《作家生活报》的关注,他们来信要求将文章扩充后重发。于是在当年 8 月 5 日他们出版的报纸上,出现了一整版我写的《大冯的“趣谈”——记〈海外趣谈〉及其作者冯骥才》。

近日为写此文,我又将这篇文章翻出来重读。读后感到,虽然时光过去了三十多年,但此文写得还算传神,内容还算充实,文字还算漂亮。现为满足“敝帚自珍”的虚荣心,也为追忆与冯先生的文字情缘,更为怀念当年那书香氤氲的日子,权将此文作为这篇文稿之文尾,以表对冯骥才先生的敬意。

作家冯骥才，身高近两米，朋友们尊称“大冯”。个儿高腿自长，登上文坛十几年，他迈着这双长腿，不仅走遍了华夏之乡，而且也踏上了异国土地，遨游海外。几年来，他的足迹遍及英、美、西德、比利时、荷兰、新加坡、加拿大及中国香港地区。作为文化交流的使者，大冯每到一处，除了进行考察、讲学、研讨、集会外，他总是将视角伸向异国的社会，去观察、研究构成那一社会的最基本分子——人。正如他自己所说：“作家是研究人的，而社会又是由不同的人所构成，研究了人，就等于研究了社会。目前中国和西方都在改革，改革必然会带来许多问题，但人是起决定作用的。因此，我想用一种特殊的形式去探讨一下不同社会制度下的人。它不是游记，类似幽默。不是随笔，类似小品。但，全是真的。”大冯是这样说的，也是这样做的。去了一趟英国，推出一本《雾里看伦敦》。在走访美国、西德、荷兰等国后，作家近期又将推出另一新作，这就是由百花文艺出版社结集付梓，即将出版的《海外趣谈》。

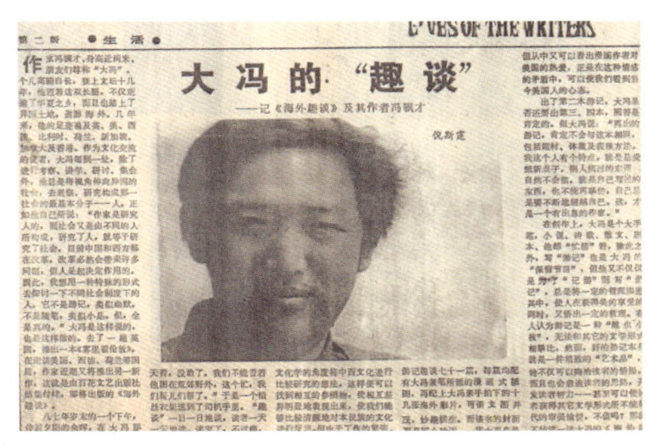

1988 年《作家生活报》刊出本书作者所写冯骥才专访

八七年岁末的一个下午，伴着夕阳的余晖，在大冯那“万国博览会”式的客厅里，他接受了我们的采访，饶有兴味地谈起了写作《海外趣谈》的想法及写作过程。随着作家那侃侃的言谈，我的思路又回到了几个月前……

那是这一年的仲夏之际，每当夜幕降临，在天津的街头巷尾人们都在津津有味地阅读着《今晚报》，而人们的注意力又不约而同地集中在同一专栏上。细心的人们稍一留意，便会发现，这原来是大冯借助着大众传播媒介在讲述着他遨游“海外”的“趣谈”。名曰趣谈，实际上是作家在通过一个个近似幽默的游记，向人们阐述着“立体看世界”的哲理。在那些日子里，天津的人们几乎每天都被大冯那娓娓谈来的海外趣事所吸引。以至于有一次，大冯和几位朋友赴京办事，返津途中汽车出了故障，修复时需要一根铅丝，但地处荒郊，村店不着。恰好不远处有几个修路工人在夜宿。司机近前求援，工人们初则戏谑，继而听说大冯在车里，马上义气地说："冯骥才我们知道，他的《海外趣谈》我们天天看，没治了。我们不能看着他困在荒郊野外，这个忙，我们哥儿们帮了。"于是一个铅丝衣架送到了司机手里。"趣谈"一日一日地谈，读者一天一天地读。读完了，不过瘾。于是有些人写信给《今晚报》，给编辑部，要求接着登，甚至有人直书大冯：请你谈谈外国人的时间观，谈谈外国人的爱情、外国人的购买心理……编辑们坐不住了，大冯也动情了，于是他放下手中有合同的"大部头"，又续写了数十篇。天津的读者如愿以偿了，但外地人们还不满足，于是百花文艺出版社的编辑们又来了，大冯欣然拿出了他所写的全部"趣谈"稿件。就这样，一朵带有异国馨香的奇葩便在"百花"园中绽开了。

读过"趣谈"片段的读者，也许会发现，大冯的写法很别致，似在拉家常，又像讲故事，但感觉它又是真的。而每每看过一遍，掩卷深思，于幽默、诙谐中，又悟出了一定的哲理。这便是大冯关于游记的一种新探索。关于这点，大冯在点燃一支烟后，随着袅袅升腾的烟雾，讲道："通过这几年的出国考察，我感到西方人与中国人有许多的差异，而这些差异又往往是由于文化观念、文化背景、文化心态的不同所造成。因此，我曾有从文化学的角度将中西文化进行比较研究的想法，这样便可以找到相互的参照物，使相互差异明显地表现出来，使我们能够比较清醒地对本民族的文化进行反思。但由于工作的紧张，加上手头的创作计划已排满，看来近期是完不成了。于是我想用一种比较轻松、幽默、打比方的游记式的体裁先将这些想法介

1987 年底，冯骥才在家中接受本书作者采访

姜德君摄

绍出去，每篇讲一个问题，分之成篇，合之成套，外表看来很有趣，但在里面讲一个道理，这个道理又不能太深了，既能让读者饶有趣味地看下去，又达到让读者立体看世界的效果。比如其中有一篇《美国是一个裸体》，在这里，我将美国社会好的、坏的现象都摆在那儿了，让读者透过这些现象去反思，于反思中对美国当代的社会有一个比较清醒的认识，但这种认识又不是我强加给读者的，是读者自己从作品中品味出来的。这就是我写作《海外趣谈》的最根本的原因。”

1987年底，冯骥才在家中接受本书作者采访

姜德君摄

文章写到这儿，我有必要对这本即将出版的《海外趣谈》做点广告。全书共收大冯游记趣谈七十一篇，每篇均配有大冯亲笔所画的漫画式插图，再配上大冯亲手拍下的十几张海外彩片，可谓文图并茂，妙趣横生。而该书的封面更是匠心独运，一张大冯在美国买来的美国漫画《我爱纽约》占满了封面与封底。画中反映的都是美国社会的弊病，但从中又可以看出漫画作者对美国的热爱，正是在这种情感的矛盾中，可以使我们看到当今美国人的心态。

出了第二本游记，大冯是否还要出第三、四本，回答是肯定的。但大冯说：“再出的游记，肯定不会与这本相同，包括题材、体裁及表现方法。我这个人有个特点，就是总爱想新点子。别人搞过的东西，自然不会搞。就是自己写过的东西，也不能再模仿，自己总是要不断地超越自己。这，才是一个有出息的作家。”

在创作上，大冯是个大手笔，小说、诗歌、散文、剧本，他都“忙活”着，除此之外，写“游记”也是大冯的“保留节目”，但他又不仅仅是为了“记游”而写“游记”，总是将一定的哲理渗透其中，使人在获得美的享受的同时，又悟出一定的哲理。有人认为游记是一种“雕虫小技”，无法和其他的文学形式相攀比，然而，好的游记本身就是一件精致的“艺术品”，她不仅可以陶冶读者的情操，而且也会启迪读者的思路，开发读者的智力——甚至可以使读者获得其他文学形式所不能替代的审美愉悦。不信吗？那就不妨读一读大冯的《海外趣谈》。

端木蕻良这样防止写作“陷入习套”

2015年，反映萧红人生命运的电影《黄金时代》热映，作为萧红生命中的最后伴侣，现代作家端木蕻良再次走进了人们视野。动乱的年代，凄美的故事，加上文坛老人鲁迅的关爱，影片让人们重温了现代文学史上另类女作家萧红坎坷际遇的同时，也记住了端木这个刚毅多情的文学青年。然而，这并不是端木蕻良首次引起国人关注，他上一次的“出名”应该是在三十多年前。那时，萧索的文坛春光乍现，劫后余生老作家便以一部长篇人物传记小说《曹雪芹》轰动读书界。记得就在那个时候，我们《天津书讯》报的三名记者，去北京采访过他，时间是在1982年的年底。

1982年底，端木蕻良在北京家中接受本书作者采访

王学浩摄

偌大的京城，著名老作家甚多，即使是在文坛化冰时节，我们拿到已复出的在京著名老作家地址也在30家以上，当时采访为何选了端木这个在“十七年”甚至新时期前几年都不甚“著名”的作家，如今想来，应该和《曹雪芹》在当时的轰动有关。或许老作家在沉寂了近二十年后渴望和外界交流；或许《曹雪芹》引发反响后我们是最先到来的采访者之一；也或许是天津这个地缘背景拉近了彼此的关系；反正那天端木老非常高兴，话也特别多。

他首先告诉我们，他对天津很有感情，1928年他16岁走出老家辽宁昌图，出关第一站便落脚天津。此后的三年，他在天津南开中学上学，创办新人社，发表《力的文学宣言》，直至组织抗日救国团被学校除名，方才离开天津入读北平清华大学历史系并加入北方“左联”，从而在鲁迅先生的影响下开

1982年底，端木蕻良在北京家中与本书作者交谈

王学浩摄

始文学创作。他还说，他的夫人钟耀群当年也曾在天津上学并从事演艺活动。

那天我们聊的很多，聊创作，聊鲁迅，聊“文革”，聊戏曲，当然也聊《红楼梦》与《曹雪芹》，但他唯独没聊东北作家群和萧红，况且我们当时也不知道他和萧红的关系。

许多年后，当我开始关注现代文学史上作家成就的重新排列组合时，我才发现，在1980年代初，萧红还是个被文学史认为的三四流作家，她的研究属于禁区。不但1984年中国台湾地区出版的美国学者葛浩文的《弄斧集》封底有这样文字：“如果没有葛浩文这个美国人，那么台湾读者就不知道中国曾经有个叫萧红的女作家。”而且当大陆学者皇甫晓涛于同时期将萧红作为自己硕士毕业论文课题时，还有人提醒他“这是个是非之地”；“前后曾遭受过来自各方面、包括师友善意奉劝的种种压力”。甚至在打破海峡两岸中国现代文学史禁锢之先的美国夏志清教授的《中国现代小说史》中，夏公在标新立异推出沈从文、吴组缃、张爱玲、钱锺书、师陀等人时，对于萧红，也仅是一笔带过。

由此可见，面对当时的环境与语境，端木老不聊萧红也是在情理之中。但包括端木老本人在内，大家都没想到，仅仅过了几年，萧红这位现代文学史上特立独行的女作家，便成了海内外文坛论说的“热”点。这应该归功于葛浩文先生持久的“旷野的呼喊”(萧红小说标题)，他后来在反思“萧红热”这一文化现象时，曾对原因做过如下归纳：“一、已故，盖棺容易论定。死无对证，作家无所顾忌，可畅所欲言；二、女作家；三、鲁迅最喜爱的几个人之一；四、复杂而又能引起人们同情的性格和生活；五、当前在世旧友们对她的内疚，想有所补偿。”在后来的这股“萧红热”中，端木老是否发声，我因沉于庸事杂事，没去考证。但有了此后的多部萧红传记及影片《黄金时代》，这已足够了。

就在这次拜访结束时，我们提出请端木老为即将到来的1983年写几句话，端木老爽快地答应了。几天后，我们就接到了端木老寄来的“新春寄语”，现摘抄于下：

> 我国有一条格言说：“一年之计在于春，一日之计在于晨。”今天，恰好是一九八三年的第一个早晨，那么，在这个时候，写几句“新春致语”，岂不是顶合适的吗？说是致语，其实，是对我自己说的，或者说是铭语，也许还更确切呢！恰巧，我案上有一本《歌德谈话录》，是歌德在一八二六年一月，和人谈过的一段话，就让我把这段话，转录下来，奉献在读者之前吧！歌德说：“一个人如果想学唱歌，他的自然音域以内的一切对他是容易的，至于他的音域以外的那些音，起初对他却是非常困难的。但是，既想成为一个歌手，他就必须克服那些困难的音，因为他必须能够驾驭它们。就诗人来说，也是如此。要是他只能表达他自己的那一点主观情绪，他还算不上什么；但是一旦能掌握住世界而且能把它表达出来，他就是一个诗人了。此后他就有写不尽的材料，而且能写出经常是新鲜的东西，至于主观诗人，却很快就把他的内心生活的那一点材料写完，而且，终于陷入习套作风了。”作为一个学习写作的人，歌德这些话，对我来说，应该是一副防止“陷入习套”的最好的告诫。是应该遵守和发扬的。

天津书讯

TIANJIN SHUXUN

《天津书讯》编辑部编

1983年2月15日

第2期（总第5期）

新春寄语

题字 王明九

端木蕻良

我国有一条格言说：“一年之计在于春，一日之计在于晨。”今天，恰好是一九八三年的第一个早晨，那么，在这个时候，写几句“新春致语”，岂不是顶合适的吗？说是致语，其实，是对我自己说的，或者说是铭语，也许还更确切呢！

个诗人了。此后他就有写不尽的材料，而且能写出经常是新鲜的东西，至于主观诗人，却很快就把他的内心生活的那一点材料写完，而且，终于陷入习套作风了。”

作为一个学习写作的人，歌德这些话，对我来说，应该是一付防止“陷入习套”的最好的告诫。是应该遵守和发扬的。

1983年2月15日《天津书讯》报刊出端木蕻良的“新春寄语”

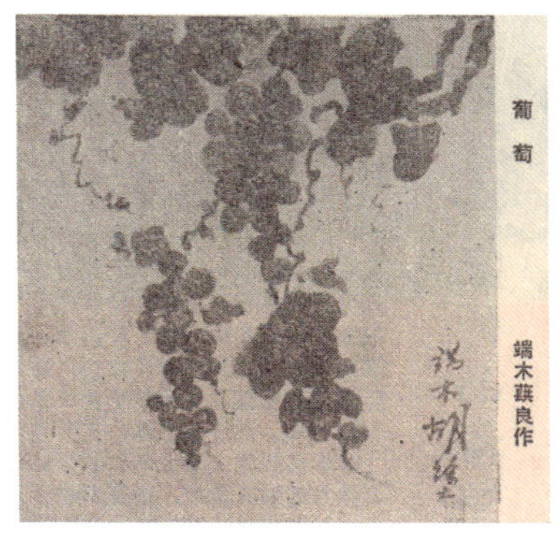

1983年12月15日《天津书讯》报刊出的端木蕻良国画

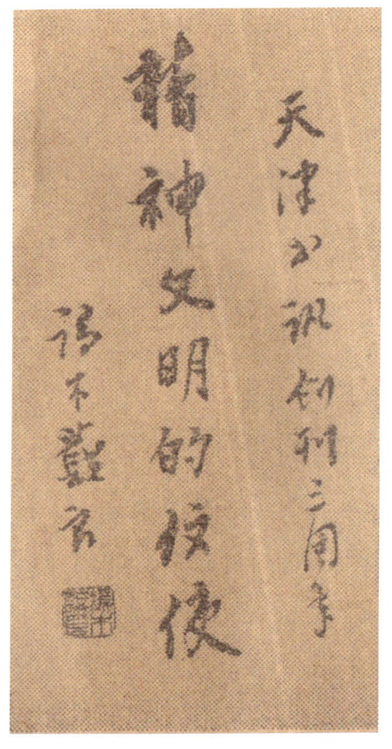

1985 年 11 月 15 日《天津书讯》报刊出的端木蕻良题字

读着这些话，我感到，早年以长篇小说《科尔沁旗的草原》那东北作家群所特有的粗犷与豪放而成名的端木老，在写过《大地的海》《大江》等强劲“东北风”的长篇后，如今能写出具有浓郁京华风貌和江南水色且哀婉细腻的《曹雪芹》，不正是他在创作上防止“陷入习套”的努力吗！同时，这也是一位 70 岁老人在努力“克服那些困难的音”和“主观情绪”后的一次成功尝试！

端木老的这些话，刊发在小报 1983 年 2 月 15 日头版“新春寄语”栏内。值得一记的是，当小报创刊三周年时，端木老又在小报 1985 年 11 月 15 日的头版上留下了“精神文明的信使”的墨宝。

张赣生是民国通俗小说和戏曲美学研究的开拓者

张赣生先生是引领我走上民国通俗小说研究的业师。当下学界多认为赣生师在民国通俗小说研究方面成就卓著，一部《民国通俗小说论稿》奠定了他在此领域的地位。殊不知，赣生师操此业纯属中年变法。在此前，赣生师的本功是中国戏曲研究。20世纪50年代中期，他从中央戏剧学院舞美系毕业分配到天津一家剧团后，便开始了对中国传统戏曲艺术“个性”的思考。经过二十余年苦研，1982年6月，系统论述戏曲独特美学原理的《中国戏曲艺术》由百花文艺出版社甫一推出，便引起业界关注，被认为是国内第一部戏曲美学专著，他也因此被美学大师王朝闻招至麾下，成为中华美学学会的中坚。

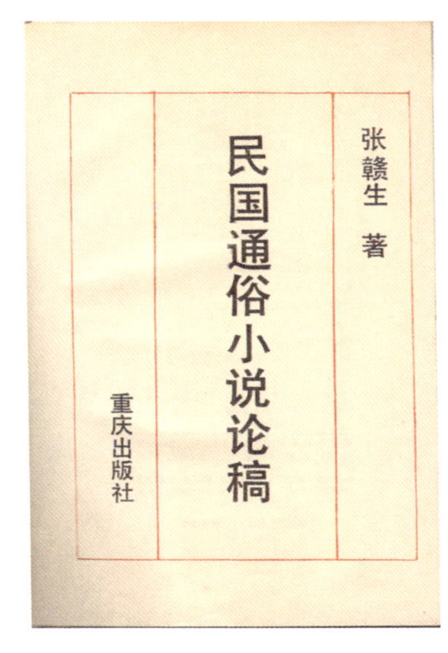

1991年重庆出版社出版的张赣生代表作《民国通俗小说论稿》扉页

其实，赣生师的这部戏曲美学专著，我在20世纪70年代末便已看到了油印本。当时他刚从下放的橡胶厂归队，进入刚刚恢复建制的文化局艺术研究室。报到当天，他便将在“文革”前后写成的这部书稿作为研究成果交给了单位领导。成立伊始的艺术研究室一切都是空白，赣生师的专著无疑是室里的第一个成果，因此格外受重视。但问题也随之出现，那便是书中那些有关中国戏曲个性模式与独特体系的论述，让尚未接触过艺术美学与接受美学的室内领导及老专家们摸不着头脑，于是他们便将书稿打印成册，分发给市内外的相关专家征求意见。我父亲作为曲艺史论研究人员，当时也得到了一册。

那时，美学理论尚未普及，为看这部书稿，我父亲曾让我跑过多家书店，去买当时刚刚出版的美学书籍。由此带来的结果，便是父亲也开始迷恋上了艺术美学，这对他后来写作《中国曲艺史》《曲艺民俗与民俗曲艺》《中国演艺民俗志》《曲艺概论》《中国当代曲艺史》等专著，受益颇大。而我也就是从那时起，知道了美学也看到了赣生师的书稿，以致后来我成了赣生师的弟子，在交谈中，有了更多的共同语言。

1982 年百花文艺出版社出版的张赣生戏曲美学著作《中国戏曲艺术》封面

记得是 1983 年元旦，我给单身的赣生师送祖母做的年饭时，拿到了正式出版的《中国戏曲艺术》签名本，我当时便约他为自家小报写一篇创作谈。这便是刊登在当年 2 月 15 日《天津书讯》报 4 版上的《我为什么要研究戏曲美学》。

1983年2月15日

我为什么要研究戏曲美学

张赣生

拙作《中国戏曲艺术》已由百花文艺出版社出版呈献在读者面前，这是我探索戏曲美学的第一步，以次还要探索观众心理和戏曲与民族文化传统这两个课题。《天津书讯》的编者要我谈谈我为什么要研究戏曲美学，说来话长。

我从小就爱看戏曲演出，除了看京剧之外，因为我原籍山西省灵石县，所以也爱看山西梆子。五十年代中期我上大学的时候常常听人们用斯坦尼斯拉夫斯基体系来解释戏曲，我感到很牵强，又隐约觉得同志们这样做虽是好意，但似乎意味着只有把戏曲艺术说成符合斯氏体系的，戏曲才有存在的价值，这就激发了我的民族自尊心。我们中国历来被举世公认为文明古国，为什么我们自己反而不重视戏曲的艺术准则，为什么一定要把戏曲说成是符合外国标准的呢？我们应该学习外国的艺术，但不能用外国的艺术取代民族艺术。我们承认在某些科技部门是落后了，但绝不是事事不如人！我感到正因为有些同志想用斯氏体系来改造戏曲，就更需要探索戏曲艺术的传统体系，把戏曲的体系与斯氏体系从美学原理上区别开来，这样才有利于确认中国戏曲的独特价值，才有利于发展戏曲艺术的个性，避免在实践中举棋不定、反复徘徊。我们中国有自己光辉的文化传统，中华民族要想自立于世界民族之林，就必须树立民族自信心，必须发扬自己的文化传统，如果我们这一代人不能光大民族文化，我们就上对不起伟大的祖先，下对不起子孙后代！这就是我探索戏曲美学的原因。

一九六四年我开始做这件事，十年浩[illegible]前夕已写出了戏曲艺术原理等主要的章节，浩劫中我把稿子藏了起来，一九七七年我给张庚老师写信提起这件事，得到张老师的热情鼓励，初稿完成后，又得到戏剧界、美学界很多师友的热心指教，得到天津市主管文艺工作的领导同志们的关怀，我所在的天津市文化局戏剧研究室的领导和同志们也尽力帮助我。我自知奉献给读者的是一部不成熟的东西，恳切希望大家批评指教。研究戏曲美学不是一人之力，一朝一[illegible]望有更多的同志来进行这一[illegible]为繁荣戏曲艺术贡献力量。

《中国戏曲艺术》张赣生著
百花文艺出版社出版。

1983 年 2 月 15 日《天津书讯》报刊出的张赣生文章

在这篇小文中，赣生师开篇便言："拙作《中国戏曲艺术》已由百花文艺出版社出版呈现在读者面前，这是我探索戏曲美学的第一步，以次还要探索观众心理和戏曲与民族文化传统这两个课题。《天津书讯》的编者要我谈谈我为什么要研究戏曲美学，说来话长。"随后他便写道：

> 我从小就爱看戏曲演出，除了看京剧之外，因为我原籍山西省灵石县，所以也爱看山西梆子。五十年代中期我上大学的时候常常听人们用斯坦尼斯拉夫斯基体系来解释戏曲，我感到很牵强，又隐约觉得同志们这样虽是好意，

但似乎意味着只有把戏曲艺术说成符合斯氏体系的，戏曲才有存在的价值，这就激发了我的民族自尊心。我们中国历来被举世公认为文明古国，为什么我们自己反而不重视戏曲的艺术准则，为什么一定要把戏曲说成是符合外国标准的呢？我们应该学习外国的艺术，但不能用外国的艺术取代民族艺术；我们承认在某些科技部门是落后了，但绝不是事事不如人；我感到正因为有些同志想用斯氏体系来改造戏曲，就更需要探索戏曲艺术的传统体系，把戏曲的体系与斯氏体系从美学原理上区别开来，这样才有利于确认中国戏曲的独特价值，才有利于发展戏曲艺术的个性避免在实践中举棋不定，反复徘徊。我们中国有自己光辉的文化传统，中华民族要想自立于世界民族之林，就必须树立民族自信心，必须发扬自己的文化传统，如果我们这一代人不能光大民族文化，我们就上对不起伟大的祖先，下对不起子孙后代！这就是我探索戏曲美学的原因。

关于写作经过，赣生师回忆："1964 年我开始做这件事，十年浩劫前夕已写出了戏曲艺术原理等主要的章节，浩劫中我把稿子藏了起来，1977 年我给张庚老师写信提起这件事，得到张老师的热情鼓励，初稿完成后，又得到戏剧界、美学界很多师友的热心指教。"

以上便是赣生师写作第一部专著的缘起与经过。该书在当年出版后，曾在戏曲理论界引发很大反响，但争议随之也来。有人认为此书虽然对中国戏曲艺术具有真知灼见，但其中的议论部分过于庞大，许多观点也是在发自家之言。对此，该书责编陈景春先生当年曾对我讲："赣生这部书，是个大课题，其实它已超越了戏曲本身，是在探讨中国艺术的个性问题，但因为受字数限制，有些观点他未能说深说透，如果当时让他扩充篇幅，应该比现在理想多了。"

1991 年 5 月，张赣生(左)与武侠小说作家诸葛青云论剑于台北

叶洪生摄

然而据我所知，这只是他在戏曲美学研究上的第一步，

诚如他在给我所写短文中所言:“以次还要探索观众心理和戏曲与民族文化传统这两个课题。”此外,他还有写作《中国艺术之道》《与孔子对话》《观众心理学》《民国通俗小说史》等专著的计划。然而天不假年,就在赣生师有感于现代文学史对民国通俗小说不公平,调整写作计划,穿插拿出第二专业——民国通俗小说研究成果不久,便病逝于花甲之期。

时光易逝,斗转星移间赣生师故去已二十余年。这期间,无论是中国戏曲美学还是民国通俗小说,在研究领域均呈现出名家频现佳作迭出的局面。但今天如若做个纵向梳理,便会发现,在这两个方兴未艾的新兴学科中,赣生师 37 年前(1982 年)推出的《中国戏曲艺术》和 28 年前(1991 年)杀青的《民国通俗小说论稿》,仍可堪称是开山扛鼎之作。

张孟良自述如何从“我写我”到“我写他”

1983 年春节前夕，创刊不足三个月的《天津书讯》报，忽然接到作家张孟良的一篇谈创作体会的稿件。对此稿编辑部意见并不统一。主编认为报纸刚刚开办，为创知名度，应优先刊登在 1949 年前就已从事创作的著名作家的作品，而且此前报纸上出现的作家也确实著名，如孙犁、梁斌、方纪、端木蕻良等，尤其是当时我们手中还压着两篇著名作家之作。但编辑们提议，张孟良的长篇传奇小说《血溅津门》刚刚由百花文艺出版社出版，并在天津产生一定影响，此稿应趁热刊出。

从“我写我”到“我写他”

——文学创作体会点滴

张孟良

“要写自己熟悉的人和事。”中外古今不知多少名作家都这样告诫我们。这句话概括地道出了文学创作的一般规律。我是有切身体会的。如果亦用一句话总结一下我的创作道路，那就是“从‘我写我’到‘我写他’”。

“我写我”是建国初期部队进行文化大练兵中创造的“速成写作法”。官兵们拿起笔来写他们的战斗生活和苦难经历，因为他们所写的都是“自己熟悉的人和事”。所以写出来的作品亲切、生动、形象、感人。全军涌现出许多象高玉宝那样的业余作者，写出不少好作品。我就是在这个时期操起笔来的。

《血泪流在古城洼》那个短篇小说就是那时候写成的。被《华北解放军报》、《新观察》、《解放军文艺》等报刊相继转载，编入部队语文教材，并被总政选入向国外推荐的《战士作家选集》中去。同时我以自己的家庭遭遇为背景写出了第一部长篇小说《儿女风尘记》。这一时期的作品应当算做“我写我”。自己写自己所熟悉的人和事，是比较得心应手的。中国的曹雪芹写《红楼梦》、外国的高尔基写《我的童年》亦是如此。但每个作家所经历的生活毕竟还是很狭窄的。所以随着作品的不断发表，过去所熟悉的生活也相对地越来越减少了。这就需要补充新的生活，去熟悉过去自己所不熟悉的人和事。毛泽东同志号召作家们到生活中去，到文学艺术创作的唯一的源泉中去，就是这个道理。

作家的生活是不能枯竭的，要不断地去开拓新的生活原野。如果说《儿女风尘记》是“我写我”的话，那么我写的另一个长篇小说《三辈儿》，就开始转向“我写他”了。曹金虎这个人物，尽管有我的影子，但其素材的来源却有相当大的比重，是在深入生活中获得的。然而毕竟它还不能完全属于“我写他”。只不过是从“我写我”到“我写他”的一个过渡作品而已。确切地说“我写他”那是对最近出版的长篇小说《血溅津门》的创作。

《血溅津门》于1974年开始构思，到一九八〇年

1983 年 3 月 15 日《天津书讯》报刊出的张孟良文章

我属于后者，除上述原因外，还因为在动乱年代，我曾与同学们偷偷传看过张于“文革”前出版的《儿女风尘记》与《三辈儿》，在无书可读的少年时代，这两本书曾让我消磨过寂寞时光。讨论结果，则是由我出面给张孟良写一封信，让其在此稿基础上重点谈《血溅津门》的创作经过。几天后，一篇名为《从“我写我”到“我写他”》的稿件从廊坊如期而至。他在其中写道：

“我写我”是建国初期部队进行文化大练兵中创造的“速成写作法”。官兵们拿起笔来写他们的战斗生活和苦难经历，因为他们所写的

都是“自己熟悉的人和事”。所以写出来的作品亲切、生动、形象、感人。全军涌现出许多像高玉宝那样的业余作者，写出不少好作品。我就是在这个时期操起笔来的。

《血泪流在古城洼》那个短篇小说就是那时候写成的。被《华北解放军报》《新观察》《解放军文艺》等报刊相继转载，编入部队语文教材，并被总政选入向国外推荐的《战士作家选集》中去。同时我以自己的家庭遭遇为背景写出了第一部长篇小说《儿女风尘记》。这一时期的作品应当算作“我写我”。

1957 年中国青年出版社出版的张孟良所著《儿女风尘记》封面

……

作家的生活是不能枯竭的，要不断地去开拓新的生活原野。如果说《儿女风尘记》是“我写我”的话，那么我写的另一个长篇小说《三辈儿》，就开始转向“我写他”了。曹金虎这个人物，尽管有我的影子，但其素材的来源却有相当大的比重，是在深入生活中获得的。然而毕竟它还不能完全属于“我写他”。只不过是从“我写我”到“我写他”的一个过渡作品而已。确切地说“我写他”那是对最近出版的长篇小说《血溅津门》的创作。

1982年12月20日

连环画《血溅津门》

根据张孟良小说改编的连环画《血溅津门》，描写了抗日战争进入大反攻的前夕，我军武工队，借赴天津近郊，开辟游击根据地，武工队长郝明打入敌人内部，摧毁天津日军侵华基地的战斗故事。全书共分为六分册：一、声东击西；二、大闹天津卫；三、威震敌胆；四、夜探敌情；五、智劫粮台；六、巧炸新仓库。

在全部画稿中，作者以传统的线描形式，细腻地塑造了人物形象。由于故事是描写天津的人和事，许多画幅中的马路、楼群以及海河两岸的景色都是天津读者所熟悉的，故事中的恶霸袁文会实有其人，这个作恶多端的混混头儿直到解放后才为人民政府所镇压。

张孟良的原著情节曲折、生动，经过加工改编后的连环画更增加了艺术的魅力。

天津人民美术出版社出版的《血溅津门》连环画，由闻化冰改编，刘建平、尚金生绘，第一、二集即将出版，其余四集可在明年上半年出齐。（施操）

①武工队长郝明带队潜入津郊开辟抗日根据地。

②青帮头子袁文会与日本宪兵队长勾结镇压人民斗争。

③郝明智勇双全潜入天津与敌人巧妙周旋。

④日寇惊恐万状疯狂进行大搜捕。

1982 年 12 月 20 日《天津书讯》报刊出天津人民美术出版社即将出版根据张孟良同名小说改编的连环画《血溅津门》

随后，他便在稿中谈起了《血溅津门》的创作经过：

《血溅津门》于 1974 年开始构思，到 1980 年年底写成，用了六年时间。开始的时候只想以抗战时期我在冀东当儿童团长时那段生活为基础，写一部长篇。后来百花文艺出版社的编辑建议我写一部反映天津市人民在抗战时期对敌斗争的作品。我同意了。但是我对天津市内外的抗日斗争情况不大熟悉，于是就去调查访问。我访问了抗战时期原在冀中八分区和天津市内工作过的二十几位同志，以及伪军政人员，查阅了不少历史档案，搜集了大量材料。许许多多的可歌可泣的传奇式的英雄人物和惊天动地的事迹，深深地感动了我。因此，我决定写活跃在天津市内外的一支精悍的抗日武装力量——津郊武工队。这就是《血溅津门》的写作成因。

《血溅津门》固然是"我写他"，但是，如果不把"他与我"紧密地联系起来也是无法写成的。也就是说必须把调查采访得来的材料同自己本身的生活融合为一体才能进行创作。如果我没有抗日战争在冀东那段生活，单凭调查采访的材料，或者只是在银幕和舞台上见过演员们扮演的日本鬼子，恐怕连日本鬼子真正的模样我也说不清、写不准的。文学创作是需要虚构和丰富的想象的，但它的虚构和丰富的想象要依赖于作者本身的生活经验。否则就会出现凭空编造，失去文学作品的真实性。所以说"我写他"必须同作家自己的生活密切地联系起来才能进行创作。

张孟良先生在文中谈及的作家一定要把素材与自己的亲身经历相结合，才能创作出真实作品的观点，在当年是有效的。"文革"前十七年凡是誉满全国的战争题材的红色小说，也确实都有作家自身在战争年代的影子。但如果将其绝对化，便不免失之偏颇。难道今天没有经历过战争年代的作家就写不出优秀的战争作品？

其实，问题的关键不在于作者是否经历过那些年代那些事，而是其本身的素材积累是否真实全面；创作观念是否正确有责任感；讲述内容是否源于生活而又高于生活；表现手法是否尊重历史客观准确。把握住这些度，作品便具有了思想性与艺术性的高度统一，同时也就有了感染人影响人的真实性。否则便会走向反面，就会出现"手撕鬼子""手榴弹炸飞机"的闹剧。

张孟良这部《血溅津门》更多注重的是"讲故事"和故事本身的传奇性，

在塑造人物性格的典型性与鲜活性上,它与此前出现的《林海雪原》《野火春风斗古城》《铁道游击队》等红色传奇相比,尚有一定差距。但恰恰是因为这个故事本身超强的传奇性,还是让它很快红火起来,不但立即被天津人民美术出版社移植为六集连环画,而且还被天津电视台改编为同名电视连续剧,播出后火遍津城并誉满全国。

《从"我写我"到"我写他"》一文经我编辑后,刊登在当年 3 月 15 日的报纸头版上。

对韦君宜《回忆“天津书局”》一文的补正

与国家级文学出版社掌门人韦君宜老人相识，是因为冯骥才先生的介绍。1983 年初，在一次与冯先生聊天时，他兴奋地对我说：你们应该去采访人民文学出版社，在那里可以真实地感受到什么叫春潮涌动。并告诉我这个社的社长叫韦君宜，社内官称“韦老太”。对于韦君宜，我不陌生。家里存的整摞 20 世纪 50 年代《文艺学习》，其主编，便是她。而且我还知道，她是从延安过来的，历任《中国青年》总编辑，人民文学出版社总编辑、社长，既是资深出版人，又是名作家。采访她，正是《天津书讯》的工作内容。

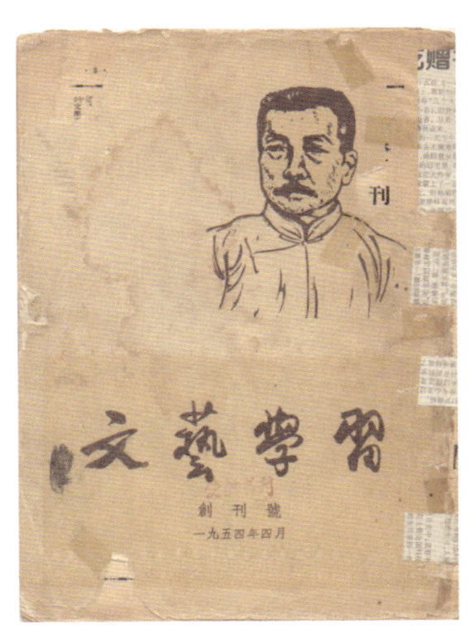

韦君宜主编的《文艺学习》创刊号，于 1954 年 4 月面世

倪斯霆收藏

于是 1983 年春节前，在京城一个华灯初上的傍晚，我们敲开了韦老的家门。正与家人吃晚饭的她，放下饭碗与我们在另一间屋交谈起来。她在介绍了社里的出书成果、新一年的出书规划及文坛盛况后，出乎意料地与我们谈起了天津。只听她缓缓地说：“我虽出生在北京，但

1983 年初，韦君宜在北京家中接受本书作者采访

王学浩摄

上的却是天津南开中学，那时我家住在天津法租界赤峰道。1933 年我 16 岁时，在国文老师孟志孙的影响下，学会了跑书店。孟先生后来成了南开大学教授，正是通过他的指点，我经常去劝业场楼下的佩文斋买书。时间不长，我便发现，在这个堆着许多旧书的不起眼书店里，原来有好多新书，都是学校图书馆里没有的。我在这里买到了《现代》杂志、《汤姆莎耶》和高尔基的作品，而且开始知道逛书店是一大乐趣。”

接着，她深情地回忆起了对她影响颇深的“天津书局”。当时对民国天津图书业已产生兴趣的我，闻此便不失时机地向她发出了组稿约请。

一个月后，我接到了她的来稿。她在所附信函中说，由于工作太忙，平时很难写作，但对天津的情感和对青少年时期的怀念，还是让她在春节假期赶出了此稿。在这篇名为《忆“天津书局”》的稿件中，她在介绍了自己青少年时期的读书经历后，便为我们讲述了如下史料：

> 后来，我从报纸副刊上知道了有个“天津书局”，就在交通旅馆和惠中饭店中间那条路的路底。这个书店的主人叫老柯，脸上有些浅白麻子。他经营的这书店有大量新书。从鲁迅的一本一本新出版的杂文，到郭沫若的创造十年，从张天翼、靳以的新作，到沈从文的记丁玲，我都是从这里买的。鲁迅的杂文陆续出版，我一本不漏的买，就全亏老柯一本不漏的供应。后来他认识我了，一去他就笑着给介绍新书。还有上海左联那些时出时停的新刊物，老柯也一概经营。文学月报、春光、文艺新闻……他都有。有时他没有，我向他提了，过些天准有。还有些杂牌作家如穆时英、李辉英、叶灵凤的……他也一概预备。现在看惯了咱们这品种单调的书店 简直真难想象他那么一个三开间的小书店怎么能预备那么多品种的。他是不是还有另外的店员，我已经不记得了。只记得这位老柯。我能对左翼文学开始有些了解，除了感激教育我的师友之外，决不能忘掉亲切含笑给我介绍新书的老柯。

忆“天津书局”

韦君宜

韦君宜同志近照　学浩 摄

一九三三年，我刚刚学会跑书店。那时我家住天津法租界赤峰道。是我们班上的国文老师孟志孙先生（解放后任南开大学教授）教给我的，上劝业场楼下佩文斋去买书。我去了，这才知道这个堆着许多旧书的不起眼的书店里，原来有好多新书，是学校图书馆里都没有的。我在这里买到了“现代”杂志、“汤姆莎耶”和高尔基的作品，而且开始知道逛书店是一大乐趣。

后来，我从报纸副刊上知道了有个“天津书局”，就在交通旅馆和惠中饭店中间那条路的路底。这个书店的主人叫老柯，脸上有些浅白麻子。他经营的这书店有大量新书。从鲁迅的一本一本新出版的杂文，到郭沫若的创造十年，从张天翼、靳以的新作，到沈从文的记丁玲，我都是从这里买的。鲁迅的杂文陆续出版，我一本不漏的买，就全亏老柯一本不漏的供应。后来他认识我了，一去他就笑着给介绍新书。还有上海左联那些时出时停的新刊物，老柯也一概经营。文学月报、春光、文艺新闻……他都有。有时他没有，我向他提了，过些天准有。还有些杂牌作家如穆时英、李辉英、叶灵凤的……他也一概预备。现在看惯了咱们这品种单调的书店，简直真难想象他那么一个三开间的小书店怎么能预备那么多品种的。他是不是还有另外的店员，我已经不记得了。只记得这位老柯。我能对左翼文学开始有些了解，除了感激教育我的师友之外，决不能忘掉亲切含笑给我介绍新书的老柯。

抗战一开始，我从北平跑回天津的家。再去天津书局，只见书架上摆满了“蜀山剑侠传”之类的书。我抬头看老柯，默然无语。后来我就没有再去过了。

这时我已经年岁稍大。我的同学叶笃庄和张增俭在天津法租界新创办了知识书店（后来的知识出版社）。叶笃庄是党员，这是我确实知道的。我去过一趟，他俩却并不亲自坐柜台。而且抗战已经爆发，同学们大都南行，我也走了。文化事业这条线后来如何发展，我就闹不清了。

1983 年 4 月 15 日《天津书讯》报刊出的韦君宜文章

抗战一开始，我从北平跑回天津的家。再去天津书局，只见书架上摆满了《蜀山剑侠传》之类的书，我抬头看老柯，默然无语。后来我就没有再去过了。

这时我已经年岁稍大。我的同学叶笃廉和张增俭在天津法租界新创办了知识书店(后来的知识出版社)。叶笃廉是党员，这是我确实知道的，我去过一趟，他俩却并不亲自坐柜台。而且抗战已经爆发，同学们大都南行，我也走了。文化事业这条线后来如何继续，我就闹不清了。

以上是韦老这篇文章的一部分，全文刊发在小报 1983 年第 4 期上。近年来，我对民国时期通俗文学和天津的新闻、出版史产生兴趣，曾搜集了大量史料，也有几部专门论述这方面的专著出版。如今重读此文，发现韦老的回忆有些地方需要补充和订正，现分述如下：

首先，是关于“天津书局”及其主人的真实情况。

在近现代天津，署名为“天津书局”的图书出版、发行机构有两家。其一为清光绪十五年(1889)以前创立，主营图书销售，兼营出版，曾于 1903 年出版涂星瑜所著《中国监狱史》等，不久该书局便停办；其二则为 1925 年柯益茂在南开学堂大街(今南开中学对过)开设的新记天津书局，主营学生读物与文具。由于开业便获利，该书局遂于 1926 年迁址繁华地段法租界马家楼，旋即又在法租界劝业场对面的交通旅馆旁设立分店。天津沦陷后，总分店合一，同在分店处经营，经理为柯缦庭，直至新中国成立方歇业。

新记天津书局开业之初系夫妇二人的家庭组合，主要以零售教学图书、杂志及文具为主，并无出版印刷业务，但由于主人精明，产品对路，书局业务很快便有所拓展。据该书局在 1931 年的一则广告中称：

> 天津书局经售下列各家出版的新书：光华书店、北京书店、开明书店、美的书店、楼社、新月书店、出版合作社、未名书店、泰东书店、海音书店、亚东书局、晨报社，代订《语丝》周刊、《北新周刊》《国学月报》《哲学评论》。

此时期该书局销售图书品种之全与所经销的出版单位之新由此可见一斑，同时该书局所售书刊的新文学色彩也不言而喻。韦老回忆的“这书店有大量新书”，便是指新记天津书局分店的这一时期，而那位“亲切含笑给我介绍新书的老柯”,则是柯益茂。

新记天津书局搞图书出版纯属偶然。1932 年底,国民党在上海设立了书刊报纸检察机关,上海一些左翼出版物纷纷被禁。此时在上海从事左翼文学活动的新文学家宋之的,便给身居天津的进步作家王余杞来函,嘱其设法在津创办一本大型左翼文学刊物,因为此时天津书检较松,政府也不重视。王余杞接此任务后,经多方奔走多次碰壁,最终辗转找到了当时地点适中,图书销售又以新文学为主的天津书局。在与店面经理张宗仁说明来意后,书局方面开始颇有顾虑,经王余杞多次开导,书局主人终于答应下来。经过一番编辑筹备,刊物定名为《当代文学》。

當代文學

第四期要目

論大衆語問題(論文)……陳彊
七月流火(小說)……徐盈
奈何橋(小說)……蘆焚
三種人(小說)……王余杞
大舟塢一宿(隨筆)……聞國新
爲市民(小說)……紺弩譯
頌歌(小說)M. Ljubin……黎曉柴譯
紅色的衣裳(詩)……魏照風
村雪(詩)……林麥
石工(詩)……一回
巨富之家與我們奴隸(小品文)王十六
鑼聲(劇本)……今及
國慶之夜(劇本)……文殊
楊騷的詩(創作批評)……蕭風

定價每冊二角五分全年二元八角

天津書局發行

1934 年天津书局出版的《当代文学》第四期广告

倪斯霆收藏

1934 年 7 月 1 日,《当代文学》甫一面世,便在读者中引起强烈反响。创刊号上,除董秋芳翻译的《大战后的欧洲文学精神》与徐盈的小说《粪的价格》外,其余稿件均为宋之的从上海组来,作者包括周作人、周楞伽、艾青、宋之的、聂绀弩、许幸之等。在新文学创作与左翼报刊并不发达的天津,作为公开出版物出版发行,《当代文学》的出现是一个例外。也正因此,中共领导的“北方左联”及时吸收王余杞为左联成员,并对《当代文学》的编辑出版给予指示。因此,《当代文学》实际上已成为当时“北方左联”在天津的机关刊物。1936 年,美国作家埃德加·斯诺在其《活的中国》一书中,把《当代文学》列为“刊有论现代中国文学的极有价值的资料”。遗憾的是,他将出版地误写为上海。

然而时间不长,《当代文学》那浓厚的战斗色彩及鲜红的封面便引起了国民党天津市党部的注意,被误以为是鲁迅所编刊物,1934 年 11 月,当刊物出至第六期时,便被查封。此后,天津书局还曾出过一本进步半月刊《暖流》,但也是出版未几,便被当局定性为“捏词诬蔑,诋毁中央,攻击本党,煽惑民众”,令警方予以查禁。

《当代文学》与《暖流》虽然夭折了,但天津书局的图书出版印刷业务却没有就此停止,反而以更大规模推向社会。需要指出的是,随着天津沦陷,这些新推出的出版物已不再具有鲜明的红色,而是被大量通俗小说及灰色书刊所替代。其出版方式为:由书局一次性出钱买下作者在报上连载或首次创作的书稿,作者在一次性拿到一笔稿酬后,便与其作品再无关系,任由书局一版二版甚至数版重印。沦陷时期平津著名通俗小说作家及其他文人如还珠楼主、刘云若、白羽、郑证因、陈慎言、赵焕亭、戴愚庵、张次溪、姚灵犀、凫公、李山野、朋弟、月明楼主、孟画如、王柱宇、李木等人十分畅销的部分作品便是如此。而这些出版物,便是韦老回忆中所指的“书架上摆满了《蜀山剑侠传》之类的书”。

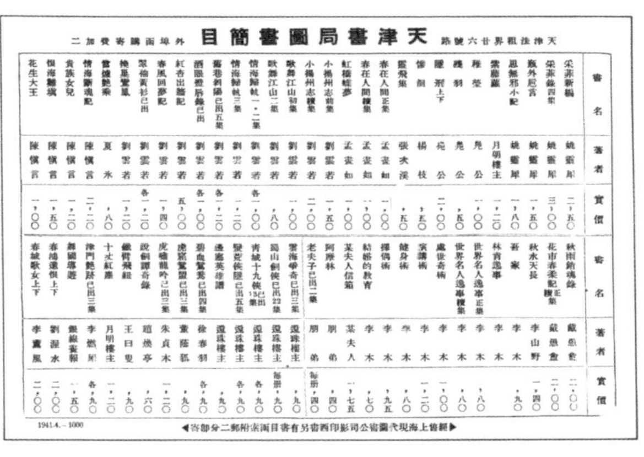

天津法租界廿六號路

天津書局圖書簡目

外埠函購寄費加二

書名	著者	實價
采菲新編	姚靈犀	二,五〇
采菲錄四集	姚靈犀	三,〇〇
瓶外卮言	姚靈犀	一,五〇
思無邪小記	姚靈犀	一,八〇
紫藤蘿	月明樓主	一,二〇
稚瑩	鳧公	一,〇〇
護羽	鳧公	,五〇
腰刑上下	鳧公	二,〇〇
[illegible]	楊枝	,五〇
藍飛集	張次溪	,五〇
春在人間正集	孟畫如	一,〇〇
春在人間續集	孟畫如	一,〇〇
紅樓蝶夢	孟畫如	一,〇〇
小揚州志前集	劉雲若	一,五〇
小揚州志續集	劉雲若	二,〇〇
歌舞江山初集	劉雲若	一,〇〇
歌舞江山二集	劉雲若	,八〇
情海歸帆一·二集	劉雲若	各一,〇〇
情海歸帆三集	劉雲若	一,二〇
舊巷斜陽已出五集	劉雲若	各一,二〇
酒眼燈唇錄已出	劉雲若	各一,〇〇
紅杏出牆記	劉雲若	五,〇〇
春風回夢記	劉雲若	一,四〇
翠袖黃衫已出	劉雲若	各一,二〇
換巢鸞鳳	劉雲若	一,二〇
嘗儂艷乘	夏冰	,八〇
情海斷魂記	陳慎言	二,二〇
貴族女兒	陳慎言	一,二〇
恨海難填	陳慎言	一,五〇
花生大王	陳慎言	一,〇〇

書名	著者	實價
秋雨銷魂錄	戴愚盦	二,〇〇
花市春柔記正續集	戴愚盦	二,〇〇
秋水天長	李山野	一,四〇
[illegible]	李木	,九〇
林青逸事	李木	
世界名人逸事正集	李木	,八〇
世界名人逸事續集	李木	,八〇
處世奇術	李木	一,〇〇
演講術	李木	一,二〇
健身術	李木	,八〇
擇偶術	李木	,九五
結婚的教育	李木	,七〇
某夫人信箱	某夫人	一,七五
阿摩林	朋弟	,四〇
老夫子已出二集	朋弟	每册,四〇
雲海爭奇已出三集	還珠樓主	,九〇
蜀山劍俠已出22集	還珠樓主	每册,九〇
青城十九俠已出13集	還珠樓主	各,九〇
蠻荒俠隱已出五集	還珠樓主	各,九〇
邊塞英雄譜	還珠樓主	,九〇
碧血鴛鴦已出四集	徐春羽	各,九〇
虎窟鸞盟已出三集	董蔭狐	,九〇
虎嘯龍吟已出三集	朱貞木	一,二〇
說劍譚奇錄	趙煥亭	,六〇
鐵骨飛紅	王日叟	,九〇
十丈紅塵	月明樓主	一,二〇
津門艷跡已出三集	李燃犀	各,九〇
舞國導遊	銀線畫報	一,五〇
春鴻還恨上下	劉湛水	二,〇〇
春城歌女上下	李熏風	二,〇〇

1941.4.–1000

經售上海現代圖書公司影印西書另有書目函索附郵二分即寄

1941 年天津书局的图书广告

从笔者掌握的一份“天津书局图书简目”显示,抗战期间天津书局对北派通俗小说收集囊括之全,同一时期其他书局无可比拟。通俗小说销售已明显成为天津书局的特色,而且已颇具规模。虽然这其中有少部分作品不是由天津书局出版,而是为其他出版社(如励力出版社、文华出版社等)代销,但即使这样,其店主欲打造北派通俗小说大本营的意图已清晰可见。时光过去一甲子,如果用今天的视角去评判民国北派通俗小说之得失,虽然当年作家众多,作品极众,但能够留存下来并被今天的研究者视为能代表民国北派通俗小说最高成就者,均未脱以上“简目”所列作家与作品。

抗战胜利后,该书局又将视角伸向域外,从国外(主要是美国)买进原版书,用扫描机翻印后,便上架售卖,较有影响者如林语堂的英文小说《旧时京华》(即《京华烟云》)、劳伦斯的《查太莱夫人的情人》等。这种不经翻译便复制出售的图书显然不是出版,用同时代报人吴云心先生的话说,这实际是在“盗印”。

天津书局由小本起家,以编辑出版红色期刊被关注,因出版销售通俗小说而获利,最后却做出了“盗版”之举,至此其店主人的投机心理与商人本性已显露无遗。而且由此亦足以看出,天津书局实际上是一个不新不旧亦新亦旧的图书出版发行机构,虽然它的图书出版是以左翼书刊为起点,但在当时那种灰暗政治空气下,最后只能以出版通俗小说与灰色读物来赚钱。究其实质,则为书局主人在图书出版与发行方面,不是以传播真理为己任,而是以经营射利为目的。说到底,其经营者只是一个商人,是一个卖过出过进步书刊而又没有政治倾向的投机商人。

这从一个事例亦可证明:天津书局虽然出版了《当代文学》,而且也获得了不菲的盈利,但也留下了许多问题,其中最大问题便是稿费拖欠。王余杞后来回忆 “对外稿费也按照较低标准计算”,“显然有一些人的稿费未曾照付。例如阎哲景,我第二年过济南,他还质问此事,说是小骗局。这在当时,我几乎是求着天津书局的,他不照付,我又其奈之何!”而且王余杞本人为天津书局编《当代文学》,是“自动放弃编辑费与稿费”的。

上述文字便是我根据史料,钩沉出的“天津书局”及其主人的真实情况。但即使如此,我们也应看到,天津书局及其主人在某一时期,还是具有“红色”亮点的,而这一亮点,恰恰就被韦老碰上了。

其次,韦老在谈及“知识书店”时,因不久她便离开了天津,已“闹不清”该书店“这条线后来如何继续”,故而在其回忆中,将天津沦陷前后的两个“知识书店”弄混了。

就像近现代天津曾有两家“天津书局”一样,在民国时期,天津亦有两个“知识书店”。前者为天津留日归国青年叶笃庄(韦君宜同学叶笃廉之兄)与中共地下党员吴砚农(时任《大公报》馆编辑,1949 年后曾任河北省委书记)等人于 1936 年 9 月创办,地点在今和平路国民饭店旁;后者则由天津进步文学青年杨大辛(笔名杨鲍、鲍犁,1949 年后曾在天津市人民政府、市政协文史资料研究委员会任职,现为天津市文史研究馆馆员)等人于 1945 年 12 月 5 日创办,地点在今辽宁路 56 号(1949 年 4 月 1 日迁址今和平路 191 号)。据杨大辛先生近年回忆:虽然“这两个书店并无延续关系,只不过是店名的巧合”,但“都是共产党地下组织领导的进步书店”。

韦老文章中所提及的,应该是前者。因为前者创办人叶笃庄先生近年亦有回忆:1934 年,他在日本留学时,结识了由天津到东京“避风”的中共地下党员吴砚农。“1935 年底或 1936 年初,砚农由东京回到上海,仍在《大公报》馆任编辑。行前我们长谈过一次,再次约定我分家后在天津组织一个书店,并由他负责去找共产党的关系。1936 年暑假我回天津,我们兄弟进行分产。这时我向笃义、笃廉(现名叶方)、笃正、笃成(现名方实)建议,各自拿出一笔钱办书店,而且这个书店将交共产党领导,当然是非盈利性质的,也向他们做了说明。当时笃廉已参加共产党,笃成为‘民先’的积极分子,笃义、笃正也同情革命,在反蒋抗日上态度非常明确。一谈之下,大家都表赞同。初步决定,每人各出一千元,共五千元,作为成立书店的资本。”

由此可见,叶笃庄先生的回忆与韦老的回忆正相吻合,韦老的同学叶笃廉不但是前者的创办人之一,而且正如韦老所知道的,“叶笃廉是党员”。然而韦老认为前者既是“后来的知识出版社”,却是有误。因为据同在前者供职的地下党员向叔保(1949 年后曾任上海市人事局长)近年回忆,“1937 年‘七七事变’爆发后,知识书店已引起敌人注意,日本特务机关要查抄书店和捕人。为避免不必要的损失,书店于当年 9 月关闭歇业”。

成为“后来的知识出版社”的知识书店其实是后者。关于这一史实,目前史料较多,也无歧义。至于后者为何也取名“知识书店”,其创办人杨大辛也有回忆:“为了表达青年人对知识的渴求,书店即以‘知识’命名,当时我并不知道早在 1936 年天津曾经有过一个知识书店。”而韦老的回忆除了将后者

1949 年 1 月 10 日解放军围困天津城时,知识书店经理杨大辛所作书店内景木刻

倪斯霆收藏

1949 年底的知识书店外景（今天津市和平路 191 号）

倪斯霆收藏

1949 年底的知识书店内景(今天津市和平路 191 号)

倪斯霆收藏

误以为是前者外，还有一个笔误，那便是后者在 1949 年后虽然短暂地变身为出版社(1950 年 5 月—1952 年 9 月)，但其名称并不叫“知识出版社”，而是仍称“知识书店”。对此，由我参与编辑并于 1988 年 10 月公开出版的《天津出版史料》(第一辑)中曾有如下记载：

> 解放前的天津没有一个专业出版社。由地下党领导的“知识书店”(指后者)和“读者书店”，虽也出版一些当时革命需要的书刊，但主要还是以销售进步书刊为主。其体制，是出版、发行、印刷在一起的。1950 年 5 月（在天津市军管会文教部指示下）两店合并后的“知识书店”即是出版、发行、印刷三位一体的企业(杨大辛任经理)。1950 年 10 月政务院《关于改进和发展出版事业的指示》和《第一届全国出版会议五项决议的通知》中说：“出版、发行、印刷是三件性质不同的工作，原则上应当逐步实现科学分工。”“公私出版业均应争取条件，逐步实行出版与发行分工，出版与印刷分工和出版专业化的方针。”根据这一精神，1952 年 5 月，书店将发行工作并入新华书店天津分店，1953 年又将印刷厂划归天津第一印刷厂。1952 年 9 月，经出版总署和天津市委批准，以知识书店出版部为基础成立了天津通俗出版社(天津市文

化局局长方纪兼社长)。通俗出版社的建立,就出版专业化来说,是解放后天津最先建立起来的地方国营出版社。在全国各地方出版社中,也名居前列。就业务来说,它又是知识书店出版业务的继续和发展,所以说,知识书店是天津通俗出版社的前身。

1950年任知识书店经理的杨大辛

倪斯霆收藏

……

1956年3月,天津通俗出版社改为天津人民出版社(林呐任社长)。社号0072。社址:锦州道六号。

1958年8月,在天津人民出版社第二编辑部的基础上,成立了百花文艺出版社;1979年8月,又以天津人民出版社科技组与青少年组为基础,分别成立了天津科学技术出版社和新蕾出版社;1983年,又由天津人民出版社抽调骨干,筹建了天津教育出版社与天津古籍出版社。

从以上脉络可以清晰看出,新中国成立后,天津图书编辑出版事业的繁荣发展,均源自1945年底创办的“知识书店”(后者);与此同时,天津图书发行、印刷业务的蓬勃兴旺,也与这个书店息息相关。而正是“知识书店”(后者)的这段编辑出版业绩,让从抗战爆发便辍学南下的韦老,在1949年重返平津后印象深刻,并误认为其前身既是其老同学叶笃廉等人于1936年创办的“知识书店”(前者)。

以上便是《天津书讯》报当年刊发韦老《忆“天津书局”》一文的始末,以及我对该文的补正。由于《天津书讯》当年传播范围有限,如今各图书馆与旧报刊市场已很难寻觅,故而韦老这篇文章影响力不大。即使在韦老所出的各种著作中,此文也未被收入。有鉴于此,今日我将这一难得史料重新披露,希望它对研究韦老生平和天津文化史能有所帮助。

韩映山情系“散文小开本”

“荷派”作家韩映山之子韩大星编录的信函影印本《孙犁书札——致韩映山》，近年已公开出版。喜欢孙犁作品者皆知，书信在孙犁作品中占有很大比重。而在三十余年中，孙犁只写给韩映山的信函便多达二百余封，韩映山也因此成了孙犁一生写信最多的人。

当代文坛上，敬师爱徒的佳话不乏其例，但师徒交心互诉衷肠半个世纪者，却是罕见。如有，孙犁与韩映山应是个中典范。据苑英科在《孙犁书札——致韩映山》一书序中披露：

韩映山（左）与孙犁合影

韩大星提供照片

1950年，韩映山考入保定一中读初中。当时，在文坛上有“神童”之誉的刘绍棠，在孙犁的提携下已经名声大振，韩映山便也跃跃欲试，开始练习写作。1952年，孙犁将他的两篇小说编发在《天津日报·文艺周刊》上，使他走上了文坛。1953年冬天，孙犁下乡路过河北省省会保定，省文联主任远千里在红星剧场为他组织了一个文学报告会，到会听讲的大多是青年学生，韩映山便是其中之一。报告会之后，许多年轻人围着孙犁讨教，当孙犁听说有保定一中的学生时，就问起了韩映山，同学们便把内向寡言、躲在人群后面的韩映山推到他跟前。

这便是他们“师徒”二人的初次相见。从此，韩映山终生以孙犁为师；孙犁则常年视韩映山为友。两人这种亦师亦友的关系，历经半个世纪的风雨洗礼，实乃高山流水，弥久愈纯。

我的处女作

创作近况

韩映山

我的处女小说是“鸭子”，发表在天津日报文艺周刊上，是孙犁同志主编的。在纪念“文周”创刊一千期的时候，我谈了当时的情况。这里不再多赘。现在，我想谈谈我的“处女集”的事。我的第一个短篇集“水乡散记”是上海文艺出版社出版的。其中收集的短篇，多是天津日报“文周”发表过的。第二个短篇集“一天云锦”是百花文艺出版社出版的。这是一种小型的开本，是陈新同志设计的封面，装帧很秀丽，雅淡。我很喜欢陈新同志设计的封面，因此，当我的短篇选集“紫苇集”出版之前，我主动提议请陈新同志给我作封面，他答应了，我又请孙犁同志给我亲笔题了字并写了序言。这本书，从封面装帧到题字和序言，都是很好的，给我的拙作，增添了不少的光彩。只是……那几株苇子画得老了点，是成苇，不……的苇催催了。这也无关大局。这本集……选多是少作，虽然天真、幼稚，但……我学习创作的脚步，我很珍重她。现……已不见陈列，我很希望能够再版。

不久前，人民文学出版社出版了……淀派作品选”，里边选了我五篇小说……作品原先也多是发表在天津日报……上。这是第一次和老师合编一本书，……复杂，一方面感到荣耀，一方面感到……（我的习作是鱼目，老师的作品是……不过，我以为冯健男同志那篇序写得……他贴切地介绍了“荷派”的形成渊源……代背景，无过份的褒贬。

1983 年 10 月 15 日《天津书讯》报刊出的韩映山文章

或许，因为挚爱孙犁，韩映山不但成了“荷派”中坚，当了孙犁创建的《天津日报·文艺周刊》的“铁杆”作者，而且他对天津这座孙犁所在城市的出版界也是一往情深。1983 年盛夏，当《天津书讯》报刚刚创办几个月时，作为中国作协会员，他在看到寄赠的样报后，未经约稿，便在“热伏天”给我们写来了谈他与天津出版界友情的稿件，尤其是对当年百花文艺出版社出版的小开本书籍，更是情有独钟。此稿不长，经我手编发后，刊登在当年 10 月 15 日出版的《天津书讯》报一版下方。

在这篇名为《创作近况》的文章中，他首先回顾了自己第一本书的出版情况：“我的处女小说是《鸭子》，发表在《天津日报·文艺周刊》上，是孙犁同志主编的。在纪念‘文周’创刊一千期的时候，我谈了当时的情况。这里不再多赘。现在，我想谈谈我的‘处女集’的事。我的第一个短篇集《水乡散记》是上海文艺出版社出版的。其中收集的短篇，多是天津日报‘文周’发表过的。”接着，他便说起了自己的第二、三本书：

> 第二个短篇集《一天云锦》是百花文艺出版社出版的。这是一种小型的开本，是陈新同志设计的封面，装帧很秀丽，雅淡。我很喜欢陈新同志设计的封面，因此，当我的短篇选集《紫苇集》出版之前，我主动提议请陈新同志给我做封面，他答应了，我又请孙犁同志给我亲笔题了字并写了序言。这本书，从封面装帧到题字和序言，都是很好的，给我的拙作，增添了不少的光彩。只是封面上那几株苇子画得老了点，是成苇，不

是紫色的苇锥锥了。这也无关大局。这本集子，所选多是少作，虽然天真、幼稚，但她记录了我学习创作的脚步，我很珍重她。现在书店已不见陈列，我很希望能够再版。

正是因为喜欢“百花小开本”，所以他还在此文中表达了自己的愿望：“这几年，我写短篇少了，不过，也积存了一些，等我再写几篇好一点的，还想交百花文艺出版社审阅。但不知人家还愿接收否？”

在这篇文章中，韩映山再次表达了对孙犁的敬意，同时也谈了他与“荷派”作家刘绍棠的情谊：

不久前，人民文学出版社出版了《荷花淀派作品选》，里边选了我五篇小说。这些作品原先也多是发表在天津日报“文周”上。这是第一次和老师合编一本书，心情很复杂，一方面感到荣耀；一方面感到惭愧，（我的习作是鱼目，老师的作品是珍珠）。不过，我以为冯健男同志那篇序写得很好。他贴切地介绍了“荷派”的形成渊源及其时代背景，无过分的褒贬。

今年下半年，吉林人民出版社要出我一部中篇集，书名叫《串枝红》，共收集了我四个中篇。孙犁同志又给题了字。刘绍棠同志给写了序言。这集子里的两个中篇《金喜鹊》和《串枝红》曾在《新苑》丛刊发表过，而和《新苑》的结识，也是由刘绍棠同志介绍的，因此，编辑部的同志，愿意请绍棠写序。绍棠是很了解我的创作的，他的序，写得也很真诚和热情。

韩映山在书房留影

韩大星提供照片

“荷花淀派”亦称“白洋淀派”，是中国当代文坛上一个特色鲜明的文学流派，它产生于20世纪五六十年代。1949年1月15日天津新生，1月17日《天津日报》创刊。当时孙犁与方纪、郭小川等都是这张报纸的文艺编辑。同年3月24日，该报纯文学副刊“文艺周刊”创办，方纪任副刊科科长，孙犁任副科长。翌年5月，方纪调离《天津日报》，“文艺周刊”实际上便由孙犁一个人操办了。

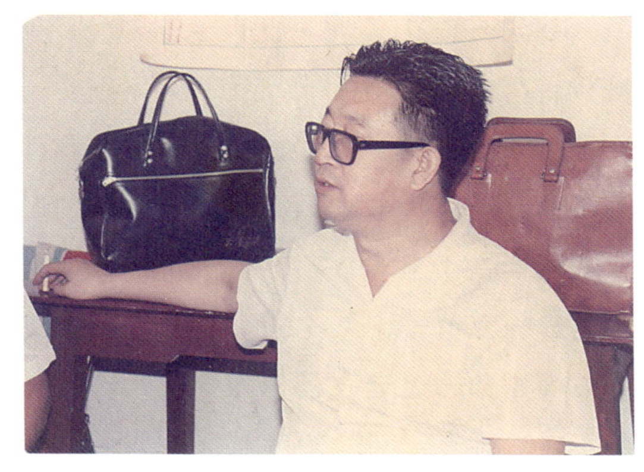

1986年作家刘绍棠在接受本书作者采访
姜德君摄

因孙犁一贯主张“刊物要有地方特点，地方色彩。要有个性。要敢于形成一个流派，与兄弟刊物竞争比赛。”因此在“文艺周刊”创办初期，他便形成了自己的编辑理念：“物以类聚，文以品聚。虽然是个地方报纸副刊，但要努力办出一种风格来，用这种风格去影响作者，影响文坛，招徕作品。不仅创作如此，评论也应如此。如果所登创作，杂乱无章，所登评论，论点矛盾，那刊物就办不出自己的风格来。”

正是在这种理念指导下，孙犁通过发掘、写信、指导、评论、写序等方式，在不长的时间内，便迅速聚集起一批志同道合的青年作者，这其中的代表人物便是刘绍棠、从维熙、韩映山、房树民、冉淮舟等文学新人。他们因崇尚孙犁《荷花淀》那种冲淡、清丽的文学风格，便在孙犁主持的《天津日报·文艺周刊》上，发表了大量避开“重大题材”，而以京津保等白洋淀周边地区乡村百姓日常生活为素材，以小见大反映时代的文学作品。当代文学史上的“荷花淀”派，便由此形成。

尽管时至今日，对这一文学流派是否存在，学界尚有不同看法，如冯健男、鲍昌、阎纲等便认为，“文学上的‘白洋淀’派可以说是‘有’，也可以说是‘无’，可以说是形成了，也可以说是并未确实形成”。因为存在的时间太短，这个流派后来“不但未能巩固和发展”，而且“反而削弱了，解体了”（冯健男语）。而孙犁也在致冯健男的信中谦称：“关于流派之说，弟去岁曾有专题论及。荷派云云,社会虽有此议论,弟实愧不敢当。自顾不暇,何言领带?回顾则成就甚微,瞻前则补救无力。名不副实,必增罪行。每念及此,未尝不愧怍交加,徒叹奈何也。"但文学史上对这一流派却是肯定和认可的,而且孙犁及他所培养的这些作家,在当代文学史上的影响力也是毋庸置疑的。

然而一个事实也不可否认,与刘绍棠、从维熙等人相比,韩映山后期创作的影响力稍弱。这一方面是因为他在1998年便以65岁的年纪早逝;而另一方面则如吾之老友杨栋先生所言:韩映山原在天津文联工作,出版了《紫苇集》《绿荷集》等书。70年代又调回了保定工作,他如果在天津,创作还是会上台阶的……对杨栋兄此语,我深以为然。

滕鸿涛笔下的“天祥”旧书摊

滕鸿涛这个名字，现在已经很少有人知道了。但在20世纪50年代初，他在天津乃至全国工人业余作者中，却是大大有名。近两年，我因对新中国成立前后陈荒煤、周巍峙、阿英、孙犁、鲁藜等人接管天津文艺工作产生兴趣，故而知道了滕鸿涛的一些情况。

1949年1月15日，天津在炮火中获得新生，3月份，随军进城的作家孙犁便在创刊不久的《天津日报》发表《谈工厂文艺》一文，提出工人阶级将要成为文学艺术的主人。与此同时，天津军管会文艺处也在积极推动各类工厂文艺的开展。1950年2月1日《文艺学习》在津创刊，军管会文艺处处长阿英在代发刊词中号召广大工人自己演，自己唱，自己画，自己写。一时间，全市主要工厂纷纷建立了创作组，并培养出了一批享誉全国的工人作家。滕鸿涛与董廼相、阿凤、大吕等，便是此中的佼佼者。

尤其是滕鸿涛当年创作的小说《皮猴》，不但在全国产生影响，而且还被阿英编入“工厂文艺习作丛书”，由赵家璧主办的上海晨光出版公司出版。后来，为了支援西北建设，滕鸿涛被调往甘肃工作，由此脱离了人们的视线。

天津书讯

1983年10月15日

回顾"天祥市场的旧书摊

滕鸿涛

津门旧书录

1983年10月15日《天津书讯》报刊出的滕鸿涛文章，标题字系著名书法家赵半知所题

大约是在1983年夏末，《天津书讯》报突然接到了滕鸿涛由兰州寄来的一篇名为《回顾“天祥”市场的旧书摊》的稿件。当时我们对他都不熟悉，只是从他随稿而来的“个人简介”中得知，他“新中国成立前曾在天津当铁路工人，新中国成立后开始学习写作，曾出版小说、散文选集六部。中国作家协会会员，全国铁路文协理事。现

在兰州铁道报工作。”

实话实说，他的稿件最终能在1983年10月15日小报名人专栏“津门怀书录”上刊出，实在是因为他的回忆引发了编辑部几位老编辑的共鸣。例如他在文中表述：“离开天津二十几年了，我常常怀念故乡的一切，其中就有原天祥市场的旧书摊。刚一解放，人们如饥似渴地寻求新的知识，在青年中，掀起一股读书热。那时，我在单位里做工会工作，分工搞宣传，为了充实自己，更是废寝忘食的读书。开始，到宁园图书馆去借书，由于购的书少，借阅的人多，满足不了需求，我就到书店去买。购书，占去了我节假日的大部分时间。”随后，他便对30年前在天祥市场旧书摊买书的经历，做了如下回忆——

大概是二楼吧，转圈几乎都是旧书摊。光线很暗，白天开着电灯。买书的人不多，挺静谧。有几个人拿着书，站在书架旁默读着。我巡礼了一番，有线装书，有破旧的外文书，也有“五四”以来的新文艺作品。一下子，我就像蜜蜂钻入了花丛，这个书摊翻一本书，那个书摊看一本书。有些书，只是在报刊评介文章中见到书目，没有读过原书。现在发现了，真是喜出望外。看了看，书还挺整洁，价钱也便宜，这一回，就挑选了一摞书，有沈从文的《边城》，老舍的《离婚》，郭沫若的《虎符》……还有几本文艺理论书。

……

给我印象深的，还有那几个书摊主人，都在中年以上，很文静，默默坐在书旁，任凭顾客挑着，他们概不过问，有时自己也抽出一本书看。顾客看了多半天的书，一册不买，他们毫无表情，是司空见惯了吧！有的看完了书，胡乱丢在摊上，他们一言不发地走过去再插到书架上。

1950年代初的天津大胡同新华书店（原商务印书馆天津分馆）也卖旧书

倪斯霆收藏

他们的职业作风，引起了我的敬重。

有一段时期，我读起鲁迅的《中国小说史略》，对清末谴责小说感到兴趣。有几册书我是有的，如《官场现形记》《二十年目睹之怪现状》等，但还有一些根本没有见过。这些书当时还没有再版，书店里是不会有的，就把希望寄托在天祥市场的旧书摊，开了个书单去找。头一回就被我购到了《孽海花》《活地狱》，心里高兴得了不得。坐电车回家时，手里紧紧握着书，好像生怕别人抢去似的，当天晚上就贪婪地看完了一本，看看表，已经后半夜三点多了。

还有几本没到手，是不甘心的。就几次到旧书摊去找。日子长了，有的书摊主人就对我面熟些了，就问我要找什么书。我将书单给了他。他答应碰到了给我留下。以后，《文明小史》《九命奇冤》……都搜罗齐了。这种满足和乐趣，与我有相同爱好的人，是会领略到的。但这些书，"文革"中都被焚化了。它们就像早年失亡的儿女，我有时想到，心里一阵刺痛。最近，又寻购了几册，但没有那样齐全了。

多少年没去天祥市场了，有几次出差路过天津，行色匆匆，也没有顾得去看看。现在不知道改成什么样子了，旧书摊肯定没有了。

在新华书店一统天下，尚未实行开架售书的20世纪80年代初，滕鸿涛的回忆一下子勾起了老编辑们对30年前天祥旧书市场的怀念，因为他们中就有当年在那里看书并由此喜欢上文学的。余生亦晚，虽然当年天祥市场旧书摊的盛况没有赶上，但对其历史我还是从上学时教我版本学的著名古旧书专家张振铎老先生处获知一二。

据张先生的讲义介绍，天祥市场建成于1922年，开业不久在三楼就出现了旧书商张致功与张荫培合办的中西书店，这是在天祥营业的第一家书店。此后，随着永和书局、英华书局、艺文书局等的陆续进入，最鼎盛时有五十多家书店在此经营。他们多为个体户，如夫妻店、父子店、兄弟店及朋友合股店等。当年到这里购书的人很多，有时当日客流量过万，沽上文化名人如徐世章、金梁、金越、张一山、卢木斋、王襄、陈邦怀、陈少梅、刘子久、刘奎龄、赵元礼、华士奎、孟广慧、周叔弢、谢国桢等，也都是这里的常客。

至于各书肆的旧书，主要有以下几个来源：一是到旧物市场去搜寻，如

1956 年 6 月 1 日天津古旧书门市部开业时的橱窗

倪斯霆收藏

天津南开的"鬼市"等；二是由各书店进货，如上海的世界、大东、开明、三联、晨光等书局；三是从读者手中直接购买，如落魄文人或藏书家等；四是去外省或农村收购，如各地的书肆、书贩、藏家、富户及旧物市场等。当年贩书者四海为家走街串巷探珍觅宝的生涯，曾让我向往。虽然毕业后，曾有过随张振铎老先生下乡收购的机会，但因当年少不更事吃不了苦而半途而废。

后来，我在参与《天津出版志》编撰时了解到，新中国成立后，也就是滕鸿涛回忆的那段时光，天祥市场旧书摊尚有三十余家。迨至 1954 年，随着公私合营的开展，旧书摊开始由天祥市场陆续迁出，与新华书店联营新书。到了 1956 年 6 月，尚存的天祥旧书摊便全部合营到新华书店古旧书门市部，此后，又改组为古籍书店。20 世纪 70 年代中期，我上中学时也曾到天祥二楼看旧书，但那已是古籍书店在经营了。

“小彩舞”在其京韵大鼓选出版后的“爆料”

我出生在曲艺世家。姥爷故去的早，母亲十几岁便随单弦老艺人张剑平学艺，张老先生视我母亲如己出，故我一会说话便管张老先生喊“姥爷”。父亲本是工科出身，但一毕业便跨行操觚，如今已被学界公认为曲艺史论专家、中国曲艺学科奠基人之一。1982年，我认识了一个在天津市曲艺团唱山东琴书的女孩儿，她后来成了我儿子的亲妈。有了这些关系，我从小到大都对曲艺有着一种天然的情感。

也正因此，1983年春天，艺名“小彩舞”的著名京韵大鼓表演艺术家骆玉笙的个人唱腔选集出版时，我在第一时间便拿到了样书。记得那年夏天的一

1988年10月，骆玉笙（右二）与相声表演艺术家马三立（左一）、苏文茂（左二）及本书作者之妻何丽荣（左三）在天津市曲艺团门前

倪斯霆收藏

《骆玉笙演唱京韵大鼓选》1983年由百花文艺出版社出版

个夜晚，当与那个唱琴书的女孩儿约会时，我提到了此书。她说，当学员时彩舞老师刚刚“落实政策”，虽然还不能公开登台表演，但已“归队”，团里让她负责学员队的教学，教我们各曲种唱腔，老太太特认真，也特进步。我随口说，你能否帮我向她约个访谈。转天女孩儿便打电话告我，彩舞老师不但答应采访，而且还要亲自为小报写篇稿，表达一下对帮助她出书的人们的感谢之情。

于是在夏末一个凉爽的清晨，我与摄影记者学浩兄便踏进了位于天津“五大道”桂林花园附近的骆宅。这是一套洋房底层半地下的住房，窗户很高，阳光透过窗外葡萄架照射到屋里，形成斑斑点点的梦幻般感觉。虽然不久骆老便被市里安排住进了当时天津高档住宅云峰楼，与冯骥才成了邻居，但我去过后觉得，真的不如这套“地窨子”，起码失去了原址的幽静与田园般的环境。

那天身材矮小的骆老精神矍铄，已经泛白的头发梳得很亮，在脑后挽起一个发髻，再配上那时时髦的绣琅镜，一如当年舞台上的风采。她对我上下打量了一番后说：“不是外人，你爸爸是我们这圈里的秀才，小何(那个女孩儿)是我带过的学员。需要采访什么你们就问吧。”话题自然从刚出版的《骆玉笙演唱京韵大鼓选》说起，据她讲：“百花文艺出版社出版的这本书，是从我几十年演唱的七十多段京韵大鼓中选录的有代表性的16段曲目，既有传统作品，也有改编和创作的新曲目，如《红梅阁》《伯牙摔琴》《丑末寅初》《黎明的战歌》等，基本上反映了我在各个时期舞台实践的概貌。”

随后，老太太便讲起了自己一生的从艺经过。印象较深的是她为我们讲的一个段子——“1948年我从天津组了一个班底赴上海、南京演出，本想趁着兵荒马乱大捞一把，从此谢绝舞台。但几个月下来不但没赚到钱，反而把在天津几年的积蓄也搭了进去。1950年初，天津文化局长阿英知道了此事，便让‘小梨园’的老板在当年腊月三十晚上将我们接回。正月初二，我在‘小

1951 年 12 月 15 日，天津市曲艺工作团成立纪念大会全体人员合影，二排左三为骆玉笙

倪斯霆收藏

梨园'登台时，军管会文艺处的干部前去看望，但我说的第一句话就是'我不唱新节目'。当文艺处干部一再动员时，我说'我从三轮车上摔下来，把脑子摔坏了，记不住新词。'其实，这是借口，从三轮上摔下来是真，记不住词是假。我心里想的是，我过去没有歌颂国民党，今天也不歌颂共产党，今后不管是哪一党哪一派来，我都是凭本事吃饭。对于我的态度，阿英知道后不急不躁，他带着局里的戏改干部何迟、赵魁英(来自延安的京剧名丑，曾任天津市文化局副局长，后与骆老结为伉俪)等，多次往返艺人们演出集中的'大舞台'与'玉壶春'，反复宣讲新的文艺政策，但我却一句也听不进去。尽管当时一些进步较快的演员已逐渐创作、改编一些以歌颂新社会的新人新事为内容的新曲目，可我仍然演出我的《击鼓骂曹》《剑阁闻铃》。对此领导们不是简单的批评，而是找机会就鼓励。当年为纪念毛主席'延安文艺座谈会讲话'，文艺界上街敲锣打鼓扭大秧歌，我虽也参与，但放不下身段，只是别别扭扭地跟着走，尽

1950 年代骆玉笙与赵魁英的结婚照

倪斯霆收藏

天津书讯　1983年11月15日

写在“骆玉笙演唱京韵大鼓选”出版之际

骆玉笙

骆玉笙同志近照

《骆玉笙演唱京韵大鼓选》出版了，它是从我几十年演唱的七十多段京韵大鼓中挑录的有代表性的十五段曲目。既有传统作品，也有改编和创作的新曲目，基本上反映了我在各个时期舞台实践的概貌，是我多年不断探索的结果。

京韵大鼓是我国民间的曲艺形式，我从二十年代就开始演唱它。在旧中国，曲艺艺人的社会地位十分低下，受尽了封建官僚和地痞、流氓的凌辱与迫害。解放后，党和政府十分关怀曲艺艺术，对我个人也是倍加关心和爱护，使我从一个旧社会的大鼓艺人成长为一名新中国的人民演员。不但为我录音、录相、拍电影，这次又为我出了书。如果说在这本书里有一些我对京韵大鼓艺术的创新和改革，那也是在领导和同志们的帮助下取得的，我只是作了一些力所能及的工作。特别是中国曲艺家协会主席陶钝同志在百忙中为本书写了序言，老作家方纪同志抱病用左手为本书题字，天津市曲艺团团长王济同志为本书撰写了评论文章，天津市曲艺团专门抽调了李光、张子修、韩宝利等同志为我编辑、记谱、整理资料，这一切都使我非常感动，体现了党对曲艺事业的关怀。在几十年的艺术实践中，我曾经观摩了许多兄弟剧种和姊妹艺术，将其中合理和有用的部分汲取到我的演唱中来，不断改革和发展京韵大鼓唱腔，突破了过去一些传统唱法，使它的表现力更加丰富，被大家认为是「骆派」。其实它是在继承了刘、白、少白几派京韵大鼓艺术的基础上，结合我自己的条件形成的。曲艺要发展，就要博采众家之所长，今后我还要这样继续做下去。这本书的出版，正是我向广大曲艺爱好者交上的一份答卷，虽然它还很不完整，但毕竟是我几十年演唱实践的结果。

在曲艺书籍中，出版个人唱腔选集，在我国还是第一次，我希望这本书的出版，能够为戏曲界、曲艺界及广大曲艺爱好者们提供一份研究曲艺艺术的资料，起个抛砖引玉的作用。

最后，在此书出版之际，谨向关怀和帮助过这本书出版的同志们表示感谢，同时也希望广大曲艺爱好者与同行们批评指正，共同为曲艺事业的繁荣而努力。

八三年九月十九日

1983 年 11 月 15 日《天津书讯》报刊出的骆玉笙题字和文章

管这样领导们仍是一再表扬，说我有进步，这让我心里既高兴又惭愧！当年夏天，我还被文化局评上劳模去北戴河疗养。这一切，都让我对共产党心怀感激。从此，我下决心跟上新时代，并最终成为了人民的艺术家。”

最后她特别强调：“我从 20 年代便开始演唱京韵大鼓。在旧中国，受尽了封建官僚和地痞、流氓的凌辱。新中国成立后，党和政府对我个人倍加关心和爱护。不但为我录音、录像、拍电影，这次又为我出了书。特别是中国曲协主席陶钝同志在百忙中为本书写了序言，老作家方纪同志抱病用左手为本书题字，天津市曲艺团团长王济同志为本书撰写了评论，天津市曲艺团专门抽调了几位同志为我编辑、记谱、整理资料，这一切都使我非常感动。”

分手之时，骆老意犹未尽，在欣然为小报题写“努力拼搏　振兴曲艺”书法后，又将一篇手稿交给我，这便是刊登在 1983 年 11 月 15 日《天津书讯》报上的《写在〈骆玉笙演唱京韵大鼓选〉出版之际》。文中她写到——

在几十年的艺术实践中，我曾经观摩了许多兄弟剧种和姊妹艺术，将其中合理和有用的部分汲取到我的演唱中来，不断改革和发展京韵大鼓唱腔，突破了过去一些传统唱法，使它的表现力更加丰富，被大家认为是“骆派”。其实它是在继承了刘、白、少白几派京韵大鼓艺术的基础上，结合我自己的条件形成的。这本书的出版，正是我向广大曲艺爱好者交上的一份答卷，虽然它还很不完整，但毕竟是我几十年演唱实践的结果。

在曲艺书籍中，出版个人唱腔选集，在我国还是第一次，我希望这本书的出版，能够为戏曲界、曲艺界及广大曲艺爱好者们提供一份研究曲艺艺术的资料,起个抛砖引玉的作用。

与骆老文章同时在小报上刊出的，还有这本京韵大鼓选的记谱及整理者之一李光所写的书介。此文也是我通过那个唱琴书女孩儿约来的,因为李光先生是天津市曲艺团的著名编导。据这篇名为《“骆派”京韵艺术的结晶——介绍〈骆玉笙演唱京韵大鼓选〉》的小文披露:

> 这本选集共收入骆玉笙代表作十六段,全部附有曲谱,并在篇末有关于唱段音乐的说明,是学习京韵艺术、研究曲艺史的重要资料,也是迄今为止说唱曲种流派的第一部完整的音乐资料。……从“选集”中的《红梅阁》《剑阁闻铃》《子期听琴》及《伯牙摔琴》《击鼓骂曹》等几个久享声誉的唱段中，可以看到委婉细腻的旋律所倾诉的情怀。脍炙人口的《丑末寅初》和俏丽的《风雨归舟》《百山图》等又发展了骆派唱腔的丰富多彩。而新中国成立后的代表作《珠峰红旗》《黎明的战歌》《夜请李月华》等,则集中体现了艺术家致力于表现新生活、塑造新人物的革新探索精神。全国曲协主席陶钝同志写的序言，从京韵大鼓的发展过程到“骆派”的形成,作了科学的阐述,是篇精辟的曲艺理论文章。王济同志的文章,对“骆派”艺术的特点、风格及形成做了全面概括的分析和评价。书末附有骆玉笙的自传:《我的舞台生活六十年》。

就在这次采访和骆老及李光先生文章刊出两年后,随着电视剧《四世同堂》在全国的热播,骆老演唱的那首韵味十足的片头曲《重整河山待后生》,很快便风靡了神州大地。

王学仲解读归国后因何再版《书法举要》

我对书法绝对外行，也不会欣赏，当年去向著名书法家王学仲先生约稿，纯属职务行为。那是1983年秋天，王先生结束了两年多日本国立筑波大学艺术系的讲学生活，重回天津大学任教，并在归国伊始，将自己在日本出版的理论旧作《书法举要》重新修订，交给天津人民美术出版社再版。我从报纸编委、天津人民美术出版社张道梁先生处得到消息后，便去了王先生在天津大学的“黾园”约稿。

因20世纪80年代初国内学者、艺术家长时间出国讲学者不多，故王先生赴日时，媒体报道很热闹。如今王先生归来，自然也吸引了众多记者前来采访。记得我到“黾园”时，已有两三家媒体同行正在书房做他的访谈。

那天王先生兴致颇好，对来访者的提问，几乎是有问必答。交谈中，我们得知，王先生1925年出生于山东滕州，1942年考入北平京华美术专科学校国画系，1949年再次求艺于北平国立艺术专科学校墨画科，1951年转入中央美术学院绘画系，受业于当代绘画大师徐悲鸿，同时也得到齐白石、黄宾虹、李可染等名家的指导。尤其让我惊讶的是，他不但是个“老天津”，1953年便在天津大学土建系任美术老师，而且《书法举要》也不是他书法理论处女作，早在1956年前后，他便写出了《中国画学谱》与《中国画年谱》。

因对书法不在行，那天我说话很少，只是在告别时提出，想请王先生就《书法举要》的再版，向读者写几句话。没想到他不但爽快地答应了，而且很快便将稿子及一幅题词寄来。这便是发表在1983年12月15日出版的《天津书讯》报上的王先生的书法及《我所写的〈书法举要〉》文章。此文开篇便讲：

《书法举要》是我中青年时代的一本旧著，付印时正当日本国立筑波大学艺术系敦聘我为该校教授，讲授书、画及艺术理论，一任就是两年多，没有细心校正就出版了，难免有许多错误。

该书出版后，在国内及日本的书店档架上市，便很快地售光，出版社和我收到各地读者的大量来信，我身在异国，又无法一一答复，读者急切地要求买到这本书的心情我是理解的。现在我初返祖国，首先想到借此机会，答复所有爱护这本书而没有购到它的读者。

我所写的《书法举要》

王学仲

王学仲同志在日本讲学时留影

1983 年 12 月 15 日《天津书讯》报刊出的王学仲文章

至于写这本书的初衷，王先生说：

古代关于书法的著作很多，如侧重评论的有《书谱》和《艺舟双楫》等；侧重结构的有欧阳询《结字三十六法》和李溥光《永字八法和变化三十二势》；侧重技法的有冯武的《书法正传》及陈绛曾《翰林要诀》；专论一体的有《元吾衍三十五举》（篆书）、《草诀百韵歌》（草书）。这些书，有的内容过简，有的文辞艰深，不便于初学学习，今天在文化馆、文化宫的书法教师，初学书法的工农兵和青少年，也需要一本系统地解释真草篆隶的入门书。我就是以他们为对象，体例上采用简条捷目，既注意系统性，又可作为工具书而写成的。

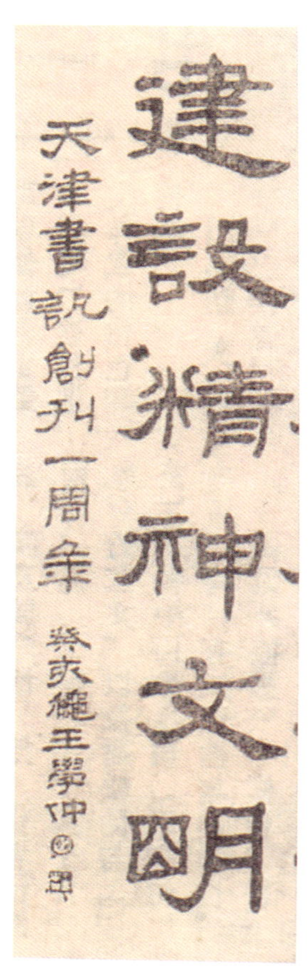

1983 年 12 月 15 日《天津书讯》报刊出的王学仲书法

关于《书法举要》一书的内容，王先生写道：“为便于阅读，我还附绘了图解说明，对于古代有争议的‘舞剑器’，如《正字通》解释‘其舞用女妓雄装空手而舞’；有的说是‘女子以丈余彩帛结两头，双手持之以舞’。经与出版社责任编辑和总编商议，他们认为该书用现代事物插图，建议仍以持剑形象便于说明。在草书部分，章草则没有列入，插图中我注意到安排女书家，隶书中惜把郑簠漏排，因出版社感到不易改变版型，许多缺点，再版中都难得到补正。”

最后，王先生表示：

> 值得告慰读者的是，《书法举要》正由天津人美再版印刷中，我也在此向大量来函而未及一一致复的读者表示谢意和歉意。我深切地期待，该书能否达到为上述对象服务的目的呢？只有殷切地希望热情的读者们，在实践中给予检查验证吧！

以上便是我与王先生的初识及约稿经过，此后因我对书画领域很少涉及，与王先生再没有直接交往。王先生再次引起我的关注，则是几年后。当我对民国通俗文学开始研究时，从民国武侠小说大师白羽哲嗣宫以仁先生处得知：1955 年，困顿于天津寓所中的白羽，忽接市委宣传部与统战部的通知，让他为香港地区报纸写一篇当年创作武侠小说经过的文章。与此同时，王学仲先生则受派为白羽画一肖像，与白羽文稿一同刊登于当年的香港《大公报》上。

王学仲为白羽画像

据以仁先生后来撰文说：“当年的王学仲只有三十岁，名望还不太高，但书画水平均甚佳，白羽生前很欣赏王先生为自己作的画像，并将这幅画像拍成照片。……20 世纪 80 年代我见到王先生，他已是中华全国书法家协会副主席、国内著名书画家。王先生当年作的画也早已不知下落，只有白羽留下那张画像的照片，我请王先生按照片重画一张，王先生慨然应允，这就是当今广泛流传的白羽画像的来龙去脉。”

但对此我却发现，在作画原因及时间点上，其言与王学仲先生的回忆相抵牾。

据王学仲先生在1994年为内部刊物《天津文史》所写《也说宫白羽》一文追忆：

> 我是在新中国成立后认识宫白羽的。当时他的职业是校对工作，我和他的交友不是由于武侠小说，据他说武侠小说是他的苦闷产儿，也淹没了他愿意贡献社会的另一门学问——古文字研究，我看到他这方面的一些手稿，一一阅读过。……大约是到了一九六五年，他自称患了不治之症，将不久于人世，我俩议定，由我为他画一张纪念肖像，我带去纸笔，边谈边为他作写生，画好后，由他题写了四句铭语：“语言乏味，面目可憎，画中为谁？曰：白羽先生。”

对上述二人的“矛盾”之说，我曾问过以仁先生。据他讲，是王先生记错了画像原因与时间。而且从画像上看，白羽也更形似20世纪50年代的面貌。我存有一张白羽1965年的照片，其已颓然老矣，与王先生“一九六五年”所画的形象截然不同。

然而王先生的回忆也接近事实。他称与白羽相识是因为古文字研究，而事实上，他和白羽在1954年前后恰恰都钻研过甲骨文，并都与甲骨文研究前辈王襄先生过从甚密。而且从他回忆的细节看，也不像是记忆模糊。他说白羽“自称患了不治之症，将不久于人世”，白羽就是在1966年春天因病故去的。反之以仁先生则从1949年后一直在北京、山西两地学习、工作、生活，即使经常返津省亲，也是时间短暂，记忆中难免有误判之处。

那么，他们二人所言，到底是谁对谁错呢？对此我曾有过找机会再与王先生核实的想法，但王先生近年名气太大，机会始终没有。如今以仁先生与王先生已相继故去，此段史实也只能再找机会去查当年的香港《大公报》来澄清了。

叶文玲的"记忆彩云"

三十多年前，叶文玲的名字在报刊上是常见的，她也是那一代文学爱好者的偶像。短篇小说《心香》、长篇小说《无梦谷》，在当年既是畅销书，又曾获过多种奖项。至今仍记得，那时读她的作品，最大的感受是她的语音诗化文字美，就连自传写得也像散文——"'系毛蓝布围腰'是我初上文坛的自画像。我的故乡玉环，是典型的青山绿水江南县城，楚门更是一个鱼米丰饶的傍海小镇。故乡虽非诞生于文学之巢，却一直是我心头的绿荫。幼时痴迷书籍的我，理想之翼常像瑰丽的彩蝶翩然入梦，而我最终之所以与文学结缘，既源于我那绣花女出身秉性聪慧的母亲的遗传，更由于从小钟情文学的哥哥叶鹏对我潜移默化的影响。我是在如花嫩苞的年龄开始文学创作的，13岁时便在故乡县报上以几篇小小说初露才华。然而，1957年那场风暴带给复旦高才生哥哥叶鹏的不公正遭遇，使当时年仅十五岁的我也因此而受株连。但是，尽管失学失业的浓重阴影久久伴随我的芳年，我却没有泯灭对文学的如火热情，16岁时又以一篇沾着草叶珠露般的小说《我和雪梅》，叩开了省级杂志《东海》的大门。"

叶文玲所著《写在椰叶上的日记》1985年由百花文艺出版社出版

如果说她对故乡和孩提时代的描写充满了亲情，那么她还在一篇散文中，对在她文学创作成熟阶段曾给予她帮助和关爱的天津出版界，抒发了真挚的感情。这便是她于1984年1月15日在我责编的《天津书讯》报一版上，刊发的"津门怀书录"文章《一片记忆的彩云》。

叶文玲与天津有缘。自 1979 年加入中国作协后，在随之而来的创作丰产期内，她有多部作品由天津百花文艺出版社出版，如短篇小说集《心香》(1981 年)、中篇小说《青灯》(1982 年)和《小溪九道弯》(1982 年)、散文集《写在椰叶上的日记》(1985 年)及文艺理论集《艺术创造的视角》(1985 年)等。也正因此，在她的笔下，便流露出了对天津出版界和出版人的浓浓眷念与感激。

《一片记忆的彩云》应该是摄影记者王学浩出差郑州时约来的，因为刊发文章的报纸上，有他为叶文玲在书房拍的照片。写此文前，我曾问过学浩兄当时的采访情况，岂料他老兄的回答让我啼笑皆非："那会儿你们让我拍谁我拍谁，约稿是你们的事。"那么稿是谁约的又是谁让他去郑州拍片的呢？现在实在想不起来了，权且就将此功记在学浩兄的头上吧。

因为《一片记忆的彩云》是叶文玲专为《天津书讯》报而写，在她 500 多万字的作品中，属于短小篇幅，不知后来是否编入过她的散文集或八卷本的《叶文玲文集》，再加上《天津书讯》报已停刊多年，目前市场上难觅其踪，故为保存史料计，我将其部分内容摘编如下。

文章的缘起是："在旅途中，偶尔翻得一张《天津书讯》，如获至宝，一片记忆的彩云，也如轻风相送顿现脑海。"那么"我是怎样始识天津并与天津的出版界、天津的读者结缘的呢？"对此，她用散文笔法叙述了与天津的缘分：

> 我忘不了七八年那个严寒冷峭的冬日。为寻访一位双目失聪的文学爱好者，我来到了天津。黄昏，车过海河大堤，我见一轮彤红的落日，带着那圈美丽的光晕，把河中七棱八角的冰块，都投射成五光十色的七巧板；清晨在马路上徜徉，那千枝万树银装素挂的一派奇景，更是我从未见过的，当然，我更忘不了在那所带着地震余伤的房子里，素昧平生的《新港》编辑部同志，是怎样热情地接待我这个陌生的来客的……

，权以此作为纪念，并与大家

进步

津门怀书录

一片记忆的彩云

叶文玲

在旅途中，偶而翻得一张《天津书讯》，如获至宝，一片记忆的彩云，也如轻风相送顿现脑海。

我是怎样始识天津并与天津的出版界、天津的读者结缘的呢？

我忘不了七八年那个严寒冷峭的冬日。为寻访一位双目失聪的文学爱好者，我来到了天津。黄昏，车过海河大堤，我见一轮彤红的落日，带着那圈美丽的光晕，把河中七棱八角的冰块，都投射成五光十色的七巧板；清晨在马路上徜徉，那千枝万树银装素挂的一派奇景，更是我从未见过的，当然，我更忘不了在那所带着地震余伤的房子里，素昧平生的《新港》编辑部同志，是怎样热情地接待我这个陌生的来客的……

我也忘不了八〇年那个槐花初绽的春日，《百花》出版社的两位女编辑，来到我当时的学习地点——中国作协文学讲习所约稿。虽是初次见面，却交谈甚欢，半年后，我的第二册短篇小说，凝聚着编者的心血而结集。这本以《心香》命名的集子，除了《后记》中所叙的原因外，当然也包含着我对给我以弥可珍贵的扶植的师友的感激。

自此后，我常常收到来自天津的众多的出版物，每每当我拆封时，我总好象闻见那散发着油墨芳香的字行里，揉和着海河的气息。

我忘不了天津出版界与天津读者对我的厚爱，短短三年中，除了《心香》，我的两个中篇单行本，也是在"百花"出版的。

我当然更忘不了今年春天——首届《新港》笔会举办时，我有幸承邀与老朋友重晤，也有幸再识天津的瑰姿娇靥；会后的参观更使人

叶文玲同志近照　学浩摄

1984 年 1 月 15 日《天津书讯》报刊出的叶文玲文章

百花文艺出版社 1981 年出版的叶文玲散文集《心香》封面

我也忘不了一九八〇年那个槐花初绽的春日，百花文艺出版社的两位女编辑，来到我当时的学习地点——中国作协文学讲习所约稿。虽是初次见面，却交谈甚欢。半年后，我的第二册短篇小说，凝聚着编者的心血而结集。这本以《心香》命名的集子，除了“后记”中所叙的原因外，当然也包含着我对给我以弥可珍贵的扶植的师友的感激。

自此后，我常常收到来自天津的众多的出版物，每每当我拆封时，我总好像闻见那散发着油墨芳香的字行里，漾和着海河的气息。

我忘不了天津出版界与天津读者对我的厚爱，短短三年中，除了《心香》，我的两个中篇单行本，也是在“百花”出版的。

我当然更忘不了今年(1983 年)春天——首届《新港》笔会举办时，我有幸承邀与老朋友重晤，也有幸再识天津的雄姿娇颜；会后的参观更使人欢欣，在引滦工地、塘沽盐场、新港码头，我一次又一次地亲切感受了时代前进的步伐。

我忘不了的还有许多许多，我为与天津结下的“缘分”而感到荣幸和欢喜。

但我也有许多许多的惶愧。眼下既无以小寓大的涵茹本领，也就毋写论短道长的虚饰之词，唯有以不懈的努力相报，愿以“千枝万树”中常报春消息的一叶自策自勉。

时光流转，转瞬三十余年过去了。这期间，天津已发生了翻天覆地的变化，叶文玲是否还来天津走过、转过，因再也没有见过她的表述文字，不得而知。可知的是，1986 年夏天，在河南整整度过 24 载年华的她，“带着一腔化解不开的乡思，回到了浙江”。于是，我们看到，浓浓的乡思乡情化作了她笔下千娇百媚的富春江、神秘莫测的千岛湖、“鉴湖女侠”秋瑾、“敦煌守护神”常书鸿……

不可否认，三十余年前那场轰轰烈烈带有探索和启蒙性质的文学浪潮已经消歇。昔日辉煌如今已变成了那一代人美好的回忆和今人理性思考的历史;叶文玲和当时那一批文坛骁将现今也已进入老年,有些人甚至已经摇落。但他们当年带给人们的阅读快感和文学享受,是需要我们书记下来的。

电影《金沙江畔》作者陈靖将军谈“处女作”

1983年8月15日，我与摄影记者王学浩赴东北组稿，途经哈尔滨，在老作家巴波先生家得知，中国作协的两个笔会正在大连和旅顺召开，到会作家较多，但具体有谁，巴老不清楚。我和学浩兄临时决定，改变行程，取道长春直抵旅大。

三天后，我们到达大连黑石礁别墅，主办方中国作协接待组的李昌英见到我们很惊讶，她说：“为防外界打扰，这两个笔会都很保密，没做任何报道，结果还是被你们摸来了。也好，我们作协没带专业照相人员，你们就多待两天权当摄影师吧。两个笔会其实是一个，因为来的作家六十多人，一处住不开所以就分了两处。好在离得不远，你们可以两头跑。”随后她便为我们安排了房间，与大连这边的作家同吃同住。

翌日，我们在别墅外的海滩上，为三十多位作家拍了各种个像和合影，并向顾工、胡征、黄悌、王歌行、萧玉、叶蔚林、秦文君、缪士、李良杰等分别约稿后，便于傍晚赶到了旅顺口长江路上的一个部队招待所。

1983年8月，本书作者在大连黑石礁海滩为部分参加笔会作家所拍的合影

倪斯霆摄

当时正值晚饭时间，饭厅内，二十多位作家齐聚一堂，说说笑笑，热闹非凡。就在我与解放军文艺出版社的诗人纪鹏聊天时，一位身着老头衫和绿色大裤衩的魁梧老者从我们身边走过，此时只见纪鹏立即站起，边敬礼边为我介绍：“这是我们部队参加过长征的老作家陈靖将军。”

等老人热情地和我握手走开，纪鹏问我：

“看过电影《金沙江畔》吗？他写的。”我当时一愣，《金沙江畔》太熟悉了，不但看过冯喆、齐衡、张伐等明星演的电影，还看过评戏和小人书。我自小便是“影迷”，再加上那两年正值“十七年”的老电影解禁，我真是看了不少，而且《金沙江畔》还给我留下了深刻印象。于是，饭后我便去找老将军约稿。

陈靖编剧的电影《金沙江畔》

在旅顺口静谧的海滩上，伴着海浪声和皎洁月光，我们边散步边聊天。老将军很善谈，他首先从我感兴趣的《金沙江畔》说起：“这部作品诞生的很独特。1959年初，为向国庆十周年献礼，《北京晚报》的编辑约我写稿。我当时正担任华北军区特种兵政治部副主任，工作很忙，再加上文化低，便一再推辞。但他们很执着，并说这是政治任务。这样，我便以讲故事形式为晚报写了长征题材的小说《金沙江畔》，当时没想出书，而是约定边写作边连载，十年大庆前载完。没想到连载很快便引起北京评剧院院长薛恩厚的注意，经我同意，他便将其改编为评戏，作为建国十周年的献礼剧目上演了。由于是新编现代戏，再加上剧院小白玉霜、马泰、新凤霞、魏荣元等八大主演同台，结果演出一炮打响。在这样的背景下，小说单行本先出版，随后又被上影厂看中，导演傅超武约我和黎白、穆宏等一同改编成电影，1963年影片上映后轰动全国。其实，我只是个业余作者，写东西都是被逼出来的。《金沙江畔》如此，战争年代我的处女作也是这样。”

因为我们小报正有“我的处女作”专栏，此时我便不失时机地向他约下这个题目，老将军爽快地答应了。

在旅大采访四天后，我和学浩兄便返回了天津。经过几天的紧张洗印，二百多张照片很快就寄了出去。随后，我们陆续接到了顾工、纪鹏、未奇等人的来稿。大约在国庆节前后，我拿到了一封来自南京市高楼门62号的信函。打开一看，不但有陈靖将军来稿《我的第一首诗》，而且还有一幅与伟人体酷似的书法。原来，老将军除了回忆“处女作”外，还将“处女作”写成了一幅书法寄来。在文章中，老将军回忆道：

在战争岁月，同一位朋友闲话各自的“文艺爱好”，我说我喜欢“下里巴式小诗”。新中国成立后，这位朋友未忘往事，曾特意写过一首古体小诗赠我。这诗的最后一句是：“留得豪情写小诗”。

我大约写过千把首下里巴式小诗吧。但是建国后只能收集到三百来首了。我这个只上过初小二年级的小学生，这第一首诗是怎样写出来的呢？

那是抢渡乌江的紧张时刻。最后一批长征红军（红二方面军），经过两天一夜的不停奋战，终于全部胜利地渡过了鸭池河（乌江的别名）。也正在这时，蒋介石的追兵李觉纵队，也正好进逼到乌江南岸，就在这个时刻，我们方面军宣传队也最后完成了任务，要向后卫团告别了。但是团长一把拉住我们的队长说：“写一首诗贴在这里，叫李觉看看。”队长最后把任务交给了我。

“怎么写法？”我为难了。

“这很简单嘛，像你在娱乐晚会上唱花灯，打山歌那样，再想想今天的事，不就编出来嘛，快去，二十分钟后，到师部会合。”说着，队长转身走了。分队长见我还有些为难的样子，回过身来指点我说：“名字就叫‘过乌江’好了。要短小精悍，战士们看了高兴，敌人看了扫兴就行。”

就这样，十来分钟，我的任务完成了。在长征路上，我每天至少也得编十首八首这种下里巴小诗，贴在路旁或村头。给红军指战员看，也给敌人追兵看。

而这第一首诗，就是老将军为我们写成书法的“处女作”：

远看像根索，近看鸭池河。敌人拼命堵，老子硬要过。要过要过这就过，李觉送行蛮不错，你在对岸站岗哨，我在这里洗个脚。

关于后来的创作，老将军写道：

“西安事变”后，统一战线新局面到来了，有文化的同志参军了。他们 接触到这样的诗，曾经叫过这样的名字：“风云之歌”“战场小诗”“街头诗”“枪杆诗”及“路上诗”，等等。建国后，我也曾用过《枪剑风云录》《征战篇》及《长征路上》等名，在《诗刊》《人民文学》及《边疆文艺》等刊物上，先后发表过它。十年浩劫之后，在一些同志的关心和帮助之下，又在“造反派”的垃圾堆里找到了一百多首，人民文学出版社把它汇集成册，用了《长征路上》这个名。

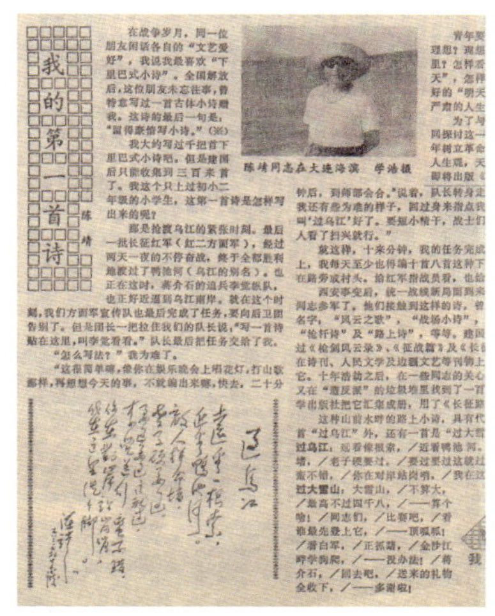

我的第一首诗

陈靖

在战争岁月，同一位朋友闲话各自的“文艺爱好”，我说我最喜欢“下里巴式小诗”。全国解放后，这位朋友未忘往事，曾特意写过一首古体小诗赠我。这诗的最后一句是：“留得豪情写小诗。”(※)

我大约写过千把首下里巴式小诗吧。但是建国后只能收集到三百来首了。我这个只上过初小二年级的小学生，这第一首诗是怎样写出来的呢？

那是抢渡乌江的紧张时刻。最后一批长征红军（红二方面军），经过两天一夜的不停奋战，终于全部胜利地渡过了鸭池河（乌江的别名）。也正在这时，蒋介石的追兵李觉纵队，也正好进逼到乌江南岸。就在这个时刻，我们方面军宣传队也最后完成了任务，要向后卫团告别了。但是团长一把拉住我们的队长说，“写一首诗贴在这里，叫李觉看看。”队长最后把任务交给了我。

“怎么写法？”我为难了。

“这很简单嘛，像你在娱乐晚会上唱花灯，打山歌那样，再想想今天的事，不就编出来嘛，快去，二十分钟后，到师部会合。”说着，队长转身走……

陈靖同志在大连海滨 学鸿摄

1984 年 2 月 15 日《天津书讯》报刊出的陈靖书法和文章

老将军的文字写得质朴生动，我们没做任何改动，便将文章和书法发表在 1984 年 2 月 15 日的《天津书讯》报一版上。

如今，提起电影、评戏《金沙江畔》，有了一些年纪的人们还曾记得，但对其最初的“母本”作者陈靖将军，不但今天的读者十分陌生，就是在当年，我们也是知之甚微，而且当时也没有出版过任何一种现当代作家辞典。为此，我曾写信让老将军写个自我介绍寄来，与文章同发。这便是在文章最后所附的“作者简介”：

> 陈靖是我军红军时期的老作家之一。他生长在苗族人家，自幼受到苗族民间文学和山歌艺术的熏陶。在长征路上，他书写吟唱过无数充满战斗激情的山歌形式的诗篇，鼓舞着红军指战员走过千山万水。五十年代出版过诗集《风云枪剑集》。创作了《金沙江畔》等小说。目前正致力于《贺龙传》的写作。

后来，我从媒体上还得知，这位出生于 1918 年的老将军，从 1986 到 1992 年，曾三次重走长征路。他的行动不仅受到胡耀邦的重视，安排总政主任余秋里具体安排，而且还得到了李先念、徐向前等老领导的支持。徐向前元帅当年曾题写“温故而知新，老马当识途”为他壮行。而他三次远行的成果，便是后来出版的《重走长征路》《吼声集》《诗言史》三部诗文集。

苏金伞与塞风当年为诗集出版而“呼吁”

毋庸讳言，当今已不是诗的时代。诗歌式微，诗人锐减，当年诗坛上的名家正在渐为人忘。其实，这种态势并非近年形成。早在三十多年前，当人们“蓦然”看世界，多元文化涌进时，出版界便已遭遇诗集遇冷诗人“呼吁”的尴尬了。

1984年上半年，仅我们编辑的《天津书讯》报，就接到了多篇诗人们“呼吁”出版界“不要歧视诗”的文章。这其中，较有代表性的是著名老诗人塞风(李根红)的《春的思绪》与苏金伞的《关于诗的出版》。经过遴选，两篇文章先后刊发在当年3月15日与7月15日的小报上。

今天的读者对塞风已很陌生，但在新中国成立前后的诗坛上，他还是名气蛮大的。出生于1921年的他，11岁时便在夏丏尊主编的《中学生》杂志上发表诗歌“处女作”。抗战爆发，他参加豫西抗战剧团，开始以“塞风”笔名发表诗作。1940年奔赴延安，入陕北公学艺术工作队文学组学习，成为萧军弟子。抗战胜利后在开封与苏金伞、牛汉等诗人创办《春潮》杂志。这一年他出版了长诗《天外，还有天》和散文集《北方的歌》，由此成名。贺敬之曾说：塞风的诗“有好多我都能背得过，有很多首都可以做我的座右铭”。

春的思絮

·李根红·

今天，不知那位未识面的友人，给我寄来了“天津书讯”（总2、3、4、5期），认真拜读之下，宛如清香的花束，令人感奋而提神。

“书讯”内容丰富，编排醒目，是一大特点。如辟“作家谈创作”、“作家谈读书”、“书海语丝”和“津门书话”等，当更臻于完美。但我认为，既是“讯”，就必须“新”，只有如此，方能以广招徕。

天津出版界向来敏感，我是心领神会的。回想1949至50年，“天津知识书店”接连出版了我两本儿童文学：《一个车夫的孩子》和《文化小姑娘》。它们的责任编辑是曾秀苍同志，我原以为是位“大姐”，后来在通信中才知是男性。我从心里感谢他的扶植。

天津，是我久所向往的现代化城市，那里艺苑的奇葩吸引着我，而我多次过往未能下车览胜，真乃一大憾事矣！我是孙犁的老读者，与鲁藜、林希系诗友，但无机会聆听教诲，对我是个损失。

“百花”和“新蕾”出的书，我是常读的。不仅题材新，质量也高。恩格斯说“要学会做生意”，我看贵地出版部门是领悟了的；《小说月报》和《散文》月刊，是独树一帜的。

最后，请求《天津书讯》给诗歌留一席之地。要知诗集印数不多，但读者颇多，这对出版界会扩大影响，起到媒媒作用。这里，我愿以“作家应

表胡适等人曾大力渲染传
年动乱期间，经“四人帮
一些人的日常行为规范之
义相混杂，真真假假、真
使用的哲学术语，诸如所
“实践”“经验”“效果
性。又如实用主义理论中
极易与马克思主义的“实
这个命题相混淆。因为仅
一命题自身并不能判断其

无恙，当写世界殊”！来作为这篇小感的结束语。

寄自济南市文联

（作者简介）

李根红，男，笔名塞风，1921年生于河南省灵宝县，抗战初期发表诗歌，出版诗集《天外，还有天》、小说集《人民的声音》等。中国作协会员。现为济南市文联专业作家。近年致力于抒情诗的创作。

1984年3月15日《天津书讯》报刊出的李根红(塞风)文章

新中国成立前夕，他更名李

根红，在王统照领导下任山东省文联筹委会委员。此时一件随意小事为他后来命运突变埋下了伏笔——诗人袁水拍到上海邀请冯雪峰、胡风、章靳以等作家赴京参加开国大典，车过济南在省文联开了个文艺座谈会，骆宾基将他介绍给胡风，胡风随手将他的名字记在了一个小本儿上。就这么一个人之常情的寒暄，几年后他竟被牵连进了"胡风反革命集团"案，随后便是戴帽、流放、劳改。新时期到来，他不但成了济南市文联的专业作家，而且还出版了诗集《母亲河》、散文集《痕》等。

然而，就在他诗情重新焕发并致力于抒情诗写作之时，却遭遇了诗歌遇冷。对此，他先是在文章中对我们的小报予以了肯定："今天，不知哪位未识面的友人，给我寄来了'天津书讯'（总2、3、4、5期），认真拜读之下，宛如清香的花束，令人感奋而提神。"随后他还对天津出版界给予了颂扬：

> 天津出版界向来敏感，我是心领神会的。回想1945至50年，"天津知识书店"接连出版了我两本儿童文学：《一个车夫的孩子》和《文化小姑娘》。它们的责任编辑是曾秀苍同志，我原以为是位"大姐"，后来在通信中才知是男性。我从心里感谢他的扶植。
>
> 天津，是我久所向往的现代化城市，那里艺苑的奇葩吸引着我，而我多次过往未能下车览胜，真乃一大憾事矣！我是孙犁的老读者，与鲁藜、林希系诗友，但无机会聆听教诲，对我是个损失。
>
> "百花"和"新蕾"出的书，我是常读的，不仅题材新，质量也高。恩格斯说"要学会做生意"，我看贵地出版部门是领悟了的；《小说月报》和《散文》月刊，是独树一帜的。

但在最后，他则提出了不要轻视诗歌出版的呼吁：

> 请求《天津书讯》给诗歌留一席之地。要知诗集印数不多，但读者颇多，这对出版界会扩大影响，起到蜂媒作用。这里，我愿以"作家应无恙，当写世界殊"！来作为这篇小感的结束语。

如果说塞风的文章尚显"迂回"，那么随后刊发的苏金伞文章则就直奔主题了。他开篇便讲：

书讯　1984年7月15日

关于诗的出版

苏金伞

喜欢写诗的人有一种苦恼：出版社对于诗集的出版控制较严，即使愿意接受，也印数太少；另一方面，喜欢看诗的人却又很难买到自己愿意看的诗集。

这倒是个矛盾。

有些出版社不从提高人们的高尚情操，丰富人们的精神食粮出发，仅仅为了能不能多销。好作品多销是肯定的，但如果只是投合一部分青年人的趣味，那就会引起不良的后果，出版社是要负责的。

但出版社也不能不考虑这书印出来卖不卖出去。如果出版后都压在书架上，那也是一种浪费。

现在的问题是：有些诗集，读者想买而买不到。

因此，引起一个发行问题。我觉得经销书店管理发行工作的同志，应有一个对文学极有兴趣而又极懂行的人。他了解全国新老作家的情况，熟悉当地对于各种文学大体需要量。而这个人对诗不说偏爱，至少不歧视。对于诗集不要求一到就光，在货架上多放些天也不要紧。这样出版社就可以多印一些，而书店也可以丰富多彩，种类齐全了。

同时也希望出版社对诗也不要『另眼看待』，一看见诗稿就搁在一边，其实印诗集也不见得就赔本。

我觉得中国读诗的人太少了。好的艺术品，都能给人一种享受、一种快乐。而诗给人一种更高的享受，如果都喜欢读诗，读真正的好诗，会改变人们的精神境界的。我曾经说过这么一句话：『如果到某一个时期，人人都喜欢读诗，那恐怕就到了人类发展的最高阶段了。』

这句话可能是『空想的社会主义』。

现在我只是希望人们不要歧视诗。

作者简介：

苏金伞：河南睢县人，现代著名诗人。中国作家协会会员，作协河南省分会副主席。

苏金伞同志近影

苦的童年，／北方的小镇，我的故乡，／'宫梳名篦'的叫卖声，／把狭窄的街巷拖得很长很长。／妈妈用鸡蛋换了一张常州的竹篦，／我搭她篦头，倚着那瘦削的肩膀；／暮色随着篦齿，在发上流动，／轻轻地，把一天劳动的泥尘、柴草篦光。”（《梳篦的

1984 年 7 月 15 日《天津书讯》报刊出的苏金伞文章

喜欢写诗的人有一种苦恼：出版社对于诗集的出版控制较严，即使愿意接受，也印数太少；另一方面，喜欢看诗的人却又很难买到自己愿意看的诗集。

对此，老诗人在认为“这倒是个矛盾”后，提出建议：

我觉得经销书店管理发行工作的同志，应有一个对文学极有兴趣而又极懂行的人。他了解全国新老作家的情况，熟悉当地对于各种文学大体需要量。而这个人对诗不说偏爱，至少不歧视。对于诗集不要求一到就光，在货架上多放些天也不要紧。这样出版社就可以多印一些，而书店也可以丰富多彩，种类齐全了。同时也希望出版社对诗也不要“另眼看待”，一看见诗稿就搁在一边，其实印诗集也不见得就赔本。

我觉得中国读诗的人太少了。好的艺术品，都能给人一种享受、一种快乐。而诗给人一种更高的享受，如果都喜欢读诗，读真正的好诗，会改变人们的精神境界的。我曾经说过这么一句话：“如果到某一个时期，人人都喜欢读诗，那恐怕就到了人类发展的最高阶段了。”

在文章的最后，他则直接发出了恳切呼吁——

现在我只是希望人们不要歧视诗。

在那个人们诗情尚未消退的年代，老诗人苏金伞是有资格发出上述声音的。因为他在当时已被誉为“中国‘五四’以来最杰出的诗人之一”“中国乡土诗派的代表人物”。作为中国现代诗坛创作周期最长的诗人，他从 1932 年开始发表诗歌，到 1997 年病逝，在长达六十余年的新诗创作中，曾写下了许多名篇。尤其是 1946 年 7 月 15 日闻一多先生遇难，三天后，他便在上海《大

公报》"文艺周刊"上发表了《控诉太阳——哀闻一多先生》——"五点二十分/正是你/太阳/辉煌照耀的时刻/为什么眼睁睁地/看着卑鄙的谋杀/在大街上公开地进行！"此名句当年曾在社会上引起强烈反响，被人们反复吟诵。

多年后，他在回顾创作历程时写道："40年代，是我发表诗最多的一个时期，也写得比较好。当时有三种思想感情在心中鼓荡与交织着：一种是反对日本侵略者的爱国心；一种是国民党不断发动反共高潮，卖国投降的嘴脸日益暴露，对知识分子、进步人士残酷迫害，无情镇压，因而激起心中的仇恨；一种是对共产党的倾慕。"

《地层下》是苏金伞的第一本诗集，收入臧克家主编的"创造诗丛"，1946年由上海星群出版公司出版。臧克家在诗集"序言"中热情推介："苏金伞诗作的读者很多，而印象却只有一个：朴素。朴素的不仅是诗的外貌，而是贯彻了整个诗体的那个灵魂。……他的句子看上去很素净，没有斧凿的印痕，可是，味道却极醇，有点'土心'气，然而这却不是什么冲淡，反之，他的情感是颇为浓烈的"。此外，他的另一本代表作《窗外》，作为巴金主编的"文季丛书"之一种，由上海文化生活出版社出版，收入他写于20世纪40年代的更多的代表性作品。

听严文井讲文坛“故事”

向“童话爷爷”严文井组稿，是韦君宜的建议。1983年初，我们采访了人民文学出版社“韦老太”，临分手我们让她再介绍几位老作家，她不假思索地说：“你们应该去看看我们老社长严文井，他就要离休了。他是参加过延安文艺座谈会的老人，新中国成立后文坛上的所有大事他都经过，有一肚子故事。”两天后，我们来到了北京东总布胡同46号严老住处，不巧他有事外出。其夫人康志强热情地让我们留下《天津书讯》样报，并说替我们转达来意。

再次走进严老家，是翌年初夏。1984年5月10日，我们应约赴京去取时任国家出版委员会主任王子野为小报的题字，因马上就到“六一”了，我们决定顺便去拜访严老，请这位早在延安时期就写童话、寓言的老作家，为孩子们写几句话。

这次有幸，半年前已卸任的严老，时至中午刚刚起床，对此他调侃地解释：“因夜里写作，我的一天是从中午开始。”前额宽大饱满说话略带黑色幽默，是严老给我的第一印象。听了组稿要求，严老出乎我们意料地说：“我刚出了一本童话寓言集，你们审读一下，看看我这个儿童文学作家是真是假。”在众人笑声中，他首先送给我们每人一本题款签名的新书。

到二十一世纪，我们中国在各方面都要追到前面去。小朋友们，这件事我们人人有责。从现在起，我们就要立下雄心壮志，人人都要努力。

严文井
一九八四年
五月十日

1984年6月15日《天津书讯》报刊出的严文井题字

随后，他便用老式钢笔在一张白纸上写下了刊登在小报1984年6月15日报眼上的文字：

到二十一世纪，我们中国在各方面都要追到前面去。小朋友们，这件事我们人人有责。从现在起，我们就要立下雄心壮志，人人都要努力。

在签上名字与日期后，严老便与我们聊起了天津文坛。从李叔同、曹禺聊到孙犁、梁斌、冯骥才。他说，当年沈从文在天津主持《大公报》文艺副刊，1935 年他曾连续投稿，结果引来沈从文的一封短信，嘱咐他写文章不要求多求快，要学会自己修改自己的文章。这封信对他影响很大，此后他一直照此写作，并体会到了此中的奥妙和乐趣。

此时，我清楚地看到，他深吸了一口烟，眯起眼睛若有所思地说："当年还有一个女孩儿，很有才气，在天津沦陷前，她出了一本以天津为背景的小说集，叫《在大龙河畔》。"几年之后，当我开始研究民国天津文学时，我知道了这个女孩儿就是后来移居中国台湾，拿过宝岛多个文艺大奖的著名女作家张秀亚。再后来，我读到了《他仍在路上——严文井纪念集》中，其女儿严欣久写的《父亲严文井和台湾著名女作家张秀亚的故事》。七十多年前，发生在北平的少男少女"故事"，似真亦幻，如梦缥缈。

在北平辅仁大学毕业时的张秀亚
倪斯霆收藏

记得那天还发生了一个小插曲。在聊天过程中，严老提议大家合个影，但在拍照时，不知为何胶卷卡住按不下快门，而我们又恰恰没带暗袋，正当摄影记者王学浩急得满头冒汗时，严老说："这个我懂，你跟我来！"随后他把学浩兄领进卧室，让其趴在床上，随手拽过棉被，将人与相机蒙了个严严实实，学浩兄就这样鼓捣好了相机。

1984 年 5 月 10 日，严文井接受本书作者采访后，与夫人康志强在北京家中合影
王学浩摄

拍照完毕，我们便让严老讲讲文坛故事，于是我们听到了五音不全的赵树理"送戏上门"和萧乾"运交华盖"等故事，但他很快便闭口凝思，随后就淡淡地说："过去的就都过去了，也整过人也被人整过。"说罢，便将话题

引到了别处。

告别时，严老送我们走出家门。在胡同口，他回手指着几进几出的院落对我们说，这里原来是个“大酱园”，1953 年以后成了中国作协宿舍，赵树理、陈白尘、萧乾、艾芜、张光年等人都在这里住过。他说者无意，我听者有心。因为作为当时的文学青年，我对这几位大作家非常崇拜，以致在返津的火车上，我都在琢磨，在文坛风起云涌暴雨频来的那些年，这些曾写出过现当代文学名篇的大作家，在这拥挤杂乱的院落里，像京城普通百姓一样，柴米油盐酱醋茶加上吃喝拉撒睡，该是个什么样子，是天天把酒谈艺话文学，还是矛盾争吵甚至老死不相往来？

这个充满遐想而又不得其解的疑问曾在我头脑中盘旋过很长时间。如今三十余年转瞬而逝，当年大院里的这些名家也已先后魂归道山，此疑看似已很难找到答案了。然而天遂我愿，就在近日为写此文重温严老经历时，却无意中在网上看到了一篇严老女儿严欣久写的《“大酱园”里的作家们》。此文不但详实地描述了当年生活在这个院落里的诸多大作家的生活起居，而且还栩栩如生地讲述了他们的逸闻趣事。

1984 年 5 月 10 日，严文井接受本书作者采访后，在家中书房留影

王学浩摄

文章开篇，她便写道：“我家曾在东总布胡同生活了三十多年，这条胡同是元代形成的，距今已有六百多年的历史。而这条胡同的宅院是清末以后才形成规模的，1913 年，家住东总布胡同的时任北洋政府财政总长的周自齐，为自家出入方便，捐资修建了京城这条有史可查的第一条柏油马路。另外，这条胡同里还住过许多的名人，当年瞿秋白的俄文专修所就设在这条胡同里。张学良、沈钧儒、史良、李宗仁、班禅、李济深、陈香梅、马寅初、陈岱荪等名流名家都曾在这里居住过。”

随后，她便写出了她眼中的“大酱园”格局与在此居住的名家百态：

1953年，父亲调到了中国作家协会。一辆三轮车载着我和妈妈，吱吱嘎嘎走了将近一个小时才到了东总布胡同46号。下了车，映入眼帘的是一扇双开的朱漆大门，迈过高高的门槛，再下三四级台阶才进入院子。这是第一进四合院，院子不算大，却种满了花草树木，有海棠、丁香、榆叶梅、珍珠梅、桑葚和国槐等树木，院里还盛开着大理花、凤仙花、茉莉花、夜来香，花香袭人。此时正值初夏，满园姹紫嫣缸、馥郁芬芳、令人赏心悦目。我家住的是坐南朝北的南房，共四小间，东起第一间是我们姐妹四个的闺房，里面有两张木头做的上下床，旁边是哥哥的小屋，然后是父亲的书房和父母的卧室。在我家和二进院的北房之间有一个不到两米宽的空间，像个狭长的天井，可供我家东边的两间小屋采光透亮。听说我家住的这几间房原先只有个顶棚，是个小驴推磨的地方。可家毕竟是家，住进了人就有了欢声笑语，有了亲情，有了温馨。

我家在狭长的“天井”中段取了两米，两面加了墙作厨房。妈妈从厨房取出一块肉给我吃，虽说是清炖的，只放了点儿盐，但好香好香，这是我记事以来，第一次吃妈妈亲手做的菜。吃了东西，我就跑到院子里玩，对面北屋住的是罗烽伯伯、白朗阿姨。此时，他们正坐在门前的台阶上纳凉。见到我，他们亲切地问我叫什么名字，就算相互认识了。那时，第一进院只住了我们两家人，东边的三间房一间是传达室，一间是工友的宿舍。两个工友老翟和老陈每天为各家打扫卫生，送开水（不过这一状况维持的时间不太长）。

我走进第二进院子，感到这进院子比第一进院子大多了。西屋的前三间当时住的是秦兆阳叔叔，他有个比我大一岁的女儿秦晴，还有两个小家伙，燕子和万里。艾芜伯伯住了二进院的两间南房、两间西房（与秦兆阳紧挨着）。他有两儿三女，小儿子汤继湘与我同岁。北屋住的是刘白羽，位置最好，是原房主住的房子。他有两儿一女，大儿子刘彬彬与我同岁。第二进院当时只有两小间东房，大部分是院墙，花草树木更多、更繁茂，是个捉迷藏的好地方。

再往里走就进了三进院。这进院也不大，但比一进院稍大些。应该说明的是二进院与三进院是一排房之隔，艾芜家的门开在了二进院成了二进院的南房，而其邻居赵树理家的门开在了三进院，成了三进院的北房。赵树理家的东边则是二进院与三进院的过道。(后来成了张光年家的厨房)。当时赵树理有三儿一女,但并未带家眷,只住了两间小屋。三进院的东屋住的是舒群,当时只有一个两岁大小的儿子和平,西屋三间住的是萧乾伯伯,当时他只有一个比我大一岁的儿子铁柱,南屋四间住的是陈白尘伯伯,当时有一儿一女,大女儿陈虹与我同岁。

以上是1953—1955年"大酱园"的格局,后来作家们因时因势搬进搬出,房的主人也因此而改变,比如秦兆阳搬到小羊宜宾3号后,萧乾搬到了这里,1957年底萧乾搬走后,康濯又搬进了这几间房。赵树理搬走后住进了菡子。舒群搬走后住进了草明……1956年,二进院又盖了一栋房,住进了张光年……

此时,院子里的作家们大多四十上下,这是个心智、理智都成熟的年龄,又是个踌躇满志的年龄,他们都已功成名就,全国知名,但当时在我这个学龄前孩子的眼里,他们都只是叔叔、伯伯、阿姨,与普通人没什么两样。以至于上小学一年级时,我所上的新开路小学的大队委想通过我找金近、张天翼两位著名儿童文学家时,我这个只识面孔、不识名字的傻丫头竟不知他们是谁。直到上了三年级,我能读书了,才恍然知道身边的叔叔、伯伯、阿姨都是有头有脸的中国大作家。

然而这些"有头有脸的中国大作家",在此后的岁月却是命运多舛。近年读到王培元先生的《永远的朝内166号》,里面即有对严老的传神描述——1958年,严老曾"奉旨"写过对萧军及邻居罗烽的"批判",而且在火药味甚浓的批丁玲大会上,他也有引来哄堂大笑的"陈明配不上丁玲"之妙语。"文革"中,他住牛棚扫厕所并被下放干校。新时期到来后他"大彻大悟"了,对此最形象的解释是王培元书中所言:

去年的一天,和牛汉先生谈起严文井。他说:"……1989年周扬去世后,我到八宝山参加了追悼会,消息第二天见报了,严文井看到后给我打电话,说,'牛汉,你不应该去。周扬这个人,不可信。'我就对他说,'他不是忏悔了吗?不是当众流过泪吗?'严文井说,'他在延安就这样,善于表演,今天对你流泪,明天就可能整你。'"

当年在鲁艺,周扬对他是有"知遇之恩"的。但经过反胡风、整丁陈反党集团等运动之后,他对“周扬整人的那套东西”,越来越不以为然,越来越反感。

据说他曾经想好好写写周扬,而且已经开了这样一个头:“我怕你,我讨过你的好,但我不算你喜欢的前列干部,因为我是一个笨蛋……”但他又觉得,要写就要把历史的真实写出来,但这样就可能永远也写不出来了。于是,他直到2005年病逝也没写,一肚子的“故事”就这样都与他随风飘逝了。

王子野评说80年代初的出版业

王子野读书随笔集《槐下居丛稿》封面

1949年后，一批既懂业务又搞著述的作家、学者担任了出版界领导，如叶圣陶、胡愈之、冯雪峰、陈原、陈翰伯、徐伯昕、黄洛峰、王子野等。新中国图书出版、发行业在他们的带领下，从草创逐步走向成熟。对这些前辈，我虽仰慕已久，但真正近距离接触并打过交道者，只有王子野一人。叶圣陶老人虽然见过，但仅是一面之缘，只是为他拍了照片

据我的采访笔记记载，初识王老是在小报刚刚创办的1982年12月8日傍晚，我们带着新出版的报纸去向时任国家出版委员会主任、中国出版工作者协会副主席的王老征求意见，地点是北京东四史家胡同8号他的寓所。这是一个典型的北京四合院的后院，房前有一株两人方能合抱的古槐，或许正是因此，他将他的书房取名“槐下居”。几年后我曾买到他的一本由三联书店出版的读书随笔集，书名便是《槐下居丛稿》。

印象中王老的住房比较逼仄，我们同去的三个人在他的书房里已经有些转不开身。近日曾读到一篇王老女婿卜珍伟先生纪念其诞辰百年的文章，其中写道：“岳父母是1975年夏季才搬进史家胡同八号的。1974年底，岳父从咸宁调返北京，因为原来的住所已被别人占住，他和岳母一直住在人民出版社给他们在机关宿舍的楼顶临时搭起的一间简陋小棚子里，生活起居极不方便。当时岳父在邓小平复出主政后新设立的国务院政策研究室任理论组组长，刚好同在研究室工作的胡绳这时搬迁新居，便让岳父母住进他在史

家胡同八号的旧所。本来是把南屋和北屋都一块让给岳父的,可岳父在得知群众出版社社长郑公盾还没有居所时,便把北屋让了出去。"这就是那一代出版人的品格和境界。

至今仍然记得,王老在看了我们的报纸后,称赞道:"全国其他几家书讯报我都有,比较起来,你们办得较有特色,有些栏目是完全市场化的,很活泼。其他几家办的死板,只是图书介绍,这对书店营业员订货有用,而不利于向读者推荐好书。"

我们请他对当时的图书市场谈点看法, 他便直言说:"如今有些书上架很快就卖光了,我翻译的《邓肯自传》目前就买不到,样书都送光了,我手边用的这本还是从上海责编手里搞到的。有些书我都买不到,何况读者呢?问题是现在书店干部懂业务的少,认为进货少一点就能减少库存,所以现在新书订数越来越少,这是个问题。而有些书又印的过多,譬如像'描写手册''慈禧别传'之类。此外,目前各地书店的员工顶替也是个弊病,他们都没有经过培训,和过去的店员没法比。书店开架售书是个方向,过去的书店都是开架的。但现在王府井书店开架羞羞答答,半开半不开,文艺书全不开,这不利于图书的普及与销售。所以下一步这些问题都要解决,首先是出版社要和书店配合起来,书既要宣传得好,还要让读者能买得到。在这方面,你们的报纸要起到沟通的作用。"

谈起天津,王老说:"我今年已 67 岁了,还没去过天津,只是路过。天津近年出了一批好书。《孙犁文集》印的太少了,这本书读者还是喜欢的。还有那本黄苗子的《货郎集》,为什么也印的那么少?我记得还是黄永玉给作的序。"当我们问起他的经历时,王老谦虚地说:"我这一辈子就是个杂家,没有专门学问。我早年在上海亚东图书馆当练习生,1938 年入陕北公学学习,后来担任了中央书记处图书资料室副主任、中央军委编译局翻译处处长、《晋察冀日报》编委。新中国建立后,曾任出版总署处长,1950 年调人民出版社,任过社长兼总编辑,1977 年调国家出版局任党组副书记、副局长。如果说还有点成就,那就是翻译了《西洋哲学史简编》《思想起源论》《财产及其起源》《宗教和资本》《唯心史观和唯物史观》等几本理论书。"

据出版家吴道弘先生近年回忆,王老在人民出版社工作时,多次讲到普列汉诺夫翻译马恩著作时增加自己注释的做法。因此人民出版社出版《费尔巴哈论纲》时，就附了普列汉诺夫写的注释。在“文革”中陈伯达曾以此作为批判王老“叛徒哲学”的根据，王老因此而受到迫害。吴道弘称：“在编辑工作中，王子野十分重视出版物的质量。他主持出版社的编辑业务，亲自审稿，对各级编辑的审稿意见，总是写上自己意见、看法，或毫不留情地进行批评，但很有说服力。有一部关于辩证法的翻译书稿，编辑的审稿意见很简单，王子野看了书稿以后，写道：‘虽然你们三翻四覆的修改，然而遗留下的问题还不知有多少 (而且都是十分严重的)。我对你们的校定者和审稿者也是有意见的。’接着指出该稿译文上的不妥之处、译者杜撰的名词术语，以及误译的例子。然后又说：‘希望你们从这部稿子的校定、审读的错误中得出必要的教训，以改正今后的工作。我的意见如不对，也可批评。’(见‘人民出版社书稿档案’)”人民出版社在当年的权威品牌，应该与王老这种认真负责的工作作风密不可分。

当时我们碍于王老的身份没有请他为小报写文章，也不知道他还是颇有造诣的书法家。一年多后，当我们在别处看过他的书法后，曾请他为小报写几个字，他欣然应允。这便是刊登在 1984 年 7 月 15 日小报报眼处的题词：

传递出版信息 为广大读者服务 题赠《天津书讯》

此后，在小报创刊三周年时，他又为我们题写了“雏燕展翅”四个字。

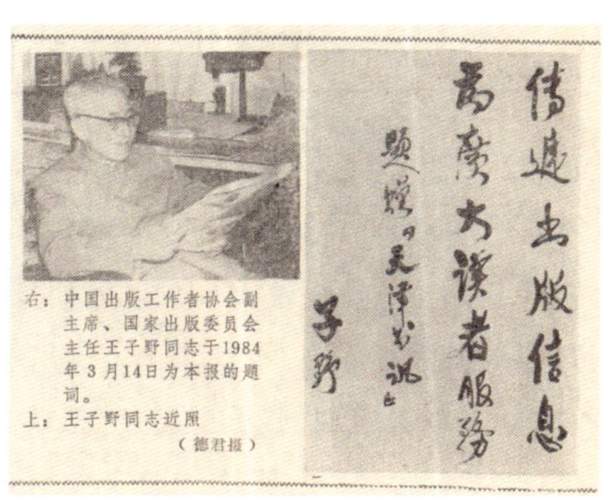

1984 年 7 月 15 日《天津书讯》报刊出的王子野题字

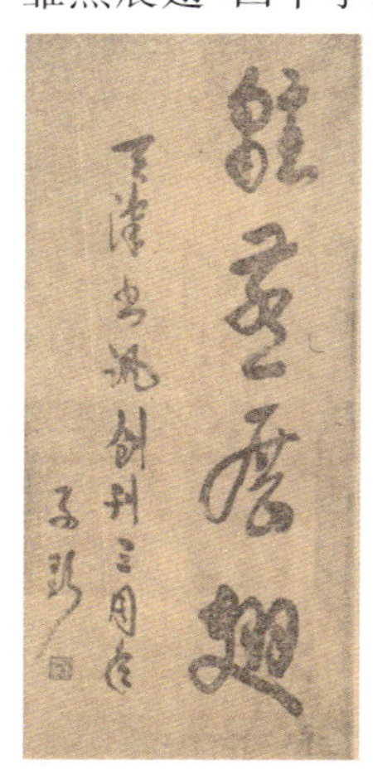

1985 年 11 月 15 日《天津书讯》报刊出的王子野为报纸三周年题字

柳萌“忘不掉”50 年代初的津门“书香”

我与作家柳萌不熟悉，虽然前些年老先生仍以耄耋之年活跃于文坛，并且与天津报纸副刊关系密切，我的几位报业好友如吴裕成、罗文华、王振良、彭博等，均与他熟稔，但我却与他既未见过面，也没通过信。他发在 1984 年 7 月 15 日《天津书讯》报上的那篇《忘不掉的金色黄昏》，完全是自投稿。对此诚如其文中所言：

忘不掉的金色黄昏

柳　萌

每次接到「天津书讯」报，我总是纳闷的想：这是谁寄来的呢？这时，怀乡的波涛立刻在我的心海里鼓荡起来，托着回忆的船儿向少年时代漂去——关于故乡，关于学校，关于书籍的记忆，多么美好呵，今天想起来都会似当初一样清新、甜蜜。

天津解放初期，大华路未扩宽时，我家住西北城角大伙巷一带，而我就读的学校第一中学，则在法国教堂后边的西安道，这样远的距离，迫使我每天穿过滨江道、和平路这些繁华地区。十几岁的中学生，又酷爱文学，这两条街上的书店，便成了我经常出入的地方。在我的记忆里，那时的书店关门比较迟，又是开架售书，这就给青少年提供了读书的机会。每天下午放学以后，我们几个要好的同学，背着书包走进书店，从架上取本什么书，找个不碍路的地方，往书包上一坐，如饥似渴地读起来。「钢铁是怎样炼成的」、「卓娅和舒拉的故事」、「真正的人」等书，好象都是这样读的。这一本本好书就如一个个新的世界，吸引着我们这群少年的好奇心，同时也启迪了我们的思想，陶冶了我们的情操，引导着我们步入壮丽的人生道路。因此，只要一想到自己在后来坎坷生活中之所以能坚定的过来，就不能不想到少年时代在书店里度过的那些金色黄昏，如同点点润物的细雨洒在我的心田，于无形中培育了我理想、信念、毅力的幼芽，在困境中才会勇敢地直视人生。

解放初期，天津的文化生活比较活跃，工人、学生中都有诸如歌咏团、文学社之类的组织，吸引着成千上万的青少年文艺爱好者。从老解放区来的一些著名作家，象孙犁、方纪、鲁藜老师等，那时除主持「文艺周刊」、「文艺学习」的编辑工作，他们还经常给青少年讲课。赶

树理等北京作家有时也到天津作报告。在这些有成就的前辈作家的引导、影响下，许多青少年开始学习写作，我也是在那时提起笔来的。我的第一篇散文习作，在「天津青年报」发表以后，得到几元钱稿费，高兴得又蹦又跳，只是在如何花用上伤了脑筋。有的同学让我请吃糖，有的同学让我请看电影，这时我却成了比葛朗台更小气的吝啬鬼，怎么也不肯掏出这几元钱。想来想去还是送去书店，买了鲁迅、巴金、冰心、艾青、孙犁、[illegible]等作家写的书，以及几本翻译小说和一本「作文描写辞林」，这是我第一次拿稿酬，也是我第一次拿自己的钱买书。从倚着书店书架看「蹭」书到用自己的钱买书，对于一个十几岁的少年人来说，在心里引起的欢欣与快慰是永远难忘的，无论什么时候想起来都象头次吃甘蔗一样感到甜蜜蜜的。

现在，我这个建国初期的少年人很快就进入老年的行列了，我的儿子也成了南开大学经济系的学生。他每次来北京与我说起买书读书的事，我总是用心地听他讲，同时也在想：今天的青年人，拿几元钱买几本自己喜爱的书，简直比我年轻时买块糖吃还容易，因为既使自己不挣钱，家里也还是有经济能力的。那么，拥有自己书籍的青年人——或者说拥有自己精神「领地」的青年人，你该在属于自己的领地中怎么做呢？拿到书是胡乱的翻翻，还是认真的阅读？我想还是应该认真地读些书，读书才会获得某些知识，而「人的知识愈广，人的本身也愈臻完善。」我们何不努力做这样的人呢？

家乡寄来的「天津书讯」报引起我对家乡的怀念，以及少年时代读书生活的回忆，特写下这篇短文，作为对养育过我的那片土地的感激吧！

1984 年 7 月 15 日《天津书讯》报刊出的柳萌文章

每次接到《天津书讯》报，我总是纳闷地想：这是谁寄来的呢？这时，怀乡的波涛立刻在我的心海里鼓荡起来，托着回忆的船儿向少年时代漂去——关于故乡，关于学校，关于书籍的记忆，多么美好呵，今天想起来都会似当初一样清新、甜蜜。

于是，“家乡寄来的《天津书讯》报引起我对家乡的怀念，以及少年时代读书生活的回忆，特写下这篇短文，作为对养育过我的那片土地的感激吧！”

其实，他的纳闷很好解释，那就是在小报创刊之前，我曾奉命前往位于北京沙滩的原文化部大院，于院中搭建的简易二层临建中，找到刚恢复办公的中国作协，几经周折从创联部负责人刘锡成老师手中讨来了全部中国作协会员的通讯地址，小报创刊后便每期按址奉寄。多年后的 1993 年，在北京大学参加俗文学研讨会时，我与锡成老师谈起这段往事，他说当年是我的幼

1950 年代天津市和平路新华书店内景
倪斯霆收藏

1950 年代天津市滨江道新华书店橱窗中的苏联元素
倪斯霆收藏

1950 年代初天津市和平路新华书店橱窗中的苏联元素
倪斯霆收藏

稚和诚意打动了他。

记得柳萌的文章当时曾勾起了编辑部老编辑们对往事的回忆。例如他写道：

> 天津解放初期，大丰路未扩宽时，我家住西北城角大伙巷一带，而我就读的学校第一中学，则在法国教堂后边的西安道，这样远的距离，迫使我每天穿过滨江道、和平路这些繁华地区。十几岁的中学生，又酷爱文学，这两条街上的书店，便成了我经常出入的地方。在我的记忆里，那时的书店关门比较迟，又是开架售书，这就给青少年提供了读书的机会。每天下午放学以后，我们几个要好的同学，背着书包走进书店，从架上取本什么书，找个不碍路的地方，往书包上一坐如饥似渴地读起来。《钢铁是怎样炼成的》《卓娅和舒拉的故事》《真正的人》等书，好像都是这样读的。这一本本好书犹如一个个新的世界，吸引着我们这群少年的好奇心，同时也启迪了我们的思想，陶冶了我们的情操，引导着我们步入壮丽的道路。因此，只要一想到自己在后来坎坷生活中之所以能坚定的过来，就不能不想到少年时代在书店里度过的那些金色黄昏，如同点点润物的细雨洒在我的心田，于无形中培育了我理想、信念、毅力的幼芽，在困境中才会

勇敢地直视人生。

接下来，柳萌又对新中国建立初期天津的文化生活进行了回忆：

> 解放初期，天津的文化生活比较活跃，工人、学生中都有诸如歌咏团、文学社之类的组织，吸引着成千上万的青少年文艺爱好者。从老解放区来的一些著名作家，像孙犁、方纪、鲁藜老师等，那时除主持“文艺周刊”“文艺学习”的编辑工作，他们还经常给青少年讲课。赵树理等北京作家有时也到天津作报告。在这些有成就的前辈作家的引导、影响下，许多青少年开始学习写作，我也是在那时提起笔来的。我的第一篇散文习作，在《天津青年报》发表以后，得到几元钱稿费，高兴得又蹦又跳，只是在如何花用上伤了脑筋。有的同学让我请吃糖，有的同学让我请看电影，这时我却成了比葛朗台更小气的吝啬鬼，怎么也不肯掏出这几元钱。想来想去还是送去书店，买了鲁迅、巴金、冰心、艾青、孙犁、鲁黎等作家写的书，以及几本翻译小说和一本《作文描写辞林》。这是我第一次拿稿酬，也是我第一次拿自己的钱买书。从倚着书店书架看“蹭”书到用自己的钱买书，对于一个十几岁的少年人来说，在心里引起的欢欣与快慰是永远难忘的，无论什么时候想起来都像头次吃甘蔗一样感到甜蜜蜜的。

柳萌的文章刊出后，编辑部曾接到好几封读者来信，对其回忆中的当年津门“书香”，均表示认同，并引来多篇类似文章。其实，对于那个年代的读者来说，新华书店是个金字招牌，同时也是获取自己心爱读物的唯一殿堂。

1950 年代天津市滨江道新华书店内的文学柜台
倪斯霆收藏

记得 20 世纪六七十年代，我还在上小学、中学时，天津繁华街道和平路至东北角上，便有泰康商场楼下的古籍书店、天祥商场二楼的古旧书店和一楼面向和

1950 年代初天津市和平路新华书店橱窗

倪斯霆收藏

平路的新华书店，后来改成工具书店、科技书店和少儿书店的三家新华书店，面对百货大楼全市最大的高台阶和平路新华书店以及位于东北角的大胡同新华书店等。而在与和平路相交的滨江道上，也遍布着多家新华书店，如解放桥书店、滨江道与兴安路相交原庸报馆旧址的外文书店、浙江兴业银行旁的古旧书店收购部、光明影院旁的滨江道书店、劝业场四楼的劝业书店、滨江道与新华路相交的年画(含连环画)书店等。

20 世纪 80 年代末，中宣部出版局曾编有一套“发行家列传”丛书。我承担了天津市新华书店老经理谭盛田传记的写作。当时我曾问过他，为何在天津市的繁华街道如和平路、滨江道上，有如此多的新华书店。谭老回答："1949 年 1 月 15 日，我们东北新华书店随四野进入天津后，军管会决定，作为当时文化宣传的最主要阵地，新华书店对繁华街道的店铺有优先选择权，当时和平路、滨江道上有许多旧报馆、旧文化社，这自然都成了我们接管对象，于是它们都变成了新华书店。那时从领导到办事人员对图书和书店相当重视，可以说在这两条寸土寸金的街道上，我们指哪儿便给哪儿，每当拿下一个店堂，我们立即将其变成书店。当年这些书店在普及文化知识，提高国民素质方面都做出了巨大贡献。”

然而就在谭老说出这些话不久，两条繁华街道上的新华书店便纷纷摘牌易主，相继变成了各类服装店、大卖场、金货店。在经济高速发展全民集体富裕的今天，物质终于战胜了精神，商品终于挤走了文化。这对整个国家而言，福焉祸焉？我想，这浅显的道理应该是不言而喻的。也正因此，柳萌所经历过的那些个“金色黄昏”，就更值得让我们怀念、深思。

1970 年代末天津市和平路上的新华书店

倪斯霆收藏

浩然给我写来《我愿有颗忠诚的心》

1984年6月初的一天，我正在百花文艺出版社组稿，碰到该社资深编辑刘国玺，他问我：想见浩然吗，跟我走！浩然？太想见了。他曾是我当年崇拜的人物，在无书可读的学生时代，他的《艳阳天》《金光大道》两部大长篇曾陪伴我好几年，一部《春歌集》更是让我翻得前后掉页，我当年甚至认为小说就应该像他那样写，曾模仿着他的笔意写过好几篇。当然，我不喜欢的书中，也有他的《西沙儿女》，倒不是因为江青叫他写的，而是从题材到形式再到内容，看着都别扭，那不是他熟悉的生活和写作手法，读着蹩脚。

记得到了睦南花园旁的和平宾馆，国玺老师对正在校改个人选集的浩然说：美国马里兰大学中文系主任李又安来北京大学讲学，她是中国当代文学研究专家，点名要来津见你，这是她转给你的信。浩然看完信说：我来天津

1985年浩然接受《天津书讯》报记者采访，中为本书作者

姜德君摄

改稿，已给社里添了麻烦，如果再接待她，又是宴请又是派车，你们负担太重。我还是周六晚回北京在家里跟她谈完再回来吧，这样既减少你们负担，又两不耽误。

他们谈话间，我仔细地打量着浩然，矮矮的个子，浓浓的眉毛，理着短平头的脸上嵌着深深的皱纹，既不像“萧长春”，更不是“高大泉”，整个一个农村汉子。再听到他们以上的对话，我当时便感到浩然骨子里还是个憨厚质朴的文人，于是就冒昧地向他提出组稿要求，没想到他立即答应了。尤其是他答应后的那一笑，显得淳朴、真诚，让我至今难忘。

1984 年浩然(右)在天津参加作协会议

姜德君摄

一周后，我便从和平宾馆他的住处拿到了稿件。在这篇名为《我愿有颗忠诚的心——写在〈浩然选集〉发行之前》的短文中，他写道：

我愿有颗忠诚的心

——写在《浩然选集》发行之前

浩然

作家的一生，时时都在思索、求索、探索，企望他的作品更真实、深刻地反映生活，更广泛、持久地折服读者；如若作家的这些活动一经停止，那么，他的艺术生命也就等于结束。

去年天津睦南道公园的月季花千姿百态盛开之际，我坐下来，为百花文艺出版社编选三卷本的「选集」。其中所收录的都是自一九七六年以来的新作，是我在六个年头多一点的时间里思索、求索、探索的主要成果。今年千百种颜色的月季花再度满园怒放，我从蓟县乡间赶来，再次住在公园旁一座小楼上，看「选集」的校样。不久它们将被送到读者手中，送到新生活主人的手中，送到对作品最有发言权的改革者们的手中。我等候着评定和指教。

前几天会见到北京大学讲学的美国教授、马里兰大学中文系主任李又安女士。她给我提的第一个问题便是：「读你近几年的作品，象《山水情》等，明显地感到你的艺术风貌和手法起了变化。是不是呢？」我回答她是「变化」了。她不无惊异地又问：「为什么要变化呢？」我告诉她由于三个原因。

一、我写的新作品的素材源泉，即社会生活变化了，作为社会生活在作家头脑的反映物的作品，不能不随着变化。

二、作者自己变化了。不再是六年前的我，更不是十六年前的我，年龄增长，已知天命，人生起落转折，冷静多于热情，在感受生活、构思作品、提炼主题、塑造人物，以及行文的韵调等等各方面，都不能不发生变化。

三、读者不仅经历了十年动乱，而且对动乱进行了检验和思考，对文学作品的欣赏趣味和要求，也变化了，为了不失去读者，为了使作品受到他们的喜欢，也不能不相应地变化。

[illegible]，我的所作，不仅风

浩然同志近影　德君摄

本期要目

- 我为什么写《大盗“燕子”李三传奇》……柳　溪
- 我愿有颗忠诚的心……浩　然
- 关于科学小品的一封信……高士其
- 转危为安　转危为喜……顾　工
- 津门琐忆……岳　野
- 关于书的记忆……魏　巍
- 《诗词曲格律纲要》一书作者与读者的通信
- 忠诚与友谊……朱　奇
- 津门大侠霍元甲（选载）……冯育楠

1984 年 8 月 15 日《天津书讯》报刊出的浩然文章

作家的一生，时时都在思索、求索、探索，企望他的作品更真实、深刻地反映生活，更广泛、持久地折服读者；如若作家的这些活动一经停止，那么，他的艺术生命也就等于结束。

去年天津睦南道公园的月季花千姿百态盛开之际，我坐下来，为百花文艺出版社编选三卷本的“选集”。其中所收录的都是自一九七六年

以来的新作；是我在六个年头多一点的时间里思索、求索、探索的主要成果。今年千百种颜色的月季花再度满园怒放，我从蓟县乡间赶来，再次住在公园旁一座小楼上，看"选集"的校样。不久它们将被送到读者手中，送到新生活主人的手中，送到对作品最有发言权的改革者们的手中。我等候着评定和指教。

随后，他便谈及前几日接受李又安访谈时，他回答自己近几年作品"艺术风貌和手法起了变化"的三个原因：

她给我提的第一个问题便是："读你近几年的作品，像《山水情》等，明显地感到你的艺术风貌和手法起了变化。是不是呢？"我回答她是"变化"了。她不无惊异地又问："为什么要变化呢？"我告诉她由于三个原因。

一、我写的新作品的素材源泉，即社会生活变化了；作为社会生活在作家头脑的反映物的作品，不能不随着变化。

二、作者自己变化了。不再是六年前的我，更不是十六年前的我；年龄增长，已知天命；人生起落转折，冷静多于热情；在感受生活、构思作品、提炼主题、塑造人物，以及行文的韵调等等各方面，都不能不发生变化。

三、读者不仅经历了十年动乱，而且对动乱进行了检验和思考，对

1985年在天津《新港》杂志举办的小说颁奖会上，浩然（右二）与本书作者（右一）交谈

姜德君摄

文学作品的欣赏趣味和要求,也变化了;为了不失去读者,为了使作品受到他们的喜欢,也不能不相应地变化。

我还告诉她,我的新作,不仅风貌和手法变化了,篇幅也短了,节奏也快了:《山水情》本来可以写成几部,而压缩成一部;八个中篇都是长篇的材料,则尽力地写成中篇,等等。

下面一段话,可谓是浩然在新时期最早发出的心声之一;也是迄今为止,我所看到的他在当时唯一一段袒露心扉的文字:

那位美国朋友终于理解了我。可惜有几句话我顾不上跟她进一步谈得更清晰些。

变化,固然要变化,思索、求索、探索的目的就是为着变化。但,"万变不离其宗"。这个"宗",就是我立志从事文学创作那时起,就愿意有一颗忠诚的心:对信仰忠诚,对革命事业忠诚,对所写的生活忠诚,对读者忠诚。有了这种忠诚,才能够忠诚地用脑、执笔,使自己的作品表现出真实。

真实,是文学作品的灵魂和骨髓。忠诚而真实地反映了社会生活面貌的作品,即使粗糙一些,肤浅一些,也会得到读者谅解。

我将在不久的将来,回到天津郊区我的故乡农村落户安家,跟父老乡亲们生活在一起,继续思索、求索、探索下去,写出好一点的作品,用以证明我愿有一颗忠诚的心。

这篇写于"一九八四年六月十八日"的短文,在 1984 年 8 月 15 日《天津书讯》报一版上刊出后,反响很大。编辑部接到了许多读者来信,大多是对浩然文章的理解和对他回乡写作的赞赏,但也有不同意见。记得当时一位甚是有名的老作家在信中说:你们不应该让他发出这样的声音,他更多的是应该反思在"文革"中的言与行。

但我至今认为,浩然这篇文章尤其是最后的一段话,是他在历史转折时期的真实想法和心态。没有掩饰,没有矫情,更没有虚伪,一如他的处事与为人。后来的事实也可证明,他很快便回到了生他养他的天津蓟县乡村,继续写着他熟悉的人与事,并且有了更深的思索、求索与探索。

柳溪谈《大盗“燕子”李三传奇》写作缘起

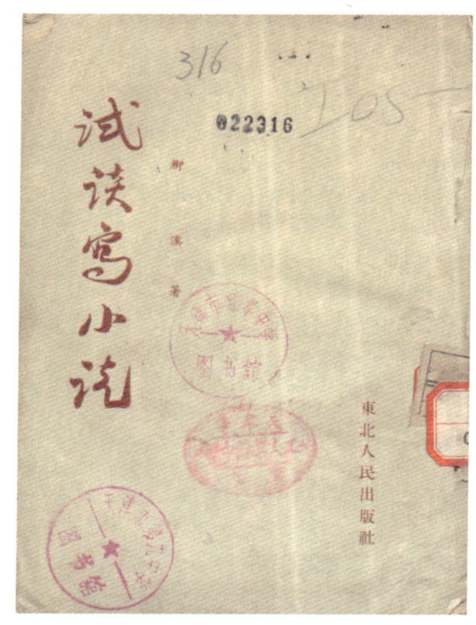

1951 年东北人民出版社出版的柳溪早期作品《试谈写小说》
倪斯霆收藏

想起写柳溪，源于日前在书摊上觅得一本她在 1951 年由东北人民出版社出版的小册子《试谈写小说》，由此得知，这位纪晓岚后人成名甚早。翻看此书，三十余年前我向她组稿时的情景忽至眼前。

1984 年 6 月初，我从友人处得知，定于当年 7 月 1 日创刊的《今晚报》，将在副刊首次推出小说连载，而这部作品便是柳溪的新作《大盗“燕子”李三传奇》。我当时便想配合此连载在自家报纸搞个作家访谈。征得领导同意后，我便与摄影记者姜德君兄去登门了。在天津小白楼附近的一幢楼房里，老作家得知我们来意后，竟爽快地说：就甭访了，我给你们写篇小稿得了。这便是刊登在 1984 年 8 月 15 日《天津书讯》报一版上的《我为什么写〈大盗“燕子”李三传奇〉》。

关于写作宗旨，柳溪自述“一九八三年我写了一部十四万字的小长篇，这就是《大盗‘燕子’李三传奇》。我写这部书的目的极其简单”，那便是：

首先，我发现有为数不少的青年人，由于没经历过旧社会，对我们的新社会常常不满，甚至产生了信仰危机，特别是还有些青年人，信奉哥们义气，丧失了生活准则，走上了犯罪道路，我觉得非常惋惜。我是一个花甲之人了，看过旧社会的黑暗，领教过它的凌辱，因此我觉得我有义务把那些污泥浊水揭露给今天的青年人看，使他们通过形象，产生一

1984 年 6 月柳溪在家中接受本书作者采访

姜德君摄

1984 年 6 月，柳溪在接受本书作者采访后与丈夫康明瑶(天津美术学院教授)合影

姜德君摄

个新旧对比的概念，从而达到热爱和积极起来建设我们的新社会的目的；第二，拳王霍元甲，大刀王五和“燕子”李三，本来并称为“幽燕三侠”，霍元甲与王五的事迹，近年来多有报道，唯李三却很少有人提及，我觉得这是不公允的；第三，我想通过群众喜闻乐见的一种写作形式，试着探索文学民族化、通俗化的创作道路。这几年刘兰芳等讲说的《岳飞全传》《杨家将》，吸引了多少听众！我看见小学生下学背着书包往家飞跑，就是为了赶听评书的联播。这使我感到作为一个文学工作者，一定要探索群众喜闻乐见的文学形式。

我为什么写《大盗“燕子”李三传奇》

柳溪

一九八三年我写了一部十四万字的小长篇，这就是《大盗‘燕子’李三传奇》。

我写这部书的目的极其简单：首先，我发现有为数不少的青年人，由于没经历过旧社会，对我们的新社会常常不满，甚至产生了信仰危机，特别是还有些青年人，信奉哥们义气，丧失了生活准则，走上了犯罪道路，我觉得非常惋惜。我是一个花甲之人了，看过旧社会的黑暗，领教过它的凌辱，因此我觉得我有义务把那些污泥浊水揭露给今天的青年人看，使他们通过形象，产生一个新旧对比的概念，从而达到热爱和积极起来建设我们的新社会的目的；第二，拳王霍元甲，大刀王五和‘燕子’李三，本来并称为“幽燕三侠”，霍元甲和王五的事迹，近年多有报道，唯李三却很少有人提及，我觉得这是不公允的；第三，我想通过群众喜闻乐见的一种写作形式，试着探索文学民族化、通俗化的创作道路。这几年刘兰芳等讲说的《岳飞全传》、《杨家将》，

吸引了多少听……着书包往家飞……连播。这使我……者，一定要探……式。

我用了将……完。它于同年……丛书》第二期……访，并在《文学……作家柳溪的《……青”。消息发……给我来信，向……剧本上演。这……还有一个北京……吕三》……信它既……三，那……至于最……寄来一……跟我所……奇》更……书中所……南后被……三十年……的那个……去年还……年”呢

柳溪同志近影　德君摄

1984 年 8 月 15 日《天津书讯》报刊出的柳溪文章

为此，她“用了将近一个月的时间把初稿写完。它于同年十一月发表于《花山文学丛书》第二期上。这时有张小农同志来采访，并在《文学报》发表了一则消息：‘女作家柳溪的《大盗“燕子”李三传奇》杀青’。消息发表后，就有人从祖国各地给我来信，向我索要刊物，要求改编为剧本上演。这时我才听说，在我之前，还有一个北京宝文堂的本子，叫《燕子吕三》，我至今尚未看到，我相信它既然叫吕三而不叫真名李三，那就不会跟我写的李三雷同。至于最近有一位读者从塘沽给我寄来一本《燕子李三被擒记》。那跟我所写的《大盗‘燕子’李三传奇》更是两码事了。因为这一本书中所写的燕子李三，是解放济南后被逮捕的一名惯匪，而不是 30 年代以劫富济贫而威震京津的那个燕子李三。我真想不到，去年还真的仿佛是个燕子‘李三年’哩！”

在写作过程中，柳溪“访问了当年枪毙李三的原北平警察局局长、八十九岁高龄的鲍毓麟老先生。承蒙他向我证实了不少问题和介绍了许多情况，这使我的作品增加了不少情节和旧社会风貌方面的生活常识”。

1984 年应该是老作家柳溪创作的丰收年。在《大盗“燕子”李三传奇》推出前夕，她的一部以“九一八事变”至“七七事变”为背景的长篇小说《功与罪》(第一部)，已由百花文艺出版社出版。在这部直接展现“一二·九”运动、吉鸿昌北上抗日、平津学生组织南下宣传团的历史长篇中，她为读者奉献出了一位 20 世纪 30 年代传奇女子的形象，在当年颇受人们好评。也正因此，当评论界正期待着这位在 1957 年“因言获罪”后重现文坛的老作家的《功与罪》第二部杀青时，她却出人意料地穿插写出了长篇通俗小说《大盗“燕子”李三传奇》，这不免让有些人跌了眼镜。对此，她不以为然，正如她在给我们的文章中所言：

随后，我就为这部书忙碌起来。电视台、电影厂、剧团、连环画等，都来索要原本和原稿，准备改编。我为此虽然忙得不亦乐乎，但我的心情是愉快的，因为它使我初次认识到民俗文学的群众性，广泛性，从而使我感到不妨在写作反映巨大历史事件的作品（如我的长篇《功与罪》）的同时，也可以为广大读者写一些通俗易懂和喜闻乐见的大众化作品，以满足人民多方面的文化需求。

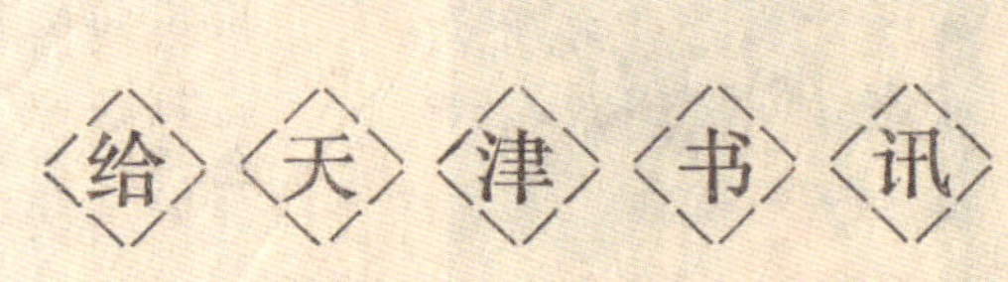

给天津书讯

有益的书籍，是智慧的结晶，
书籍可以使人们变得富有聪明才智，
你们担负着传播书籍信息的任务，
因此你们就是精神文明的桥梁
和光荣辛勤的助手。
祝你们这个刊物办得越来越好。

柳溪
一九八四年十月十六日

1984 年 11 月 15 日《天津书讯》报刊出的柳溪题诗

有趣的是，就在刊出柳溪文章的同一期《天津书讯》报上，天津另一位作家冯育楠的长篇武侠小说《津门大侠霍元甲》也开始了连载，旋即便由百花文艺出版社推出单行本。在文坛返青的 20 世纪 80 年代中前期，柳溪与冯育楠再加上也因在 1984 年于天津《小说家》上推出武侠小说《神鞭》而享誉全国的冯骥才，他们不约而同地“客串”写起了通俗传奇小说，绝非偶然。这实际上是小说题材与门类多样化在文坛春天的具体体现，标志着大陆文坛已然迎来了真正“百花齐放”的新时代。他们的通俗名篇与此前王占军的《白衣侠女》、残墨的《神州擂》、刘绍棠的《草莽英雄》等，共同拉开了新时期大陆通俗文学大繁荣的序幕。

·长篇历史小说·

《津门大侠霍元甲》

（选载）　冯育楠

【编者按】六月十五日《天津日报》发表的「长篇历史小说《津门大侠霍元甲》将由百花文艺出版社出版」的消息后，我报收到了许多读者来信，要求能予转载。经与百花文艺出版社研究，决定从全书的三十四回中选出一章，本报从本期起连载，以飨读者。

久雨初晴，天空如洗，湛蓝的天空飘着棉絮般的白云，秋日的晴空，又高又爽，一尘不染。

天津三岔河口，因上游连降暴雨，河水陡涨，水流湍急，汹涌而下，「轰轰」巨响，卷起万朵浪花。

霍元甲与日本武士桑田茂今日比武的消息，早不胫而走，轰动津门。一大早人们就往这汹涌澎湃的三岔河口汇集，真是人山人海，把个三岔河口围了个严严实实。

这时，只见河中停着一艘铁甲平板船，船很宽大，五丈多长，两丈来宽，上铺铁板，光滑如镜。船桅上挂着杏黄悬标，上书「中日两国武士角技场」。

船舷上拴着红布横标，用中日两国文字写着：为庆祝黄海海战圆满结束，交流武技！

人们一看，愤怒大骂：东洋鬼子真是欺人太甚，黄海一战，中华海军惨败，反要「庆祝」，这不是故意嘲讽我中国人吗？

有一秀才长者，手指横标，喟然长叹：「堂堂中华，受此凌辱，实愧对列代先祖英灵。某阅中国史，中华从无此惨败之先例！呜呼，真令人肝肠寸断！」

有一头上盘辫的青年人说道：「老伯，您少咬文嚼字吧，您老学问大，请您老说说，东洋人为啥把擂台设在船上？」

「这个……」老秀才摸着下巴上的花白胡子，思忖了片刻道：「东瀛岛国，四周皆海水围绕，驾船行舟，如蒙古人骑马驰骋草原，故选在船板上较技，想抢占地形之有利也！」

「先生之言虽然有理，但不尽全面。」一个学生装的人说道：「倭贼海战取胜，气焰嚣张，此次比武又在船上，狼子野心，路人皆知，妄想再次扬威罢了，你们看铁甲船帮上刻的字是什么？」

众人望去，只见船上刻着「北洋」两个字。

那位学生愤然说道：「我北洋水师惨败于黄海，而在海河口处的铁甲船上却写北洋二字，用意何在，还不昭然若揭吗？他们是想在这津门要地再来场击毁北洋水师之役，把比武喻为海战，显然是蔑视我中华无人！」

（未完待续）

1984 年 8 月 15 日冯育楠的《津门大侠霍元甲》开始在《天津书讯》报连载

1984 年 7 月 1 日,《今晚报》创刊号上开始了对《大盗“燕子”李三传奇》的连载。同年 10 月,该书易名《燕子李三传奇》,由花山文艺出版社正式出版,印数高达 672000 册。关于单行本与连载的区别,作者在给我们报纸的文章中也有披露:

> 恰在我第一次发表后不久,又看到了《武林》83 年第 9 期上刊载的杭州逸人所写的有关李三的回忆录《蒋有良和燕子李三》。正如我在自序一文中所写的那样,这篇文章,极细微地写出了李三如何在武汉狱中,搭救北伐战争中身为北伐军团长的共产党员蒋有良越狱的事迹,我读后深深为李三的正义侠骨和赤胆忠心的为人所感动,于是我就着出单行本之际,又补写了一章,小标题名《燕飞江南》。新补充的全书共计字数约有十六万。

与此同时,天津人民美术出版社也将其改编为连环画出版。

岳野忆谢添导演电影《水上春秋》后的遭遇

岳野是个老作家,但在文坛却不甚著名,而在影坛则大名鼎鼎。1984 年 8 月 15 日《天津书讯》报名人专栏“津门怀书录”上,刊出他的《津门琐忆》,并引起沽上文化人的关注,实赖著名电影表演艺术家谢添的绍介之功。

记得是当年 5 月,我们一行人去北京组稿,在完成任务后途经北京电影制片厂,看返津时间尚早,主编提议去看看谢添这位天津老乡,因为他们是朋友。不久前谢老还曾应我们单位邀请,到天津参加文艺演出,并在演出后给文艺青年们作了有关电影表演的讲座。在北影生活区谢添家中,生性活泼的谢老在为我们说了许多当时影坛趣事后,便郑重地用天津话向我们推荐:“你们不妨去访访岳野,他不但写过很多好电影,而且是我哥们儿,对咱们天津特有感情。他也住在生活区,很近。”

当我们拿着谢老的字条去寻找岳野住处时,还出现了一次意外惊喜。就在我们刚刚走出谢老家门,迎面便碰上了电影导演黄建中,而在他身旁,则

1982 年夏,著名电影演员谢添应《天津书讯》筹备组邀请,在天津作电影欣赏讲座

王学浩摄

1984 年 5 月《天津书讯》报总编刘云和(左一)和本书作者(右一)在北京电影制片厂与杨在葆、许还山、黄建中合影

姜德君摄

1984 年 5 月岳野在家中接受《天津书讯》记者采访

姜德君摄

是著名电影演员杨在葆和许还山。因许还山不久前应天津南开文化宫邀请,曾来津做了一场介绍他主演影片《寒夜》的讲座,我作为南开文化宫业余戏剧组成员,参与了接待工作,故而便借此话题与他们攀谈起来。记得黄建中指着杨在葆和许还山对我们说,他俩的这部《双雄会》你们报纸要好好宣传宣传,中国影坛两个硬汉加上陈怀皑(陈凯歌之父)的导演,肯定好看。

与他们三人告别后,我们按照谢老给的地址敲开了岳野的家门。身材高大六十多岁的岳野见是谢老天津的朋友,对我们很热情。听了来意,便立即讲起了他与天津的渊源:“我第一次到天津是在 1949 年的 5 月 5 日,当时我作为尚未解放的华南青年代表团 28 个成员之一,在地下党的安排下,从香港乘船经过 11 天秘密航行到达天津,然后再转道去北平参加全国第一届青代会。记得当轮船驶入距天津市区东南 60 公里的海河入海口时,我们都贪婪地望着两岸解放了的土地,搜寻着入京咽喉上以‘威、镇、海、门、高’5 字命

津门忆书录

津门琐忆

岳野

1984年8月15日《天津书讯》报刊出的岳野文章

名的5座炮台遗址。当轮船终于靠上了码头，当我们把密藏的‘华南青年代表团’的红旗举起，当与早已等候我们的大会接待组的同志们握手拥抱的时候，我们都热泪滚滚地哭了起来。”

岳老的讲述一下子感染了我们，于是立即约他将这段情感和以后与天津的往来写出寄给我们。华灯初上的夜晚，当我们返津时，都为能意外组到一篇好稿而兴奋。

几天后，岳野的稿子如期而至，在这篇近三千字的文章中，他深情地回忆了与天津的往事：

(1949年)红五月在北京开过全国第一次青代大会，我又接着在盛夏参加了全国第一次文代大会，并听从组织调配转业从事电影工作。三十多年来去东北、去南方路经天津的次数已无法统计了。但为深入生活、为写作几次居住在天津的情形却历历在目。记得为写作《英雄司机》的电影文学剧本时，便曾与全国劳动模范、毛泽东号机车第一任司机长李永同志等一同在天津铁路局工作和生活过；为了写作伟大的爱国主义铁路工程师詹天佑的电影文学剧本、为了写作反映毛泽东号组的英雄事迹的电影文学剧本，都曾数次到天津生活、采访。当然最不能忘的是写作电影文学剧本《水上春秋》的经历。

虽然我们这代人都看过并喜爱《水上春秋》这部电影，但对它与天津的关系却知之甚少。对此岳野在文章中写道：

为了增添向建国十周年献礼的影片的品种，也是为了反映我国体育健儿的业绩，在周总理直接关怀下，我和谢添同志接到任务后，便立即去了天津。经天津市体委介绍，我们结识了著名游泳教练穆成宽同志，并由他带领参观了天津市的所有游泳场及有关设施，而且专程去天穆村参观访问。我们看了那作为游泳世界纪录创造者的摇篮——一座座窑坑，穆成宽同志便是在这些深深的天然游泳池内训练天穆村的孩子们学习游泳的。他的儿子穆祥雄同志也是从这里出发游向世界，终于两次打破百米蛙泳世界纪录的……后来，我们便也以泳坛父子两代的生活遭遇为依据，生发开来写出了《水上春秋》。这部故事影片拍出后，得到了贺龙副总理的热情赞赏和国家体委领导的充分肯定，并且作为“装在铁盒子里的大使”进入过当时许多尚未与我国正式建交的国家放映。不幸的是，十年动乱中这部宣扬为国争光、歌颂解放、歌颂爱国主义的影片，也被打成了“资产阶级的锦标主义”，由于穆成宽同志被列入“黑帮”，又成了“为坏人树碑立传”的代表作之一。毋庸讳言，也已被揪的我与谢添同志便也多了一项罪名。

接着，他便回忆了一段谢添在动乱年代与天津的故事。当年谢添在北影正为《水上春秋》而示众挨斗时，“天津市某某学院的‘造反派’驾驶着大卡车专程来揪了。说也凑巧，那天我去了医院，再加谢添同志的巧妙掩护，没找到我，只匆匆把谢添同志一人揪往天津，在天津体育馆陪穆成宽同志挨了几天斗，我丢失了一次来天津‘出头露面’的机会。不过，后来据谢添同志悄悄对我说，在天津除了站在穆成宽身旁‘陪斗’外，生活还不错，还可以在游泳馆游泳，这一点曾使我很感遗憾，因为我热爱游泳，那时在北京天天满身汗水却无福下水一游啊……”

文章最后，岳老写道：“我写的电影《水上春秋》曾在天津拍摄外景，‘天

1984 年 5 月岳野在家中接受《天津书讯》记者采访，右为本书作者

姜德君摄

津人艺’的著名女演员颜美怡曾担任过《英雄司机》中女主角；‘天津人艺’曾经上演我的话剧《同甘共苦》……我感到我的心灵与天津人民息息相通！”

行文至此，应该对岳野这位在文坛不甚著名的老作家做一介绍。他1920年出生于山东郓城，在中学读书时，曾任学校救亡剧团团长。1941年到大后方重庆，开始在《新华日报》发表小说等文学作品。1942年在桂林任抗敌演剧队第五队学术部长，四年后遵照周恩来指示，抗敌演剧队五、七两队撤到香港，组成中国歌舞剧艺社，他历任学术部长、演出部长等职，此间写有多部话剧由新加坡南洋出版社出版。1949年赴京参加第一届青代会和第一届文代会后，被分配到长春电影制片厂作编剧，旋又调北京中央电影局艺术处、电影剧本创作所任编剧及编辑部主任。1954年加入中国作家协会，1956年加入中国戏剧家协会，1957年调入北京电影制片厂任编剧、编辑处处长。其代表作有小说《怎么会想到呢？》、散文《社会主义的早晨》《桥赋》、诗歌《十年、八年、十八年》、话剧剧本《同甘共苦》《友与敌》、电影文学剧本《在前进的道路上》《英雄司机》《水上春秋》《詹天佑》等。

顾城之父顾工第一次创作很“危险”

“我被分配去养猪。我每天和小小的儿子一起拌猪饲料、烧猪食。那土灶的柴火烧红着不透明的早晨，和我们父子灰暗的脸。儿子借着灶口闪烁不定的火光，翻看着一本残破的《洛尔加诗选》，不知为什么这位西班牙意象派诗人的诗，竟会使这和我一起被放逐的孩子，产生这样浓烈的兴趣。儿子抬起有星云流动的大眼睛说：‘爸爸，我和你对诗好吗？我读过你的诗，你有首诗题目是《黄浦江畔》，我想对首《渤海滩头》；你还有首叫《芦苇中的雁》，我想对首《沼泽里的鱼》。’我深深感动，暗暗惊喜：‘世界上已经没人再会想起我的诗；而儿子却记得，记得。’于是，父子俩真的对起诗来，一首又一首，把每首即兴诗，都用烧焦的枯枝写在灰烬上。儿子低声说：‘火焰是我们唯一的读者。’”

——这是著名老作家顾工回忆那个特殊年代，和儿子顾城的一段往事。许多年前，我读到它，心头便是怦然一动，浓浓的父子亲情瞬间荡漾心田。

顾城天然就是诗人的料儿，新时期到来，成了“朦胧派”领袖应该是水到渠成。“黑夜给了我黑色的眼睛，我却用它寻找光明。”那年月，作为“文青”的我们，对顾城的这两句诗，再熟悉不过。虽然后来发生了那件不该发生的事情，但作为当代新诗“革新”的领军人物，我们不应忘记他。

对儿子的新诗成就，父亲顾工应该感到欣慰。起码在 1983 年 8 月 19 日上午，在大连黑石礁别墅的中国作协笔会上，当我与他面对面闲聊时，老作家对儿子的未来还是充满了信心。

忘不了，伴着一波一波的海浪声，我们在海滩上席地而坐，听不苟言笑的顾工老人讲“故事”。讲顾城，讲诗歌，讲创作，讲身世，当然，也讲到了他当年那“危险”的处女作。经不住我的“软磨硬泡”，最终，顾老答应将处女作的“故事”写给我们。

在后来的时日，我们一直在盼着顾老的来稿，但它却“遥遥无期”。这期间，我曾去过他在北京总后36楼4门的府邸催稿，但可惜未遇。直到来年的又一个夏天，我们的期盼终于有了结果。这便是刊发在《天津书讯》报1984年8月15日那期上的《转危为安 转危为喜——我的处女作》。

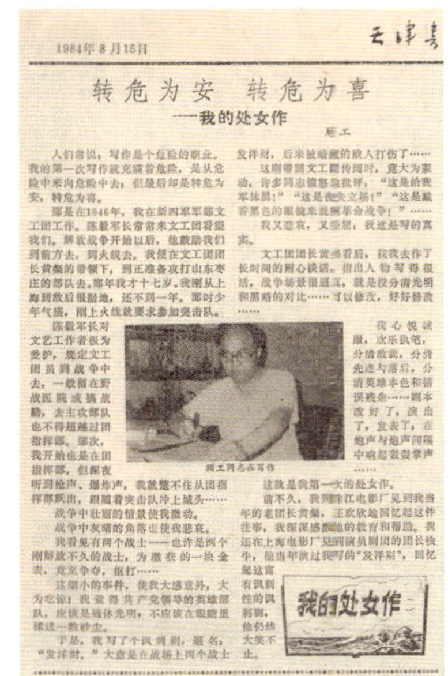

天津书讯

1984年8月15日

转危为安 转危为喜

——我的处女作

顾工

人们常说，写作是个危险的职业。我的第一次写作就充满着危险，是从危险中来向危险中去；但最后却是转危为安，转危为喜。

那是在1946年，我在新四军军部文工团工作。陈毅军长常常来文工团看望我们。解放战争开始以后，他鼓励我们到前方去，到火线去。我便在文工团团长黄粲的带领下，到正准备攻打山东枣庄的部队去。那年我才十七岁。我刚从上海到敌后根据地，还不到一年。那时少年气盛，刚上火线就要求参加突击队。

陈毅军长对文艺工作者极为爱护，规定文工团员到战争中去，一般留在野战医院或搞战勤，去主攻部队也不得超越过团指挥部。那次，我开始也是在团指挥部，但深夜听到枪声、爆炸声，我就憋不住从团指挥部跃出，跟随着突击队冲上城头……

战争中壮丽的情景使我激动。

战争中灰暗的角落也使我悲哀。

我看见有两个战士——也许是两个刚解放不久的战士，为缴获的一块金表，竟至争夺，扭打……

这细小的事件，使我大感意外，大为吃惊！我觉得共产党领导的英雄部队，应该是通体光明，不应该在眼睛里揉进一粒砂尘。

于是，我写了个讽刺剧，题名：“发洋财。”大意是在战场上两个战士发洋财，后来被暗藏的敌人打伤了……

这剧带回文工团传阅时，竟大为轰动，许多同志愤怒地批评：“这是给我军抹黑！”“这是丧失立场！”“这是戴着黑色的眼镜来观察革命战争！”……

我又悲哀，又委屈，我这是写的真实。

文工团团长黄粲看后，找我去作了长时间的耐心谈话。指出人物写得很活，战争场景很逼真，就是没分清光明和黑暗的对比……可以修改，好好修改……

我心悦诚服，欢乐执笔，分清敌我，分清先进与落后，分清英雄本色和错误残余……剧本改好了，演出了，发表了；在炮声与炮声间隔中响起袭袭掌声……

这就是我第一次的处女作。

前不久，我到珠江电影厂见到我当年的老团长黄粲，正欢欣地回忆起这件往事，我深深感激他的教育和帮助。我还在上海电影厂见到演员剧团的团长铁牛，他当年演过我写的“发洋财”，回忆起这富有讽刺性的讽刺剧，他仍然大笑不止。

顾工同志在写作

我的处女作

1984年8月15日《天津书讯》报刊出的顾工文章

“人们常说：写作是个危险的职业。我的第一次写作就充满着危险，是从危险中来向危险中去；但最后却是转危为安，转危为喜。”文章在这样的开头下，为读者讲了如下故事：

那是在1946年，我在新四军军部文工团工作。陈毅军长常常来文工团看望我们。解放战争开始以后，他鼓励我们到前方去，到火线去。我便在文工团团长黄粲的带领下，到正准备攻打山东枣庄的部队去。那年我才十七岁。我刚从上海到敌后根据地，还不到一年。那时少年气盛，刚上火线就要求参加突击队。

陈毅军长对文艺工作者极为爱护，规定文工团员到战争中去，一般留在野战医院或搞战勤，去主攻部队也不得超越过团指挥部。那次，我开始也是在团指挥部，但深夜听到枪声、爆炸声，我就憋不住从团指挥部跃出，跟随着突击队冲上城头……

战争中壮丽的情景使我激动。

战争中灰暗的角落也使我悲哀。

因为，他看到了本不应该发生的一幕——

我看见有两个战士——也许是两个刚解放不久的战士，为缴获的一块金表，竟至争夺，扭打……

这细小的事件，使我大感意外，大为吃惊！我觉得共产党领导的英雄部队，应该是通体光明；不应该在眼睛里揉进一粒沙尘。

于是，我写了个讽刺剧，题名："发洋财"。大意是在战场上两个战士发洋财，后来被暗藏的敌人打伤了……

这剧带回文工团传阅时竟大为轰动，许多同志愤怒地批评："这是给我军抹黑！""这是丧失立场！""这是戴着黑色的眼镜来观察革命战争！"……

我又悲哀，又委屈：我这是写的真实。

然而，事件的结果，却是"转危为安，转危为喜"：

文工团团长黄粲看后，找我去做了长时间的耐心谈话，指出人物写得很活，战争场景很逼真，就是没分清光明和黑暗的对比……可以修改，好好修改……

我心悦诚服，欢乐执笔，分清敌我，分清先进与落后，分清英雄本色和错误残余……剧本改好了，演出了，发表了；在炮声与炮声间隔中响起轰轰掌声……

这就是我第一次的处女作。

随后，他又忆起了刚刚发生的事情：

前不久，我到珠江电影厂见到我当年的老团长黄粲，还欢欣地回忆起这件往事，我深深感激他的教育和帮助。我还在上海电影厂见到演员剧团的团长铁牛，他当年演过我写的"发洋财"，回忆起这富有讽刺性的讽刺剧，他仍然大笑不止。

或许战争年代这"第一次"文学创作对顾老影响太大，在此后的岁月，他一直未脱戎装，始终奋战在部队文化工作第一线，历任第三野战军政治部文工团创作员、西南军区政治部文工团创作员、八一电影制片厂编剧、《解放军报》记者、总后勤部政治部文学创作员等职；也或许是其子顾城的作品和"故事"在新时期太引人关注，近年来，顾老的名字与作品也淡出了当今浮躁中的人们的视野。

其实，在20世纪50至80年代，顾老作品数量即多影响也大，只出版的单行本即有长篇小说《红军的后代》《疯人院》《刑警姐妹》《那年，我八岁》、中篇小说集《被遗弃的天使》《没有撤退的战士》《泪光》《霸王龙的末日》《情如山水》、诗集《喜马拉雅山下》《这是成熟的季节啊》《军歌、礼炮和长虹》《寄远方》《在生活的海洋里》《鲜花乐器和酒杯》《火光中的歌》《勇敢地挥动马刀》《火的喷泉》《征战集》《战神和爱神》《爱情交响诗》、散文集《风雪高原》《大海的子孙》、短篇小说集《光荣的脚印》《重逢》《顾工侦破小说选》《列车长》、话剧剧本《捕匪记》《排戏》《第二次攻击》《什么最危险》《森林中的火光》、长篇纪实文学《年轻时,我热恋》、童话《幸运儿和倒霉蛋》等三十余种。此外,尚写有电视连续剧剧本《根在淮水》及电影文学剧本《冰山雪莲》《不撤退的战士》《风云怒卷》《遥远的旅程》等,可谓文思泉涌,样式齐全,著作等身。

吴祖光与新凤霞用字画为小报“庆生”

设在北京东安市场北门稻香村楼上的森隆，两个大厅全坐满了来宾，只见烟雾滚滚，热气腾腾。人们刚一坐定，便听到一阵银铃似的声音：“给干爹敬一杯酒！”只见一位美若天仙的小女人和吴祖光，手提酒杯，对着夏衍，在面前一站。忽然一阵骚动，为首的是王昆仑：“好！老夏今天嫁干女，大家都来敬酒！”接在他后面的是宋之的，他以唱花脸的高腔跟着起哄，宋的后面是黄苗子、张庚、曹禺、田汉、盛家伦等。向来不喝酒的夏衍一副窘态，满脸通红，点头作揖，做饮酒状……

——这是1951年冬天的一幕，著名剧作家吴祖光迎娶著名评剧演员新凤霞。

记此盛景者，是抗战时期陪都重庆著名的“碧庐”主人，被戏称为“二流堂”堂主的唐瑜。据他接着讲：“新婚的洞房就在被盛家伦称为‘北京二流堂’

1984年10月吴祖光、新凤霞夫妇在家中接受《天津书讯》报记者采访后留影

姜德君摄

的栖凤楼，我第一次正式见面，她就像多年老友一样大声笑着叫：‘堂长来了！’这新姑娘，真是人见人爱。有人叫她新嫂子；有人叫她新老板；阳翰笙又有新称呼，叫她新妹子；我则叫她凤姑娘。这个叫‘北京二流堂’的地方，本来就很热闹，现在更是谈笑有鸿儒，名人高士，来往不绝：齐白石、老舍、梅兰芳、程砚秋、欧阳予倩、洪深、于非闇、叶公绰……连上海、广州、香港各处来人：潘汉年、黄佐临、张俊祥、柯灵等等到了北京，也都往栖凤楼跑。”

1984 年 11 月 15 日《天津书讯》报刊出的吴祖光、新凤霞夫妇书画《秋艳》

作为夫妻，吴祖光与新凤霞堪称“绝配”。遥想当年，名编导与名演员相互砥砺的故事已成往事，就是到了晚年，夫妻共绘丹青的佳话更是广为传颂。而就在他们传世不多的夫妻合作书画中，《天津书讯》报曾有幸得到一幅。而且作为组稿人之一，我还亲眼目睹了他们夫妻的创作过程。此画作便是刊登在 1984 年 11 月 15 日小报头版上的《秋艳》。

说起此字画，这里还有一段浓浓乡情。为庆贺小报创刊两周年，报社从 1984 年入秋便开始约请名家题词题字。想到吴祖光、新凤霞夫妇，是因为此前百花文艺出版社刚刚出版了一部《新凤霞回忆录》，于是我们便借此为题找上门去。

那是当年十月底的一个下午，当我们走进他们住处时，仿佛进入了迷宫，一间套一间的房屋虽然不大但感觉挺多，现在想来可能是将几个单元打通了。新凤霞见到我们特高兴，她说一看见天津人就觉着亲。接着便与我们聊起了家乡，从当年的“蹦蹦戏”一直说到“十八街”的大麻花。这期

本书作者拍摄的吴祖光家的客厅

倪斯霆摄

1984 年 10 月吴祖光在家中与本书作者交谈

姜德君摄

间，吴祖光先生几次想插话都没得空，于是他把我叫到旁屋，说由他编剧的话剧《闯江湖》，日前已由天津人艺在津公演，他想知道观众的反应如何。当他听说我与天津人艺还有渊源时，告我一定代他向方沉导演问好，说他与岑范、方沉合作的同名电影也在筹拍中，并随手送了我一本油印的电影分镜头剧本。

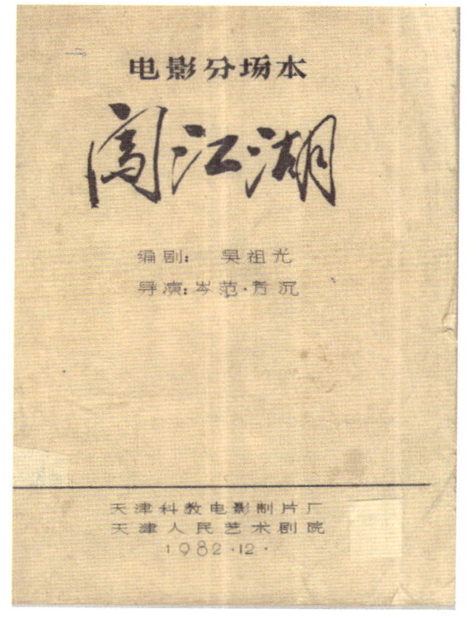

吴祖光送给本书作者的《闯江湖》电影分镜头油印本

说话间，我们忽听那屋热闹起来，原来是新凤霞老师得知小报创刊两周年，为表祝贺，要为我们画一幅画。于是宣纸铺开，只见她挥毫泼墨，一会儿工夫，两株红艳艳的菊花便跃然纸上，随后她又在花的根茎部配以数片墨绿的花叶，使得整幅画清新艳丽，充满喜庆。吴祖光先生见此，边拿毛笔边说："不愧是齐白石的弟子，我来题字！"说罢俯身走笔，横着写下"秋艳"两个遒劲的大字，随后又在左边竖着落款："书讯创刊两周年 祖光题凤霞画 八四秋"。

在一片欢笑声中，我们分别和他们夫妻照了合影。分手时，我说过几天给他们送照片来，新凤霞老师逗乐地说："我们家好找，有暗号。你过了人民日报社找北京洗衣机厂，白兰牌儿的。到厂门口一回头，看见对面楼房窗户里摆着唐三彩大马的，就是我们家。"

此次北京之行让我们很兴奋，但更惊喜的是，返津第三天，我们竟意外地收到了新凤霞老师的一篇文稿，题目为《我的文化水平太低了——向家乡人讲几句话》。在这篇充满乡情的千余字文章里，她开篇便言：

天津人热情直爽、爱说实话，《天津书讯》这张报纸我看着很亲切。记者同志让我向天津乡亲说几句话，汇报一下我的近年来生活，我就不怕献丑了。

接着，她便回顾了自己三十多年来的经历与感悟：“实话实说吧，我从小在天津学戏、唱戏，1948 年唐山接我去演戏，从此离开了天津的剧场。1949 年初又约我来北京演出，从此我就在北京定居下来了。到了北京，首先在党组织提出‘向文化进军’的口号下，我这个连自己名字都写不好的文盲演员，就参加了扫盲班学文化了。一个演员需要各方面的修养，提高自己的素质，我学文化、读书、画画，学习各种姐妹艺术、培养体育素质、向运动员们学习当场不让父的拼搏精神，因此对我演戏创造角色，体验人物思想感情深度都有了不同程度的充实和提高。”在谈到具体“学文化”方面，她是这样描述的：

多少年来我都坚持读书学习。我的生活道路很不平坦，但无论政治环境多么坎坷，我也没忘记学文化。在极“左”路线的各种政治运动中，每一次都连上我，我成了运动员了。每一次运动都要我写这个材料，写那个材料，写呀、写呀……我都借这个机会学文化。“文革”十年的最后两年把我迫害得了重病。我不能上台演戏了，逼得我改了行，写文章，其实是边学边写。一九八〇年写了第一本《新凤霞回忆录》，由百花出版社

1984 年 10 月新凤霞在家中与《天津书讯》报记者合影，中为本书作者

姜德君摄

·8·　天津书讯

我的文化水平太低了

——向家乡人讲几句话

·新凤霞·

天津人热情直爽、爱说实话，《天津书讯》这张报纸我看着很亲切。记者同志让我向天津乡亲说几句话，汇报一下我的近年来生活，我就不怕献丑了。

实话实说吧，我从小在天津学戏、唱戏，一九四八年唐山接我去演戏，从此离开了天津的剧场。一九四九年初又约我来北京演出，从此就在北京定居下来了，到了北京。首先在党组织提出"向文化进军！"的口号下，我这个连自己名子都写不好的文盲演员，就参加了扫盲班学文化了。一个演员需要各方面的修养，提高自己的素质，我学文化、读书、画画、学习各种姐妹艺术、培养体育素质、向运动员们学习当仁不让父的拼搏精神，因此对我演戏创造角色，体验人物思想感情深度都有了不同程度的充实和提高。

为荣》和《新凤霞的回忆》，另有英文、乌尔都文本。今年我又交给三联书店一本稿子《我当小演员的时候》可能明年上半年就和亲爱的广大读者见面。我现在努力在写我演戏的体会、我如何创造人物的经历，准备再出一本《谈戏》。

为了祝贺《书讯》二周年，我向家乡人就汇报这些。这主要是我从记事起就懂了一个道理：有了文化就能看书，看书就能有很多朋友，就不寂寞；没有文化就不懂道理，就办蠢事。演员没有文化，就要落后。有文化，舞台气质就不一样；有了知识，台上就有光彩。文化的作用太重要了，没有文化失去的都没有办法再收回来、找回来！我生病是由于在文革中被迫害的。那时候心胸狭窄，想不开，也是没有文化愚昧无知造成的。我这样一个民间艺人受到了叶圣陶、严文井长辈关心，介绍我成为中国作家协会的一员，这也是我追求文化、一心读书求知，才惊动了这些好心人！遗憾的是我基本功太浅，虽然写了一百多万字的书了，至今还是这么幼稚、边写边离不开我用了近三十年的一本破旧的新华字典，因为别种字典我不会用。我正在准备请一位老师教我上语文课。我的文化水平还是太低了！

著名评剧演员新凤霞和著名作家吴祖光同志近影　　姚　君摄

1984 年 11 月 15 日《天津书讯》报刊出的新凤霞文章

李蒙英这位天津乡亲为我做这本书的责任编辑。接着北京出版社、中国戏剧出版社又为我出版了《以苦为荣》和《新凤霞的回忆》，另有英文、乌尔都文本。今年我又交给三联书店一本稿子《我当小演员的时候》，可能明年上半年就和亲爱的广大读者见面。我现在努力在写我演戏的体会、我如何创造人物的经历，准备再出一本《谈戏》。

在文章的最后，她写道：

为了祝贺《书讯》二周年，我向家乡人就汇报这些。这主要是我从记事起就懂了一个道理：有了文化就能看书，看书就能有很多朋友，就不寂寞；没有文化就不懂道理，就办蠢事。演员没有文化，就要落后。有文化，舞台气质就不一样；有了知识台上就有光彩。文化的作用太重要了，没有文化失去的都没有办法再收回来、找回来！我生病是由于在文革中被迫害的。那时候心胸狭窄，想不开，也是没有文化愚昧无知造成的。我这样一个民间艺人受到了叶圣陶、严文井长辈关心，介绍我成为中国作家协会的一员，这也是我追求文化、一心读书求知，才惊动了这些好心人！遗憾的是我基本功太浅，虽然写了一百多万字的书了，至今还是这么幼稚、边写边离不开我用了近三十年的一本破旧的新华字典，因为别种字典我不会用。我正在准备请一位老师教我上语文课。我的文化水平还是太低了！

质朴的语言，淳朴的心声，让报社同仁深为感动。我们立即将此文刊发在了"秋艳"那期报纸的八版上。

在新中国成立初期的戏曲界，虽然那些从旧时代过来的著名女艺人们，于舞台之上光鲜靓丽，演技精湛，但在台下，却普遍文化素养不高，有些甚至大字不识几个。此中如有例外，新凤霞应是一个标志。她这个曾经“连自己名字都写不好的文盲演员”，由于嫁入了“栖凤楼”，成了“北京二流堂”堂主的夫人，于是不但迅速“脱盲”，学文化，写文章，而且还拜在了齐白石老人门下，精研艺事，笔染丹青。尤其到了晚年，更是笔耕不辍，佳作连连。而这一系列成就的取得，应该与她那个早年“戏剧神童”，而后又为“著名作家”的夫君吴祖光，密不可分。

在中国文坛艺林中，“才子佳人”型的夫妻档，不在少数。但能够让“佳人”变“才子”者，吴祖光辅导下的新凤霞，应该算是唯一。

1984年10月新凤霞在家中接受《天津书讯》报记者采访后留影

姜德君摄

“悲剧”后的鲁藜“还是一匹老战马”

当代文坛上，鲁藜是个悲剧。数年前，我从天津作协老秘书长柴德森先生处听说，1955 年 6 月的一天深夜，时任天津市公安局副局长的江峰，带着公安部特别逮捕令来到其宅，让“胡风分子”鲁藜接受审查，鲁藜曾当着天津作协众领导面无奈而言：“呵！这就是生活。”当时我便为之一震，立马想起，1984 年也是 6 月的一天晚上，我拿着鲁藜刚刚出版的诗集《鹅毛集》和一篇访问记，首次来到天津小海地昆仑里，当我感叹其逼仄的住房时，诗人也是随口一句：“呵！这已是生活的赐予。”穿越时空，无论逆境还是顺境，诗人性格尽显。

然而，我近年常想，假设抛开那个制造悲剧背景的年代，只从个体着眼，是否正是因为这种性格，方才铸就了诗人在当代文坛上的悲剧？试想：

1948 年底，在石家庄担任新中国文协筹备处负责人肖三行政秘书的他，如果拒绝了好友陈荒煤、芦甸的邀请，不感情用事地来接管天津，是不是就进

1984 年秋，鲁藜在天津家中接受本书作者采访

倪斯霆摄

入不了芦甸、阿垅、何苦、余晓等人在天津“胡风反革命集团”的“重要据点”？

20世纪50年代初，作为军管会要员接管天津文艺工作后，正当他干得风生水起之时，如果他的行政执掌能力能够战胜诗人性格，适应复杂人际关系能力可以替代书生意气，不自行辞掉行政职务而四处漫游去写诗，后来厄运到来时，他是否能主动把握住自己的命运？

1955年被“胡风事件”波及后，如果他具有政治家的敏感，没有意气用事地向妻子发牢骚：“胡风给我的三十几封信都交了，见面谈了些什么也都说了，怎么还没完没了。再没完没了，我就还回越南当码头工人去。”并由此导致他那位后来在天津文艺界权倾一时的夫人立即打了小报告：“鲁藜要叛逃！”他是否能躲过那天夜里的拘捕？

最后，当他在被捕后，如果能像有的人那样主动“交代”且反戈一击，他是否会“戴罪立功”，在当年就能重出“江湖”受到重用，从而避免此后近三十年的津郊流放劳改？

然而，就像历史不能假设那样，命运也不能如果。如果能像以上那样“如果”，他就不是具有诗人性格的文人鲁藜了；其个人命运在悲剧氛围下的结果可能就会变成暂时的“喜剧”，甚至永久的“闹剧”。但，这恰恰是天真烂漫满腹诗情的鲁藜演不来的。

1985年秋，鲁藜在接受本书作者采访后与夫人刘颖西合影

姜德君摄

1985 年秋，鲁藜在家中与本书作者交谈
姜德君摄

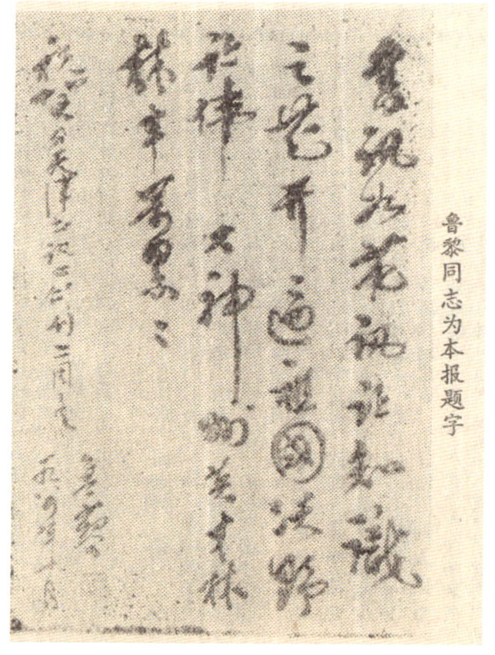

1984 年 11 月 15 日《天津书讯》报刊出的鲁藜题字

还是在那天晚上，在鲁藜那间不足九平方米的书房，我看到，诗人自吟自书的遒劲狂草："我还是一匹老战马，最爱倾听的是悲壮的进军的铜号。我相信我还能够去追赶你，在这崭新的伟大的长征路上。"此外，还有一幅农夫躬耕的铜版画。

交谈中，我将他的学生、天津诗人王天桢写他的访问记拿出，当他看到其中有对其住房狭小的抱怨时，他翻开我带去的《鹅毛集》，指着其中一段让我看："我的小屋不算小，够我宁静地去沉思。当我执笔俯伏在小案上，就像鸟瞰于人生的峰巅。"

我们谈着，话题时而严肃，当被问到他被流放回来，如何面对失去父亲的孩子时，诗人还是以诗作答："有一天，我在风雪中归来，我身上和帽子上还留着雪渍。孩子问我：'爸爸，给我带来什么？'我说：'几片雪花，和一颗没有被名利玷污的灵魂。'"

我们继续谈着，话题时而又轻松，当被问到他目前有何需求时，诗人仍是以诗作答："对于我，不需要琼浆玉液。一掬清泉，我都为之沉醉。一滴阳光，我都惜如明珠。一朵小花，我都捧为宝石。一句良言，我都镌刻于心。"

最后，当我提出，1984 年 11 月是《天津书讯》报创刊两周年，想请他为小报题个词时，诗人略作思考，随后便用毛笔写下：

书讯如花讯，让知识之花开遍祖国沃野，让伟大神州英才林林丰果累累。祝贺《天津书讯》创刊二周年

当年11月15日，这个题词连同诗人的照片刊登在小报一版上。

在以后的日子，我与鲁老成了熟人。经过多年交谈，尤其是近年我为写作共和国成立前后陈荒煤、阿英、鲁藜等人接管天津文艺界史实，走访了一些鲁藜当年的老战友，故而对其在共和国成立前的传奇经历有了更多了解。

鲁藜1914年出生于福建同安，两三岁时随父母侨居越南堤岸。少年失学，曾在码头当过磅手，在集市做过小贩，后流浪于湄公河畔。1932年护送病危父亲回国，在上海受到左翼文学影响，开始诗歌等文学创作。不久，他便加入左联。

据说在一次游行示威中，当局警车挡住去路，他上前争辩，竟一把将开车的警察揪出车外。地下党对又瘦又弱的他能有此举感到惊讶，遂给他一个特殊任务——每当影剧双星蓝苹在上海去剧场演出时，他要悄悄在后面跟着做“保镖”，这也为他后来的厄运埋下伏笔。成为“胡风分子”后，他虽失去自由，流放津郊，但日子过得还算平静。然而，“文革”中成了“江青”的“蓝苹”，得知了他的情况，随口一句“鲁藜还活着啊”，他便开始了无休止的挨斗游街，甚至差点死于非命。

1936年，鲁藜加入中共，不久他便创作出了抗战名歌《淮河船夫曲》。两年后，他奔赴延安进了抗大，随后便担任陕甘宁边区“文抗”的党支部书记，与艾思奇、柯仲平、丁玲、艾青等作家共同宣传抗战。由于工作出色，毛泽东

1985年秋，鲁藜在家中与本书作者合影

姜德君摄

我 爱 书

我爱书
我爱真美善的书
当我懂得爱书
我才开始懂得生命的意义

当我翻开书
就像打开天窗
思想之光照耀我
我才离开那蛆虫的生涯

在生活的海洋里
那雪白的书页
就像载我向理想勇进的
一片片白帆

我爱书，真美善的书
在那过去黑暗的旧世界里
我曾从那字迹模糊的犯禁的书
页里
获得了金色的信念

我爱书，真美善的书
永远是我的人生之途的良友

当我徬徨于魔沿歧途的时候
当我陷于寂莫之深渊的时刻

我常常在书中得到启示
就像擦亮乌云的一瞬电光
也像在茫茫的天海之边
忽然显露了一线绿地

啊，有多少古来英雄豪杰
日暮途穷时因你而奋起
有多少被打翻在地的战士
因而又获得新的翅膀

我爱书，真美善的书
那镌刻在书页里的铁般的黑字
就是人类伟大的先行者
给我们留在大地上的足迹

我爱书，我爱真美善的书
它永远是我的人生之旅的伴侣
无论当我处在甚么境遇里
它总是我心灵的曙光

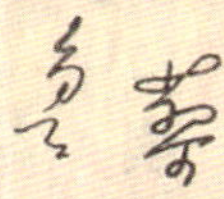

1984.10.15

1984 年 11 月 15 日《天津书讯》报刊出的鲁藜新诗

曾几次请他与夫人王曼恬吃饭。此时期他写下成名作《延安散歌》,但由于当时延安文艺界门户之见已然形成,此作经散文家李又然推荐,1939 年发表在胡风于武汉主编的《七月》杂志上。这是他与胡风的最初交集,虽然此时他们并不相识,而且四年后其第一部诗集《醒来的时候》, 被胡风编入《七月诗丛》在桂林出版时, 他仍未见胡风一面。他们二人首次相见已是 1949 年的 2 月, 是在刚刚步入红色政权的天津, 但这种隔空“神交”已拉开了他后来悲剧的序幕。

抗战胜利后,他被编入福建党政代表团,准备南下开展新的游击战争,但在路过冀鲁豫边区邯郸时,却让中共“文协”主席陈荒煤“截留”,成了“北方大学”文艺研究室主任教员。1948 年夏天,他来到石家庄,担任新中国文协筹备处负责人肖三的行政秘书,但很快便再次被陈荒煤“截留”,随之赶赴霸县胜芳镇集结,成为战火中首个新生的大都市天津的“接管干部”。

对此, 当年担任天津市军事管制委员会文艺处副处长的周巍峙曾有回忆:“我们在胜芳住了近一个月,在那里学习了党的城市工作政策;了解了天津文化事业的有关情况; 研究拟定了进津后文化工作的基本政策和工作计划;也研究了初步分工(后来有所变)。荒煤领导创作与接管工作,我负责行政与日常宣传工作(后来我还着重抓了工人、学生的文艺活动与辅导工作);孟波负责党务工作(后来他负责音乐方面的工作);鲁藜负责电影工作。”

在此任上,鲁藜的工作业绩近年也被其部下有所追忆:“天津解放后,军管会文教部文艺处下设的电影戏剧科，立即着手实施对电影事业的管理，首先安排了影业登记和库存影片的清理、审查，提出凡有反共、反苏、反人民内容和宣扬国民党正统思想、表现封建迷信，以及描写色情的影片，禁止上映。经过紧张的准备，1 月 23 日（农历十二月廿五日）起，全市就有 21 家影院陆续恢复映出，它们是：光明、华安、新中央、美琪、北洋、明星、天宫、国光、东亚、河北、青年会、亚洲、大光明、平安、华北、上权仙、开明、权乐、天津、新北、太平。当月共上映 13 部影片。其中有国产片 6 部（《八千里路云和月》《万家灯火》《还乡日记》《莫负青春》《同是天涯沦落人》《弱者你的名字是女人》），苏联片 4 部（《十三勇士》《胜利大检阅》《日日夜夜》《血肉山河》），美国片 3 部（《飓风》《泰山得子》《化身博士》）。为加强影片宣传和评论工作，3 月初文艺处召开了有文艺界、电影界部分人士参加的电影评论座谈会，对如何加强影片宣传和开展评论活动进行了讨论，提出了意见。”

1985 年秋，鲁藜在家中与本书作者交谈后留影

姜德君摄

对此次座谈会，当年的媒体曾有如下报道：“文艺处电影戏剧科在三月十一日召开了天津市的影评座谈会。出席的有方纪、傅冬菊、王济、鲁藜、黄克靖、张颖、赵魁英、余晓、周骥良、陈叙一、玛金、王觉、芦甸等人，由文艺处电影戏剧科主持。会上各人发言极多……大家同意以文艺处电影戏剧科为中心，加强影评界的联系，报社电台协力加强影评的阵容，同时还可以大量供给群众对电影戏剧的反映。”

正是因为有了如此业绩，在当年 8 月 28 日召开的全国文代会天津代表工作会议上,鲁藜与阿英、方纪等 11 人被选为天津文联筹委会委员。随后在 11 月 20 日,他又被选为新成立的天津文协主任,方纪、李霁野为副主任。1950 年 9 月 14 至 19 日,经过一年多筹备,天津市举行了第一届文学艺术工作者代表大会。出席大会代表 250 余人,天津市市长黄敬、副市长刘秀峰,全国文联代表沙可夫、周巍峙、老舍等到会祝贺。大会在宣告天津市文学艺术界联合会成立的同时,还选出了以阿英为主席,鲁藜、李霁野、孟波、白云鹏为副主席的天津文联领导集体。

就在此前的 1950 年 2 月 1 日,由天津文协主办、鲁藜任主编的文学期刊《文艺学习》创刊。就在这期刊物上,登出了编辑部主任阿垅(陈亦门)的理论文章《论倾向性》。作者认为“艺术和政治,不是‘两种不同的元素’,而是一个同一的东西:不是‘结合’的而是统一的,不是艺术加政治,而是艺术即政治”。此文刊出后,《人民日报》副刊《人民文艺》很快便于 3 月 12 日和 19 日,分别发表了陈涌、史笃的批评文章,并由此拉开了新中国成立后天津作家遭“批评”与“批判”的序幕。作为《文艺学习》主编,鲁藜后来的遭遇与此亦不无关系。先是当年秋天,《文艺学习》在出版两卷后停刊,随后的 1953 年下半年,他不得不辞去所有行政职务,四处漫游以写诗为业。再不久,便出现了本文开篇那一幕。

曹辛之有浓浓的“韬奋情结”

1984 年国庆节后，《天津书讯》报拿到了天津市委宣传部老领导李麦的稿子《回忆当年话读书》。其在文中写到，他年轻时爱看书，也经常邮购新书，“上海生活书店服务态度非常好，我经常存一些钱在生活书店，看见新书出版的广告，就请他们给寄来，外版书他们也代买，这样我就成了生活书店的老主顾。因为和生活书店交往多，这个书店的负责人邹韬奋 1936 年去香港创办《生活日报》，把我的名字和通讯地址也带了去，《生活日报》出版以后，还寄赠给我几期。”

1984 年 11 月 15 日《天津书讯》报刊出有关韬奋稿子中，韬奋画像为曹辛之所绘，此画像连同文中所配杂志封面均为曹辛之提供

此稿引发了我们主编深深的“三联”情节。因为抗战胜利后，根据周恩来指示，生活书店与读书生活出版社、新知书店于 1945 年 11 月，在重庆联合成立了三联书店，并在各省市下设分店，1948 年 10 月三联书店总管理处又在香港成立，直至 1949 年迁到北京办公。而我们主编就是这时加入三联书店的。记得当时他拿着稿子对我们讲，新中国成立初期的三联书店实行供给制，职工全国调配，他当年作为新人从天津录取后，便被派往济南工作。他还说，作为当时地方三联书店的美工，他经常往北京总店跑，打交道最多的便是时任三联书店总管理处美术科科长的曹辛之先生。说到这儿，他忽然提议，许多年没有见到曹先生了，我们干脆去趟北京，看看曹先生，顺便请他为

这篇稿子配个图。

对于曹辛之先生，我当时知道的少，只是在课本中看到，他在民国时期曾以“杭约赫”笔名发表过许多诗歌，曾是20世纪40年代著名的“九叶派”诗人之一。此外，我还在父亲的藏书中，看到过他曾为人民出版社、人民文学出版社设计的图书封面。但仅是这些，对于当时正做着文学梦的我来说，已是足够了。我立即申请，要同主编一同赴京，亲见一下这位文学史上的“杭约赫”。

1984年11月1日，曹辛之在北京家中与《天津书讯》报总编刘云和谈稿件，左一为本书作者

姜德君摄

1984年11月1日，我们在北京辗转找到了曹老的家。印象深刻的是，他家的住处挺特别，是顺着位于王府井的中央美院胡同一直往里走，在首都医院右拐的一个高台阶上。曹老见到我们很热情，在听到我们主编问他这些年的经历时，他顺手递给我一本刚出版的《中国文学家辞典》说，我的情况都在这里。趁着他们二人嘘寒问暖的时机，我赶紧翻开“曹辛之”词条，为回去写访问记摘抄资料。

今日为写此稿，我翻出当年的采访笔记，上面记有：“曹辛之，现代诗人，美术家。曾用笔名杭约赫、曹吾、曹辛、孔休、江天莫、曲公等。1917年10月29日生，江苏宜兴人。学生时代即爱好文学艺术。1936年为宣传抗日救亡，在宜兴与孔厥等人办文艺周刊《平话》。1938年到延安陕北公学和鲁艺学习，次年与李公朴到晋察冀边区工作。1940年到重庆，入生活书店，任邹韬奋主编的《全民抗战》周刊编辑。1945年由重庆读书出版社出版诗集《撷星草》。解放战争时期在上海与臧克家等人办《诗创造》月刊，同时与辛笛、陈敬容等人办《中国新诗》。因两刊遭当局迫害，于1948年出走香港。这时期主要作品有诗集《噩梦录》《火烧的城》《复活的土地》等。新中国成立后，主要从事书籍装帧设计工作，其设计的《苏加诺总统藏画集》曾获1959年莱比锡国际书籍艺术展览会金奖。从40年代开始，一直在出版界工作。1979年出席四次文代会，1981年与辛笛、陈敬容、唐祈、穆旦、唐湜、杜运燮、郑敏、袁可嘉九人合编诗歌选《九叶集》，由江苏人民出版社出版。现任人民美术出版社编辑。”

曹辛之设计的部分图书封面手稿

曹老抽烟很勤，一会儿烟斗一会儿纸烟。谈话中，他拿出20世纪60年代设计的《毛主席诗词》《红旗》杂志等多幅封面设计手稿给我们看，并说当时这都是政治任务，设计时丝毫马虎不得，有时一个封面就要设计十几个图样。当我们拿出李麦的稿件给他看，并提出请他画个插图时，他说："为有关韬奋先生的文章做插图，不能草率。这样吧，前些年我曾画过一张韬奋先生的肖像，我再找两本韬奋先生当年创办的杂志，你们可以拍下来拿去用。”

说着话，他便站起身走向隔壁书房，不一会儿就拿出了一张肖像画和《大众生活》《生活星期刊》两本杂志。值得一记的是，当我们拍摄后向他道谢时，他说了一句让我至今记忆犹新的话："韬奋先生比我年长22岁，我们都是他的学生，学生为先生做点事是应该的。”

告别曹老，我们回到天津，立即将肖像画和两本杂志的封面制版，并与李麦的文章一同刊发在1984年11月15日的《天津书讯》报第五版上。出报后，我还借赴京组稿的机会，去了一趟曹老家送样报。曹老很高兴，并送了我一本《九叶集》。

或许是受了曹老对韬奋先生感情的影响，1990年，我们报纸创刊八周年时，恰逢韬奋先生诞辰95周年，于是我们在天津第一工人文化宫举办了“纪念邹韬奋诞辰95周年天津书讯报创刊8周年座谈会”。市委宣传部副部长林代柱、老“三联”人吴同宾、刘云和等，以及天津一批名作家、名学者出席了会议，中央驻津媒体及天津各大媒体均派人参加并刊发了相关报道。

1990 年《天津书讯》报召开纪念邹韬奋座谈会后部分工作人员留影，后排右三为本书作者

姜德君摄

就在这次座谈会上，我与当时《天津日报》的青年才俊罗文华先生首次见面，虽然此前我俩通信并互发稿件多年，但始终缘悭一面。此后，我俩成了好友，情谊一直保持至今。如今他已是名满全国的文人了，我也在他的帮助和督促下，近年小有成绩，出了几本还算受读者喜欢的书。今日想来，这也算是韬奋先生给我俩的情缘吧。

1995 年，曹辛之先生病故了。近年我从报刊上得知，曹老的夫人赵友兰女士于 2009 年 5 月 7 日专程赴沪，将她多年收集整理的曹老的各种作品百余件，捐赠给了上海“新闻出版博物馆”，以作编辑出版《曹辛之全集》所用。我想，这应该是对曹老最好的怀念与纪念吧！

邵燕祥创作“变法”后再写新诗“致读者”

著名诗人、杂文家邵燕祥先生在2016年7月，以83岁高龄于作家出版社出版了新著《我死过，我幸存，我作证》。我邮购了一本，因太厚，至今还没顾上看。但从目录和“作者的话”中可知，这是一部以作者亲身经历为线索，记述从1945至1958年中国政坛和文坛史事的回忆录。对此作者也说：“我是临近暮年，才来重数走过的脚印，分辨走过的道路，在反思历史的同时重新审视自己，或说在解剖自己的同时，也重新审视历史。”

对于邵先生的诗文，我比较喜欢。文青时代曾读过他的《到远方去》《在远方》等诗集，即抒情又激情，个性鲜明；后来邵先生天命年“变法”，改写杂文，思想深邃，文笔老辣，我每遇到必读之。除喜欢他的诗文外，对邵先生本人，我也敬佩，因为我曾与他有过一面之缘，当年听他讲文坛“理论”，娓娓道来，条理清晰，讲述中他不时往上推衣袖的情景至今难忘。

那是在1984年深秋，为纪念《天津书讯》报创刊两周年，我们赴京组稿。在拿到王蒙题词和吴祖光、新凤霞夫妇的书画后，我们便去了虎坊桥，在《诗刊》杂志社附近找到了邵先生的家。那时邵先生刚刚五十出头，仪表堂堂，浓浓书卷气的脸上带着丝丝倦意，他在书房接待了我们。20世纪80年代初期，正是诗歌的年代，崇尚诗歌并尝试写诗的中青年比

1984年秋，邵燕祥在家中与本书作者等交谈

姜德君摄

比皆是。而邵先生则是当时著名诗人中年富力强且新作迭出者，加上我们知道他当时还是诗坛“圣经”《诗刊》杂志的副主编，于是我们的话题便从诗歌谈起。但出乎意料，那天邵先生却很少谈诗和《诗刊》社的情况，而是颇有兴致地讲起了文艺“理论”和文学“评论”，说到兴致处，还不时地往上推起薄毛衣的袖子。

1984年秋，邵燕祥在家中给本书作者等讲文坛“故事”

姜德君摄

1984年秋，邵燕祥在家中与本书作者（左一）等交谈

姜德君摄

最近我看到，在《新文学史料》2015年第一期上，有邵先生的大作《跟着严辰编〈诗刊〉》，读后方知，恰恰就在我们采访他的“1984年秋”，邵先生因“处境的尴尬”，已“向作协党组书记唐达成‘请长假’，不再参加和过问《诗刊》的编务”，而是“‘逃离’诗坛，遁入独自写杂文的生涯。”至于其中原委，邵先生在长文中有着翔实的叙述，囿于篇幅，我就不过多摘引了。但就在这篇长文中，邵先生对自己在《诗刊》社的工作情况，却有着简短的小结：“独自反省，我在《诗刊》业务工作中，有不少不及一一备述的差错和遗憾，但六年来跟着严辰、邹荻帆、前期的柯岩，以及作协有关领导，大体上还了我许过的愿，实现了参与把中老年诗人从遮蔽中接引归来，把‘地下’的诗人和

更多青年作者推到阳光下的初衷；严辰1978年恳切地要我来跟他‘同甘共苦’，我从1950年代得沐师恩，终得近距离共事一场，同历小小风雨，也是‘五百年修得同船渡’的缘分，堪以为慰了。”

那天聊的时间较长，分手时，我们向邵先生提出，马上就是小报创刊两周年了，想请他对喜欢他的读者说几句话。邵先生随手拿起我们带去的报纸，粗粗翻看一下说：“现在文坛繁荣，书出的也多，应该有这么一张书海导游的报纸，上海的《书讯报》编得不错，你们可以向他们学学，多登一些各地的出版信息。报纸先放我这儿，等我仔细读了，考虑给你们写点什么。”

返津后，我们便忙于报纸两周年庆贺版面的编辑工作，在一版安排好吴祖光、新凤霞、方纪、李霁野、鲁藜、柳溪、王蒙等名家的题词、题诗及书画后，便苦等邵先生的大作，但直至报纸下厂拼版，尚无消息。就在我们即将签付印时，标有寄信人邵先生名字的信函飘然而至，打开信封发现，那时已不想写诗的邵先生却给我们写了一首名为《致〈天津书讯〉读者》的诗：

我想使我的诗年轻／它却烙上了皱纹／我想使我的诗老成／它却欢蹦乱跳透出童心／我的诗不是镜花水月／万象杂陈却空无所有／我的诗是不发疯的钢琴／沉默着在那里等待知音／我的诗不是冷冰冰的镜子／我的诗是我的心／是热的肉，流贯着鲜活的血／铭记着满腔的悲酸与欢欣／请读我的心吧

一九八四年

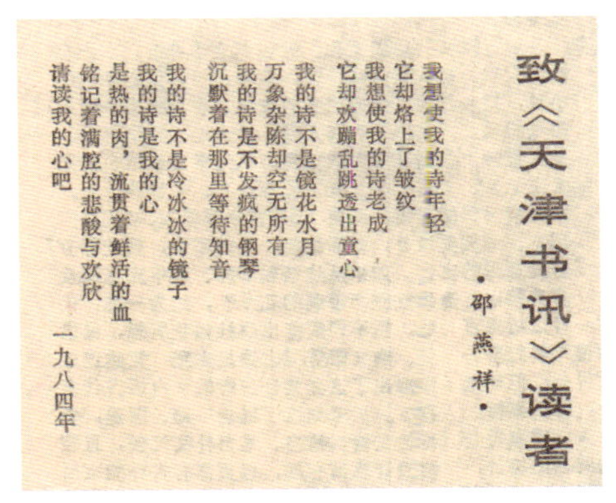
致《天津书讯》读者

·邵燕祥·

我想使我的诗年轻
它却烙上了皱纹
我想使我的诗老成
它却欢蹦乱跳透出童心
我的诗不是镜花水月
万象杂陈却空无所有
我的诗是不发疯的钢琴
沉默着在那里等待知音
我的诗不是冷冰冰的镜子
我的诗是我的心
是热的肉，流贯着鲜活的血
铭记着满腔的悲酸与欢欣
请读我的心吧

一九八四年

1984年11月15日《天津书讯》报刊出的邵燕祥新诗

现在想来，这首敞开心扉的诗作，是否就是当时诗人的真实心情？我想，肯定是。

拿着邵先生的“心声”，我第一时间便骑着自行车跑向印刷厂，紧急调换版面。邵燕祥先生的这首“致读者”诗，终于出现在1984年11月15日《天津

1984 年秋，邵燕祥在家中与本书作者等交谈
姜德君摄

1984 年秋，邵燕祥在家中阅看《天津书讯》报
姜德君摄

书讯》创刊两周年纪念专刊的第八版上，与新凤霞老师的《我的文化水平太低了——向家乡人讲几句话》文章比邻而刊。

需要一记的是，几年后，天津《今晚报》副刊为天津著名老报人吴云心先生开设专栏"不可雕斋随笔"，吴云老当时在署名时，用了他在民国时期京津报刊上常用的笔名"甲乙木"，这引起了邵燕祥先生的回忆，于是他也在《今晚报》副刊刊出了随笔《又见"甲乙木"》，讲述他青少年时期阅读报刊的往事："我不认识甲乙木，不知他高矮胖瘦，但在 40 年前常读到他的随笔。那是在天津《益世报》上。""印象深，是不是因为笔名有趣？不排除这个因素，我就猜过：甲乙木是命里缺木，还是姓李或杨？""这回甲乙木发表的《不可雕斋随笔》，看到《人头》一节，能看到军阀时代枭首示众的实况的，怕至少也有 70 岁左右了，故我敢断定这个甲乙木就是 40 年前那个甲乙木。久违久违，老读者又看到老作者的文笔，非常高兴。"

一次，我去吴云老家，讲起我曾见过邵先生，吴云老说他通过《今晚报》给邵先生回了信，还让我再见到替他向邵先生致意。可惜后来我一直没有机会再见过邵先生，今借此文，也算是遥向邵先生做个迟到的转达吧。

享受“创作与出版最宽松时刻”的李霁野

与鲁迅有过交往的文人，新中国成立后在天津仅有三位。前两位既是新文学家又是名教授，分别为李何林与李霁野；后一位则为著名社会武侠小说作家白羽。

时光荏苒，当 20 世纪 80 年代初，文学的春天到来时，李何林已奉调北京主持鲁迅博物馆与鲁迅研究室工作近十年，而白羽也已长眠地下近二十年。彼时的天津，作为鲁迅友人，李霁野可谓“硕果仅存”。也正因此，在我印象中，当年天津只要有与鲁迅相关的活动，在新闻报道中，总会出现李霁野的名字。于是，“李霁野”这三个上学时屡次出现在文学史中的铅字便在我的脑中鲜活起来，既然同城相居何不面见大师的冲动也愈发强烈。

机会终于来了。1984 年 8 月 14 日上午，天津人民美术出版社建社 30 周年纪念大会，在天津干部俱乐部南楼召开，我作为当时天津唯一一份专业图书评介报纸的记者，也受邀参会采访。大会开幕时，在宣读周扬、叶圣陶、吴作人的题词后，紧接着便是天津文联副主席李霁野的贺信。此时我看到坐在主席台上一位鹤发童颜精神矍铄的老人，微微欠身在向人们致意。

1984 年 8 月 14 日，李霁野在天津人民美术出版社建社 30 周年纪念会上

姜德君摄

趁着大会发言间隙，我利用拍照机会跑到李老身边，在作了自我介绍后，便提出采访要求。不料李老却说一会儿还有个会，要提前退场。看到我有些失望，他便在我的本上写下地址，说欢迎我到他家去聊天。这瞬间又让我喜出望外。

李老的家坐落在天津“五大

1984 年 10 月 28 日，李霁野在家中接受《天津书讯》编辑采访，右二为报纸总编刘云和，右一为本书作者

姜德君摄

道”区域内幽静的大理道上，我记得当时的门牌是 11 号。那年 10 月底，通过电话联系，我与报纸主编及摄影记者一同叩开了李老家门。书占去了家中大半地方，客厅墙壁的正中，端挂着鲁迅先生的照片，而在书橱上方最显眼的位置，整齐地码放着全套的《鲁迅全集》。

看到我们在观看鲁迅的照片与书籍，李老郑重地说，先生离开我们快半个世纪了，但他的精神不死，越是随着时间的推移，他那洞察国民性的眼光越发显得深刻。顺此话题，我们便让他讲讲当年与鲁迅相交的往事。此时只听他缓缓地说道：“我自幼喜好文学，从老家安徽霍邱考上燕京大学后，开始接触外国文学。1924 年因翻译俄国安特列夫的戏剧《往星中》，而与鲁迅先生相识，随后便加入了未名社。这期间，我的小说集《影》由未名社出版，这里面就包含着先生的心血。可以说，鲁迅先生对我的文学翻译和创作是影响极深的。”

当年我年轻，文学功力也浅，对李老的话理解不深，只是凭感觉意识到，这仅是他对鲁迅先生的一种敬仰之情。近年我从史料中得知，“五四”前后，俄罗斯文学翻译在中国曾经出现过热潮。对此鲁迅先生在《祝中俄文字之交》有言：“俄国文学是我们的导师和朋友。因为从那里面，看见了被压迫者的善良的灵魂，的酸辛，的挣扎”。而李老正是在这样的背景下，作为“五四”

1984 年 10 月 28 日，李霁野在家中与《天津书讯》编辑们交谈

姜德君摄

以后新文学阵营中的一名新人，开始了他漫长的文学翻译生涯，并且在鲁迅、周作人等翻译大家的影响下，始终坚持"直译为主，意译为辅"的原则，成为与林纾等晚清"意译派"分庭抗礼的"直译派"代表之典型。

要知道，忠实于原著的白话文直译法在当时的历史条件下，可以说是一场翻译方法论上的革命，是中国近代翻译史上的一次重大变革。正是在鲁迅先生的影响下，从《往星中》开始，李老在此后长达半个多世纪的"直译"生涯中，首先翻译的便是苏俄文学名著。如安德列夫的《黑假面人》(1926 年)、陀思妥耶夫斯基的《被侮辱与被损害的》(1934 年)、阿克萨科夫的《我的家庭》(1936 年)、《卫国英雄故事集》(1944 年)、涅克拉索夫的《史达林格勒》(1949 年，后改名《在斯大林格勒战壕中》)、维什涅夫斯基的《难忘的一九一九》(1951 年)和特洛茨基的《文学与革命》(1928 年)等。

而他一贯坚持的"直译"法，也得到了诸多有识之士的称赞，如沈雁冰就说，"我是原则上信仰'字对字'直译的。"李霁野的"直译法"，既包括"字对字"直译，又包括"句法直译"，他追求的是译文的形式和内容的和谐统一。他不赞同伍光建先生为"避去欧化句法"而采取的"缩小"和"删节"译法，这样只能做到"译意"，而不能"译味"，也就是说，只能"达意"而不能"传神"。

新中国成立后，李老主持南开大学外语系期间，仍在强化这种"直译"风格，从而形成了新一代"南开翻译学派"，而该"学派"，也成为"西南联大翻译学派"的支系，即使在目前，它仍是中国翻译主要流派之一。由此可见，李老所言"鲁迅先生对我的文学翻译和创作影响极深"，并非仅仅是敬仰之情，而是有着自己切身感受的。

随后我们的话题便转到了天津，当被问到他与天津的渊源时，李老答到：“1928 年未名社遭到北洋军阀的查封，我被捕了。出狱后我一边与同仁恢复未名社，一边在北京孔德学院教书。1930 年经朋友介绍，我来到天津河北女子师范任英语系主任，这一待便是七年。抗战爆发我到北平、四川等地任教。1946 年到台湾大学教书，新中国成立前夕返回天津，到南开大学文学院外文系工作。记得新中国成立当月的 18 日，我曾应邀到天津人民广播电台去播讲《鲁迅先生的精神》，随后又与程砚秋等人参加了天津千余人的隆重集会，纪念鲁迅逝世 13 周年。1950 年 3 月，天津市文化局成立，阿英是局长，我和孟波任副局长。再后来，我担任过天津文联、天津作协副主席。”

谈到自己的作品，李老谦逊地讲：“我一生创作不多，有影响的作品更不多。如果说人们还能记得住的，那除了《鲁迅精神》《回忆鲁迅先生》外，就是我曾翻译了苏联陀思妥耶夫斯基的长篇小说《被侮辱与被损害的》及英国勃朗特的长篇小说《简·爱》。”

因为当年 11 月是我们报纸创刊两周年，我们请李老为小报题个词。李老略加思索，便挥笔写下了下面这句话：

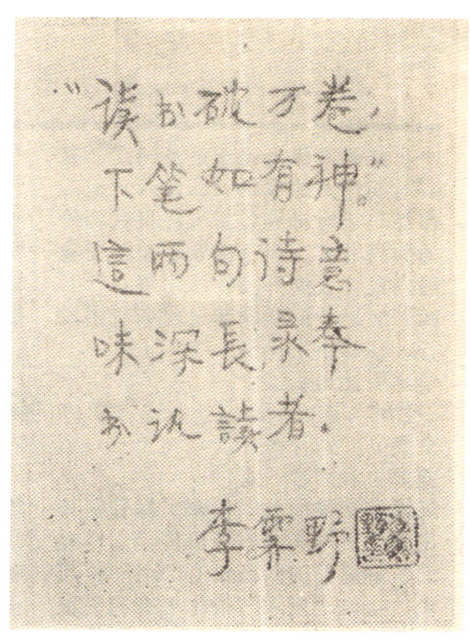

1984 年 11 月 15 日《天津书讯》报刊出的李霁野题字

“读书破万卷，下笔如有神。”这两句诗意味深长，奉录书讯读者。

李霁野

放下笔，李老略有所思地说：“我今年已 81 岁了，与笔墨打了一辈子交道，我感觉，现在的环境最好，我晚年终于赶上了创作与出版的最宽松时刻。但目前也有一种不好的倾向，一些迎合某些读者不健康心理的书也随着出版的宽松而出现，这些书出的很滥很杂。我不是一概反对出版这些书，但应该是有计划有范围的出，否则就会

1984年10月28日，李霁野在家中与《天津书讯》编辑们交谈

姜德君摄

影响其他有意义的书的出版。现在出版社出书时印数也往往不准确，一本《简·爱》只印了两万本，一上市就卖光了。读者买不到书，就来找我，弄得我也很被动。你们作为图书报纸，应该就此呼吁呼吁。”

说到离休后的生活，李老说：“与书结伴一生，现在逛书店还是我的最大爱好。读书，要从孩子抓起。我现在每天都要为小孙子讲解几首唐诗宋词。在孩子的幼年时期，多背诵一些诗词是大有好处的。我当年就从诗词里获益良多。”

分手之际，李老告诉我们：“目前我正应百花文艺出版社之约，整理过去的旧作，准备结集出版《李霁野文集》。这个文集可能要出12或14集，主要包括我六十多年来所创作的小说、散文、诗歌、游记及翻译作品。其中翻译作品占了大半部分。现在前几集已整理好。由于民国时期发表的东西多散见于各种报刊，因此现在收集起来颇为麻烦，也很费劲。但我有决心和信心，我准备花上他三五年时间，在85岁时，将它奉献给读者。如果这个愿望能够实现，那我也就心满意足了。”

告别李老，我们都为这位世纪老人对鲁迅的崇敬和对文学的执着所感动。然而感动并非止此，近年读到《中华读书报》上杨建民先生的一篇文章，让我们的感动得以继续。

那是1943年初，在北平辅仁大学任教的李老受到日军逮捕威胁，于是他经天津、徐州，再转洛阳逃到重庆，经曹禺介绍，到内迁至此的复旦大学任教。课余李老又开始翻译工作，而这次他选择的是他一直喜爱的19世纪英国作家乔治·吉辛的《四季随笔》。此书刚刚译毕，《时与潮》杂志就来约稿，李老将稿子寄去后，便分期连载了。

1946年10月，应许寿裳之邀，李老去中国台湾省编译馆工作，于是《四季随笔》中译本便于1947年由该馆出版。拿到样书后，李老第一时间便给当年"未名社"朋友、著名作家陈翔鹤寄去一本。后来，李老又转到台湾大学外文系教书，他为给《四季随笔》译本加注，便从学校图书馆借了该书原文注释本。岂料时局突变，为避当局迫害，李老遂于1949年4月的一天深夜，来不及还书便跑回大陆。

然而让李老不可思议的是，沧桑巨变间，他和陈翔鹤于1949年底又在天津相见，而且后来又共同到四川参加"土改"，朝夕相处几月间，陈翔鹤竟然从未提到过李老赠书之事。再次让李老不可思议的是，当时光流转到了动乱年代，他在几乎与外界隔绝的处境下，陈翔鹤突然寄来了这册早年所赠的《四季随笔》。不久，便传来陈翔鹤逝世的消息。直到此时李老才意识到，《四季随笔》是维系他与老友的精神纽带，寄回赠书是老友在向自己道别呵！

又是许多年过去了。1990年，台湾著名作家台静农托嘱学者秦贤次等专程到津看望李老，还带来一本台静农保存多年的《四季随笔》台湾版。此中情谊，令李老异常激动。借此机会，他将借出40多年的《四季随笔》注释本交给秦贤次，请他带回归还台湾大学图书馆，并在附信中讲述了如下故事——

> 我1947—1948年曾在台湾大学外语系教书，平时借书多次，随时还去，极感方便。1949年4月，我不得不匆匆离开台北，手头借的两本书无法奉还，多年来因不能通邮，转托人又怕丢失，心里一直放不下这件事。幸而现在两岸日趋和好，从台北来探亲访友的人日多，现在两位朋友来自台北，到津看望我，特托他们将书奉还。对不起之处，还望原谅！

对于这段情缘，秦贤次后来用笔记述下来，发表在台北报纸上，引发海峡两岸读者诸多感慨。而我读到此处，又是深受感动——这便是那一代学人的君子情怀呵！

石英忆"出第一本书的时候"

《小说月报》与《散文》月刊1980年1月由百花文艺出版社创刊时，我还在上学。当时校图书馆订有百余种报刊，对这两本新杂志，同学们更青睐前者，每次新刊一到，便排队预约；而我则对后者较为钟情。因为前者是选刊，所摘小说对我这个"文青"来说，大多在原刊首发时就读过；后者不但是原创，而且高雅的格调和清新俊逸的文笔更吸引正在做"文学梦"的我。

两年后，我毕业参与创办《天津书讯》报时，才知道，《散文》的主编是石英。对这个名字我熟悉，没书可读的年代，我曾和小书迷们偷偷传阅过他的"大毒草"《文明地狱》，毕业前夕又读了他修订再版的《吉鸿昌》。也正因此，在此后的组稿中，每到"百花"社，我总是想见见这位"名人"，当面向他约稿。但那时已成为社领导的他很忙，也不经常到社，于是我便托在该社总编室工作的我报编委张淑芳代为组稿。出乎意料，这位很忙的"名人"没有架子，很快便在1984年底，转来了为小报"我的处女作"专栏"量身定做"的文章《当我出第一本书的时候》。作者在文中首先忆起：

那是一九五八年间，天津人民出版社编辑余秋明同志到南开大学中文系去组稿，找一、二位写作能力较强的同学采访撰写有关周恩来、

当我出第一本书的时候

石英

我的处女作

1985年1月15日《天津书讯》报刊出的石英文章

邓颖超等同志领导天津五四运动斗争的传记文学，我接受了这个任务。一直工作到五九年，初稿已经写成，但由于送审等原因，出版便延宕了下来。在这个过程中，天津人民出版社有关同志出于培养提携的心情，又给了我一个撰写传记文学《吉鸿昌》的机会，我愉快地接受下来。

随后，他便对写作前的准备做了如下描述：

我记得在二十五年前的一个白雪初霁的下午，我第一次拜访了住在花园路红楼原址的胡鸿霞同志。吉夫人热情地接待了我，并且倾她所知所闻向我讲述了鸿昌烈士的生平事迹。这一次线条还是比较粗的，但对我梳理纵线、印证一些既有的文字材料大有裨益。又一次访问，是我有意识地提出问题，特别是那些关键性的情结和细节，我是更感兴趣的。吉夫人回答得很耐心，有的地方讲得很生动。而且，她总是非常负责地分别说明："那个情况是我亲眼看到的，这个情况是我听知情的人说的，但都是实有的事，靠不住的情况不要写。"

我又参阅了早先已经出版的《东北烈士传》等文字材料，主要是使一些重要年代、重大事件不要出现错讹。这样，写作这本书的条件已经接近成熟了。

关于写作、出版过程，作者记忆犹新，他接着回忆道：

我记得，写作是在当时南大新建图书馆的阅览厅里。因为座位不足，许多同学仍然只能留在宿舍里自习，因此"抢占"阅览厅就成为每晚同学们的重要突击任务。由于当时系领导对于学生搞创作虽不反对也不积极提倡，我写书的事儿还不敢张扬，因此只能在各系同学杂坐的阅览厅里写，这样，既比较少受干扰又避免受到指责。

由于材料比较充实，写作起来居然还很顺畅，大约用了一个月的业余时间即告完成。我记得，去出版社送书稿时心情十分不安，终究是头一次写书，没有什么把握，只能是"听候判决"。

也可能是出版社的同志出于对一个年轻大学生作者的鼓励，编辑审定之后告诉我："写得还不错。"（这本书以及此后另外的两本传记文学，还成为当时市委宣传部负责同志决意把我留津分配的根据所在。）

六〇年十一月，我大学毕业半年之前，这本小书出版了。当责编亲自把十本样书送到学校我们的集体宿舍时，我简直不敢相信是我写的，甚至怀疑："我也能写书吗？"

书，是很薄很薄的，但它确确实实是我写的第一本书。它在我从事文学生涯的道路上，是一个新的、小小的却又是鲜明的标志。

天津人民出版社 1960 年出版的石英处女作《吉鸿昌》封面

这本很薄的小书当年第一版便印了五万册。对于我读到的新版本《吉鸿昌》，石英先生在文中也有涉及：

"文革"以后，天津人民出版社重审了过去出版的书籍，认为《吉鸿昌》具有再版的价值，编辑同志找到了当时还未"归队"的我，希望我修订补充后再行印刷。七八年再版的《吉鸿昌》，得到了鸿昌烈士亲属的帮助，篇幅多了两万余字，装帧印刷也较第一版时大方讲究些，同样是将近五万册。一个有趣的巧合是：当年它是我出的第一本书，而又是我"文革"后再版的第一本书。

而对于当年推出这本小书的出版社和编辑，他也深怀感情："二十多年来，我一直没有忘记我的第一本书的责编老余同志和当时天津人民出版社的领导，是他们的信任和鼓励，才使一个二十出头的年轻作者有了把书写成的信心。我觉得：他们把书交给社会，而把一种敢于开创的精神交给了作者。编者与作者的关系就应当是这样的：是崇高的同志情谊，最亲密的合作者；不是服务与被服务，更不存在任何一方的恩赐与赏赐。我不能忘记自己的第一本书，尽管它是一个学步稚子的作品；我永远感激成书的编辑，在某种意义上说，是他们把我送上了写书的道路；我更要感念作品所依据的生活创造者，是时代的英雄们，以他们的浩然正气和血肉之躯谱写了生活的强音。对于传记文学说来，更是如此——没有他们的大创造，就不可能有执笔者的小创造。”

石英先生的这篇文章刊发于1985年1月15日小报的一版上。记得出报后我曾去“百花”社给他送样报，巧得很，那天他正好在社，好像是与天津作协的人在谈事。我见缝插针送他报纸后，还约他再写一篇有关《散文》创办经过的稿子，他答应了，但说眼下事多，等闲暇了再写。不久，我得知，他被选为了新一届天津作协副主席，繁忙编务加上社会活动，他更加忙碌了，我也不好意思再催他。这样拖了几年，到1989年，他奉调进京，成了《人民日报》文艺部副主任。后来我在《传媒》杂志上看到他写的《忆及〈散文〉创刊时》，读后很受益，此文既弥补了我的遗憾，也为天津当代出版史留存了史料。

我为丁玲的《中国》写“广告”

1985 年 2 月 15 日出版的《天津书讯》报，在报眼位置刊登了一篇《丁玲同志向本报读者问好》的短讯：

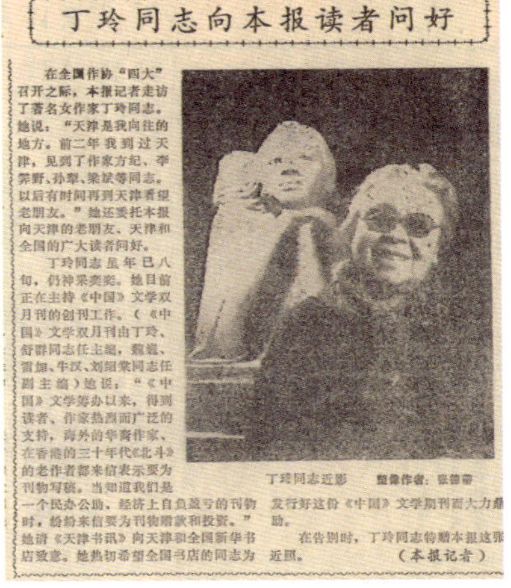

丁玲同志向本报读者问好

在全国作协“四大”召开之际，本报记者走访了著名女作家丁玲同志。她说：“天津是我向往的地方。前二年我到过天津，见到了作家方纪、李霁野、孙犁、梁斌等同志。以后有时间再到天津看望老朋友。”她还委托本报向天津的老朋友、天津和全国的广大读者问好。

丁玲同志虽年已八旬，仍神采奕奕。她目前正在主持《中国》文学双月刊的创刊工作。（《中国》文学双月刊由丁玲、舒群同志任主编，魏巍、雷加、牛汉、刘绍棠同志任副主编）她说：“《中国》文学筹办以来，得到读者、作家热烈而广泛的支持，海外的华裔作家、在香港的三十年代《北斗》的老作者都来信表示要为刊物写稿。当知道我们是一个民办公助、经济上自负盈亏的刊物时，纷纷来信要为刊物赠款和投资。”她请《天津书讯》向天津和全国新华书店致意。她热切希望全国书店的同志为发行好这份《中国》文学期刊而大力鼎助。

在告别时，丁玲同志特赠本报这张近照。　（本报记者）

丁玲同志近影　塑像作者：张德蒂

1985 年 2 月 15 日《天津书讯》报刊出的本书作者所写有关丁玲的报道

> 在全国作协“四大”召开之际，本报记者走访了著名女作家丁玲同志。她说：“天津是我向往的地方。前二年我到过天津，见到了作家方纪、李霁野、孙犁、梁斌等同志。以后有时间再到天津看望老朋友。”她还委托本报向天津的老朋友、天津和全国的广大读者问好。
>
> 丁玲同志虽年已八旬，仍神采奕奕。她目前正在主持《中国》文学双月刊的创刊工作(《中国》文学双月刊由丁玲、舒群同志任主编，魏巍、雷加、牛汉、刘绍棠同志任副主编)。她说：“《中国》文学筹办以来得到读者、作家热烈而广泛的支持，海外的华裔、在香港的三十年代《北斗》的老作者都来信表示要为刊物写稿。当知道我们是一个民办公助、经济上自负盈亏的刊物时，纷纷来信要为刊物赠款和投资。”她请《天津书讯》向天津和全国新华书店致意。她热切希望全国书店的同志为发行好这份《中国》文学期刊而大力鼎助。
>
> 在告别时，丁玲同志特赠本报这张近照。

这篇署名“本报记者”的小稿是我写的。本来在见过丁玲这样的大作家

天津书讯

TIANJIN SHUXUN

《天津书讯》编辑部编　　1983年4月15日　第4期（总第7期）

中国现代作家作品研究资料丛书

中国现代文学史资料汇编（乙种）：

《丁玲研究资料》出版

读者热切盼望的《丁玲研究资料》一书，已由天津人民出版社出版。这是全国文科重点规划项目——《中国现代作家作品研究资料丛书》中《中国现代文学史资料汇编（乙种）》最先出版的一本，也是国内第一本关于女作家丁玲的资料专集。

这部洋洋五十三万八千字的《丁玲研究资料》的第一部分，记载了作家一生的经历，作家的童年、学生生活，以及她涉足文坛五十余年所走过的曲折而艰辛的道路，对于了解丁玲思想发展及创作道路，有重要的意义。第二部分收录了作家的创作自述，显示了作家扎根于人民与现实生活的沃土之中，在艺术上不断成长的轨迹。第三部分收录了国内外知名作家对于丁玲某些作品的评论，从中可以了解我国现代文学研究的一个侧面。第四、五部分，分别收辑了作家的著作年表和著作目录。第六部分是资料目录索引。这些，对于研究丁玲的文学道路，提供了系统的资料。

作为一部史料性很强的资料专集，《丁玲研究资料》首先具备了真实性的特点。编集本书的北京大学中文系讲师袁良骏同志，研究丁玲创作多年，本书是他近几年取得的一项新的成果。他在广泛搜集资料的基础上，经过合理编排，辑成此书。通览全书，可以看出，编者力图使一般读者通过阅读此书，对作家半个多世纪文学道路上的坎坷经历、创作实践经验、作品风格及其重要成就等，有一个鸟瞰的认识；对于从事教学及专门研究工作的同志，也将会得到更多的便利。这本资料专集，无论从纵的方面或从横的方面看，都注意尊重历史发展的客观事实，真实地反映作家和作品的本来面目。

这部资料专集的第二个特点是比较全面。书中第二部分《丁玲谈自己的创作》，辑录了丁玲为自己的集子所写的全部序、跋以及谈创作经验的文章。读者可以全面了解作家的创作意图，对于那些初入文坛、学步创作的文学爱好者，在如何积累生活，选定题材，塑造文艺作品的典型形象等一系列问题上，会得到许多启示。本集的第三部分《丁玲研究论文选编》，汇集各个时期各种有代表性的观点，褒贬毁誉，平行列入。从中基本上可以理出丁玲研究的线索并掌握丁玲研究中所存在的主要问题。

《丁玲研究资料》是丁玲文学创作与历史活动的缩影。卷首收进了她的近照、手迹、中文及译成外文的著作书影等照片十一幅。

（仁 楚）

丁玲同志近照

1983 年 4 月 15 日《天津书讯》报刊出《〈丁玲研究资料〉出版》的报道

并有过交流后，按照小报当时惯例，是应该写一篇稍长的名家专访，但为何仅是一则三百余字近乎广告式的短讯呢？其实这背后既有当年的“难言之隐”，又有当时的不解谜团。

想起采访丁玲，是因为从报纸上得知中国作协第四次会员代表大会在经过 8 天会议后，已于 1985 年 1 月 5 日在北京京西宾馆结束，巴金当选主席，丁玲当选为副主席。而就在此前一年，天津人民出版社推出了国内首部丁玲资料专辑《丁玲研究资料》，本就有采访计划的我们决定趁此时机去京拜见这位文学老人。

但出乎意料，当作代会刚刚结束，我们拿着老诗人鲁藜的便条踏进丁玲于北京木樨地九层的住宅时，却看到老太太并非“神采奕奕”，而是面色憔悴地在和俩人谈话。看到鲁藜的便条，她只是冲我们点点头，示意我们落座后，继续他们的交谈。不一会儿，我们便听出了一个大概：老太太在筹办一个名叫《中国》的文学刊物，他们是在落实经费和办公地点，间或涉及刊物是否归属中国作协名下的问题。当时给我的感觉是老太太有些生气，话语中不时夹带着对某些人的不满。

他们的谈话很快结束，当老太太知道我们的报纸是天津出版发行行业所办时，情绪立刻和缓下来。她先是谈了对孙犁等天津老朋友们的印象，随后便滔滔不绝地讲起了即将出刊的《中国》。记得她在反复强调这是一本在作协领导下民办公助自负盈亏的刊物，目前因种种原因错过了当年邮局征订，只能由各地新华书店代售，她希望我们这个面向书店和读者的报纸，多多宣传这本刊物。

在看过创刊号目录后，我们便将话题引向了已经出版的《丁玲研究资料》,岂料老太太立刻打断我们的话说，关于我个人的事以后有时间谈，今天我只拜托你们回去宣传一下这本刊物。我们答应后提出为她拍张照片,这又遭到老太太拒绝,他说现在的形象不宜拍照，并随手给了我们一张她与自己塑像的合影,并再三强调,刊出时一定要署上塑像作者“张德蒂”的名字。分手时,老太太说，欢迎出版发行界的朋友常来，再来时可与她的秘书王增如联系。

丁玲送给本书作者的照片,背后雕塑作者为张德蒂

返津后，我便写出了本文开篇那则实为“广告”的短讯,并附上丁老照片一同刊出。很快,我们便看到了《中国》创刊号。一年后的早春时节,我们忽闻噩耗,丁老不幸仙逝。是年底,《中国》在出版18期后终刊。

许多年过去了,丁玲成了历史,《中国》也成了历史,但当年面见老太太的那一幕,却定格在了我的记忆中。在此后的日子里,我阴差阳错地成了《书报文摘》的总编辑。一次全国文摘类报刊联谊会上,我得知丁老的秘书王增如女士也成了《作家文摘》的副总编,于是便多次利用文摘报年会的机会寻找她,想一探当年《中国》“转瞬即逝”的“内幕”,但终未如愿。后来得知,王总很少参加社会活动,她在抓紧时间赶写有关丁玲的论著。果然不久,我便读到了她在人民文学出版社出版的专著《丁玲办〈中国〉》,由此也解开了我多年的疑问。

据王增如书中介绍,在1984年4月的一个由中国作协创委会主任丁玲组织召开的小说创作座谈会上，面对当时文学刊物都把眼睛紧盯才华横溢的中青年作家的现状,魏巍提出应再创办一本“团结老作家”的文学刊物。此提议受到参会老作家们的响应,并一致推举80岁的丁玲任主编。在此后的日子，丁玲便为创办这本杂志忙活起来。但让她想不到的是，困难重重。对此，王增如曾有这样的追忆："为了《中国》的出世、生存与生长，年过80的老太太四处奔走、呼号、奋争甚至求告，而《中国》回报给她的，却是一个紧接一个的麻烦、难题、纠葛，是重重迷雾，险象环生……""《中国》可谓命途多舛。这里面既有历史上多年积下的派别夙怨，也有文坛上那几年新起的矛盾纷争；既有原则性的分歧，也有无原则的争吵；既有文学的，也有政治的；既有是非之争，也有纯属个人与性格方面的意气用事。丁玲是《中国》之魂，自然也是各种矛盾的交合点。繁杂横生的枝节，纷乱不堪的头绪，把她搞得身心交瘁。如果不是办《中国》，丁玲绝不会走得那么快。""在中国文学史上，《中国》恐怕是性命最短暂，而引起的反响却最广泛的一本大型文学刊物。它从酝酿、出世到终结，引起了许多重要人物的关注，直至多次惊动中央书记处甚至党中央的总书记。它自始至终一直是某些矛盾的集中点。"

丁玲秘书王增如所撰《丁玲办〈中国〉》一书由人民文学出版社2011年出版

其实，这里面的"迷雾"与"内幕"，远非上述文字所能概括，好在王增如的这本《丁玲办〈中国〉》，目前网上还能看到。对此，我就不再饶舌了。

鲍昌漫忆与文学的“缘分”

作家鲍昌的大名，我是从恩师张赣生口中得知的。20 世纪 80 年代初，美学大热，张师作为新文艺理论巨擘王朝闻麾下的中华美学学会理事，与天津市美学学会会长鲍昌熟稔。我曾随张师在天津师院中文系主任办公室见过他，这是他当时的正差。后来，我又读过他在百花文艺出版社出版的近 50 万字的长篇历史小说《庚子风云》，该书在 1980 年首印便是近 18 万册，足以说明受欢迎程度。我对他那种学者思维和夹叙夹议的学术笔法颇为喜欢，于是便产生了采访他的念头。通过在新蕾出版社任职的鲍夫人亚芳的沟通，1985 年春节前，我和《天津书讯》报同人去了他家。

鲍昌的《庚子风云》第一部于 1980 年由百花文艺出版社出版

面带疲惫之色的鲍昌很热情，但又不失学者做派与领导风范。话题是从《庚子风云》谈起的，他说目前看到的只是全书的第一部，这部书稿早在 1963 年便已写成，此后一直在修改，十年浩劫他将书稿秘藏起来，直至 1979

1985 年春，鲍昌在家中与本书作者交谈

姜德君摄

年方才改定，并交出版社出版。他对该书封面十分欣赏，认为设计者王叔朋是有想法的，并从美学角度进行了分析。

随后他便回忆起了与文学的缘分。他说：1946 年，还是中学生的他从北平家中出走，来到晋察冀边区的华北联合大学文艺学院听课。这里集中了当时众多文化名人，院长是沙可夫，副院长是艾青，文学系的教员有陈企霞、严辰、逯斐、蔡其娇等。此外，成仿吾、周扬、丁玲、萧军、萧三等也经常在这里讲课。来到这所解放区的大学学习，心中有一种说不出来的兴奋。他印象深刻的是，1947 年在冀中束鹿县贾家庄，他向偶像艾青请教写自由诗技巧时，艾青不让他学自己，而是力劝他多学习民歌体的《王贵与李香香》，于是他便把李季的诗作全背了下来，并在此后的创作中深刻领会。

这时，他主动谈起了自己的处女作。我们不失时机地告诉他，小报正好有个栏目叫“我的处女作”，请他就此写篇文章。这便是刊登在 1985 年 2 月 28 日《天津书讯》报上的《“处女作”漫忆》。在此文中，鲍昌首先回忆了艾青对他的教诲，随后便谈到了处女作：

> 如果读者允许我讲一则同名人交往的轶事，那我要说说一九四七年在冀中束鹿县贾家庄同艾青同志的一次谈话。这次谈话使我极难忘怀。谈话之前，我早已读过艾青的《大堰河——我的保姆》《芦笛》《向太阳》等诗章，对他那脱胎于近代西欧诗歌的沉挚的风格、描绘的笔法和自由的韵脚，都非常之欣赏。我去找他谈话，本来是想请教些自由诗技巧的。但出乎我意料的是，他却力劝我多学习民歌，学习民歌体的《王贵

曾经指导鲍昌写诗的艾青 1984 年在家中接受本书作者采访

倪斯霆摄

1985 年诗人艾青在接受本书作者采访后留影，他是鲍昌崇拜的诗人

倪斯霆摄

「处女作」漫忆

鲍 昌

作家鲍昌同志近影　　魏 君 摄

《新时期小说百篇评析》即将出版

滕云主编的《新时期小说百篇评析》一书最近已完稿，即将由南开大学出版社出版。

该书编写者从粉碎"四人帮"后八年来发表和出版的大量长、中、短篇小说作品中，精选出一百篇（部）有代表性的作品进行评论。这些作品绝大部分是获奖的优秀作品，也有少量失误的或有争议的作品。总览全书，可了解新时期小说创作的主要成就和发展脉络。

该书对作品的评析不局限于一般的作品赏析，而是将作品放在一定的时代和文学思潮的背景之下，力求把微观的分析与宏观的评述结合起来，把对具体作品的分析同阐述这个作家的创作道路及其创作风格结合起来，因而使评析具有一定的深度与广度。

本书还带有一定的资料性，虽不附原作，但仍列出作品作者的生年、……作品出处、获……等资料；同时……者的生平创作……作品发表的背景及发表后的反响。有争议的作品还要……关争议的情况及分歧点，为读者提供阅读和学习的方……

参加编写的有天津市文联理论研究室、《新港》……部、百花文艺出版社、文学研究所、南开大学中文系、……师大中文系等单位的数十位同志，所以，从一定意义……这本书是天津市文学研究、评论、教学和编辑工作者……慧的结晶。

《新时期小说百篇评析》约四十余万字，是目前……一本选目较多、规模较大、内容较系统的小说评论集，……可作为大学文科的教材，又可作为广大文学爱好者和……文学辅导读物，同时，也可作为青年作者创作中学习……的读本，具有一定学术价值。　（张学正……

1985 年 2 月 28 日《天津书讯》报刊出的鲍昌文章

与李香香》。大师之言，焉敢不依！ 我于是花了很大气力，去朗诵草纸本的《陕北民歌选》与《王贵与李香香》了。不客气说，那时我几乎能把李季的名作背诵个差不多，也能咏唱出几十首成段的陕北民歌。比方说，一次联欢晚会上，贺敬之同志（他当时是华北联大文工团的创作人员）唱了几句哀婉的陕北民歌："太阳出来照山坡，有一个媳妇受折磨……"这个民歌长达几十段，我也能背诵出来的。

这样，我就结合在解放战争时期的生活经历，写了一组民歌体的诗歌。这些诗歌写得颇是用心，竭力模仿《信天游》或《爬山调》的格式，行军间隙，宿营余暇，常常拿出来自我欣赏。一九四九年一月随军进入天津后，又把它们整理了一番；大概在该年三月份，将几首投寄给新创刊不久的《天津日报》。谁料到，第一首诗《我的母亲——农村散歌之一》在四月八日该报上刊出了。……

这就是我第一次在报刊上发表的作品，但却不是我的真正"处女作"，如果把任何能发表出来的作品都算数，我第一次发表的作品是小学四年级时在北平教育局办的一个儿童小报上发表的作文；然而那确切的日期和具体的内容，我都已忘记了。其后上初中时，我又写了一些散文诗歌。一九四五年，我曾把数十首旧体诗，借用别人的油印机印了一小本，题为《北国青春吟草》。但它们只剩下一本压在我的箱底，从来没有公开发表过。所以，今天我只能把《我的母亲》这首诗，当做我步入文坛的处女作。

1985 年春，鲍昌在家中接受本书作者采访

姜德君摄

1985 年春，鲍昌在接受本书作者采访后与夫人亚芳于家中合影

姜德君摄

有意思的是，在这篇文章的结尾，鲍昌还报了个料："《农村散歌》我写了有一组，基本上是我在晋察冀边区战斗生活的实录。思想淳朴、感情真挚，有一颗爱恋劳动人民的赤子之心；只是乡音俚语，明白如话，没有'阳春白雪'的高雅韵味。比如1950年发表的《家》，头几段是：'想起了伯伯、想起了妈妈，想起了多年离别了的家。那时候肚里吃不饱饭，那时候脚上没有鞋穿。那时候背了一杆枪，走遍了万水与千山。绿茵茵的青草铺溪口，红艳艳的柿子照山沟。我们行军又战斗，从冬到夏、从春到秋。我们夜夜宿到自己的家，夜夜都遇上个老妈妈。……'这都蕴蓄着真诚而又稚嫩的情感。后来，有个诗人写了首著名歌曲《骑马挎枪走天下》，不客气地说，那首歌的某几句诗意，早在我这首诗中便有了。当然，人家是未必看过我这首劣作的，一笑！"

在这篇文章刊出之后，我还曾在天津社科院文学所及几次会议上见过他，并有过愉快的交谈。记得在一次交谈中得知，1951年，20岁的他在天津一个剧团工作。一天，当他率领文工团到老根据地慰问演出刚刚返津时，天津市文化局首任局长阿英把他叫去，将一摞书交给他。他打开一看，原来是自己所写五个独幕剧的结集《为了祖国》。而在此前，他对自己这本书的出版却是一无所知，完全是阿英替他整理、编辑成书，并交到上海晨光出版公司出版的。对此，他感慨万端地表示：如果说我的单篇处女作还是我自己投出的话，那么我的书籍处女作则完全是在老一辈文学家的提携下推出的，阿英等师长对我的帮助让我终生难忘！

就在这次交谈后不久，他便被调到了中国作家协会工作，我几次赴京组稿，都得到过他的帮助。后来听说他积劳成疾，身染重病过世了。今写此小文，也算是对他的一种怀念吧！

袁静自揭“转行”科普童话的“秘密”

著名作家袁静经历曲折，颇有传奇。其出身名门，早年艺专肄业，参加学运，后在地下党领导下从事情报工作。抗战爆发，救亡图存，1940 年春赴延安，曾写有剧本《刘巧儿告状》等。1949 年与孔厥创作的长篇小说《新儿女英雄传》，被誉为解放区文学代表作。新中国成立后曾在中央电影局及中国作协任职，1957 年调入天津作协。

我知道她，是因为在中学时期读过《新儿女英雄传》，书中那不加渲染的白描写法给我印象深刻，后来又看过根据这部小说改编的同名电影；和她结识，则是因为我在 1984 年 4 月 15 日《天津书讯》报上编发了一篇步俊友兄对她的专访，而此文又恰好赶在她 70 岁生日之际出现，由此引起了《人民日报》副刊的关注，来电要我联系步兄再撰新篇。于是在她的助手同时也是作家的秦文虎先生的安排下，我和步兄便于当年 5 月初去了她在天津佟楼外文书店后面的家中，做进一步采访。

我那时年纪轻，资历浅，知识面也窄，因此便养成一个习惯，凡是我要拜访或访谈的名家，在去之前，我都要先找出他们近期的作品，快速通读一遍，

1984 年 5 月，袁静在家中接受本书作者采访

倪斯霆摄

1984 年 5 月，袁静在家中与本书作者交谈

倪斯霆摄

找出感兴趣的话题或问题。这样，见面之后，很快便能有共同语言，拉近距离感。对于袁静，我也是如此。当时我是在读了她新近出版的四十余万字的长篇小说《伏虎记》和儿童文学《李大虎和小刺猬》《芳芳和汤姆》《琼林仙洞》《水乡晨曲》《金钥匙》等后去的。

见面之后，我们的话题便从这些作品谈起，袁老非常高兴，说话嗓门挺高。她告诉我，她没去过朝鲜战场，为写《伏虎记》这部大长篇，她曾在两年多的时间里多次往返武汉、济南、连云港、保定、石家庄和东三省，采访了众多当年的志愿军指战员和知情人，这才塑造出全书主人公郭根全与谢文彩这两个典型的志愿军形象。

随后，秦文虎先生又爆料说，袁老这两年在儿童文学创作方面也成绩骄人。《芳芳和汤姆》被列入 1983 年“红领巾读书奖章活动”推荐书目，《金钥匙》被陕西电视台改编为电视剧《雾中蓓蕾》在全国播映，《李大虎和小刺猬》已两次再版。我们随即向袁老表示祝贺，在得到签名本《众英雄和小捣蛋》的同时，我也提出一个疑问：您这样功成名就的大作家为何晚年写起了科普童话，并约她就此问题为小报撰稿。对此，袁老欣然允诺。

分手之际，我又向袁老提出一个请求，“六一”儿童节将至，袁老能否在小报上为孩子们写几句话。没想到袁老不但爽快答应，而且马上就用毛笔在宣纸上写下一段话：

> 脑筋越用越聪明，越不用越笨。愿孩子们努力学习，培养自己科学家的素质。
>
> 袁静
>
> 一九八四年六一前夕

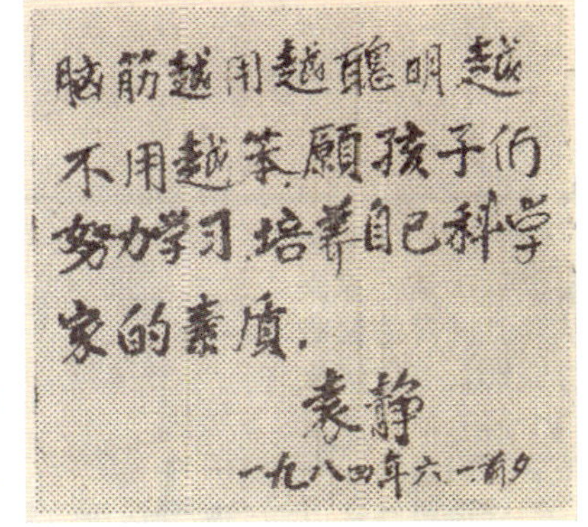
脑筋越用越聪明越
不用越笨愿孩子们
努力学习培养自己科学
家的素质.
袁静
一九八四年六一前夕

1984 年 6 月 15 日《天津书讯》报刊出的袁静题字

袁老的题词很快便刊登在小报 1984 年 6 月 15 日报眼上，并且与另一儿童文学大家严文井的题词比邻。随后我便开始了对袁老稿件的期待，然而出乎我意料，当我报过选题后却很长时间没有得到袁老的赐稿。直至年底，袁老的稿子方才寄

我和科普童话

袁 静

三年前的一天，我参观农业展览，看到许多农业上的害虫和他们的天敌——益虫，感到非常有趣。陪同我参观的是在农科院植保所工作的范仲文同志，他向我介绍说：“瓢虫的种类很多，七星瓢虫、十三星瓢虫都是益虫，唯独这种二十八星瓢虫——它身上左边十四个点，右边十四个点——是大害虫，一但混淆不清，就把它看成益虫了。”他的话使我感到很大兴趣，好象触电一般，我立刻想到现实生活中的一段往事：——

十年动乱中，几位造反派头儿一心想把他们的一名喽啰拉进党内，但这位小喽啰自私自利，只会拍马，威信不高。头儿们怕支部大会通不过，竟异想天开把地震时期别人的英勇事迹安在他的头上，让他冒名顶替，混充抗震英雄。此事被爱管闲事者揭发，头儿气极败坏，破口大骂曰：“不把你拉下马，我死不瞑目！……”

这两件事一联系起来，使我如获珍宝，立刻从农科院、科技情报所、少儿图书馆、河东图书馆借来许多农业益虫、害虫的科技书，于是我就动手写了第一篇科普童话《众英雄和小捣蛋》，1982年“六·一”儿童节

袁静同志近照

我再也没有想到这篇供小学高年级和初中孩子阅读的科普童话竟得到一个四岁半儿童的欣赏，要不是我亲耳听到，我绝不相信她能把四千多字的童话从头到尾背诵下来，这个小姑娘就是我的小外孙女丹丹。是不是她特殊呢？我抱着试试看的心情在天津电视台亲自试播这篇童话，许多人告诉我，最爱听的是小学生和学龄前儿童，这又是个意外。

我受到孩子们的鼓舞，接二连三地写起来了。象保护森林、环境污染的危害、引滦入津等严肃的内容也能编成生动活泼的科普童话。既给孩子们传播了科普知识，又能对他们进行品德教育。

1985 年 3 月 15 日《天津书讯》报刊出的袁静文章

到。在随稿附函中，她说因忙于几个科普童话的创作，耽误了交稿时间。在这篇刊登在 1985 年 3 月 15 日《天津书讯》报头版名为《我和科普童话》的文章中，袁老详细地回答了我当初的疑问。

那是在 1982 年，她应邀参观一个农业展览，看到许多害虫与益虫混杂一起难以分辨，于是她“立刻想到现实生活中的一段往事”——

十年动乱中，几位造反派头儿一心想把他们的一名喽啰拉进党内，但这位小喽啰自私自利，只会拍马，威信不高。头儿们怕支部大会通不过，竟异想天开把地震时期别人的英勇事迹安在他的头上，让他冒名顶替，混充抗震英雄。此事被爱管闲事者揭发，头儿气急败坏，破口大骂曰：“不把你拉下马，我死不瞑目！……”

这两件事一联系起来，使我如获珍宝，立刻从农科院、科技情报所、少儿图书馆、河东图书馆借来许多农业益虫、害虫的科技书，于是我就动手写了第一篇科普童话《众英雄和小捣蛋》，1982 年“六一”儿童节前夕发表在《人民日报》上。

我再也没有想到这篇供小学高年级和初中孩子阅读的科普童话竟得到一个四岁半儿童的欣赏，要不是我亲耳听到，我绝不相信她能把四千多字的童话从头到尾背诵下来，这个小姑娘就是我的小外孙女丹丹。是不是她特殊呢？我抱着试试看的心情在天津电视台亲自试播这篇童话，许多人告诉我，最爱听的是小学生和学龄前儿童，这又是个意外。

我受到孩子们的鼓舞，接二连三地写起来了。像保护森林、环境污染的危害、引滦入津等严肃的内容也能编成生动活泼的科普童话。既给孩子们传播了科普知识，又能对他们进行品德教育。

1984年5月，袁静在家中与本书作者交谈

倪斯霆摄

> 我常想：我们搞文学的学点科学，写点科普童话有我们的便利条件，经过文学家的笔加工，没有生命的有了生命。没有感情的有了感情。“人物”有性格，有故事情节，能在感情上打动人，这样的科普童话就既有科学性，又有文学性，不但孩子们爱看爱听，连大人也爱看爱听。通过播讲《叮叮和当当》片段，我已经可以下这个结论了。

文章最后，她通过表态告诉人们，她从此要“转行”科普童话的创作了：

> 我认为这是一块肥沃的、还没有引起人们足够重视的处女地。我愿意做个老黄牛，在这块土地上默默耕耘，还希望有更多的年轻人也来当小黄牛。

与袁静同时期成名的作家有许多。他们有的是靠一本书享有盛名；有的则是一本书成名后仍在重复着已有的创作套路。而袁静则不然，她在以《新儿女英雄传》《淮上人家》《红色交通线》等长篇小说享誉文坛后，于晚年毅然“变法”，跨行写起了属于“小儿科”的科普童话，是突发奇想还是兴趣使然？我想，更多的应该是责任和使命。

叶永烈被我“标注”成了童恩正

叶永烈是当今高产的党史类传记书作家，被业内称为“旧闻记者”，至今已出版专著180余部，总字数高达近千万字。但他当年走上文坛，却是以科普作家身份亮相的。1978年，《小灵通漫游未来》的杀青，不但奠基了新时期科普文学创作，而且还以印数高达300万册而影响了一代青少年。1985年春天，就在他告别科普转入人物传记写作时，接受好友也为科普作家的童恩正之请，为《天津书讯》报撰写了一篇书介文章《使小读者入迷的〈西游新记〉》。

稿件是由新蕾出版社《西游新记》责编转来的，随稿还附有一张人物标准像，但就是这张照片，造成了报纸的一次“事故”。

或许是转稿人没说清楚，也或许是人家说了我没用心，反正在当年5月15日出版的那期报纸上，我想当然地在稿件所配发的照片底下，标注了“叶永烈同志近照”。报纸出版不久，便接到《西游新记》作者童恩正先生的来信，说“搞错人了，照片是我，你们却标成了叶永烈。”但他没有责备，反而认为是“一段文坛佳话”。虽然事后报纸做了“致歉声明”，但仍是受到了一些读者的指责。因为那时著名科普作家叶永烈的形象，已经通过电视被他的“粉丝”们所熟知。

来自网络上的童恩正照片

来自网络上的叶永烈照片

用“著作等身”来形容叶永烈，应该不算过分。但正是如此，在这位大作家“等身”的著作中，这篇图书推介类小稿便显得有些另类，估计在他后来的作品集里不会收入，更不可能出现在他那7卷本的《叶永烈自选集》中。因此，本着对新时期少儿文学创作与出版“拾遗补缺”的初衷，现特将这篇大作家的“小文章”做一简介。此文开篇便讲：

我深深地记得，一九八四年六月，当我路过齐齐哈尔时，在街头见到一个孩子，边走边看小人书，简直入迷了。我不由得侧过身子看了一下小人书的封面，哦，《西游新记》！

从一九八二年第三期起，童恩正的《西游新记》在《智慧树》上连载，就引起小读者的浓厚兴趣。许多小读者每次见到新出的《智慧树》，头一桩事情就是看《西游新记》。也正因为这样，《西游新记》尚在连载之中，科普出版社广州分社就已经分册出版《西游新记》连环画了。

天津书讯　　1985年5月15日

使小读者入迷的《西游新记》

叶永烈

我深深地记得，一九八四年六月，当我路过齐齐哈尔时，在街头见到一个孩子，边走边看小人书，简直入迷了。我不由得侧过身子看了一下小人书的封面，哦，《西游新记》！

从一九八二年第三期起，童恩正的《西游新记》在《智慧树》上连载，就引起小读者的浓厚兴趣。许多小读者每次见到新出的《智慧树》，头一桩事情就是看《西游新记》。也正因为这样，《西游新记》尚在连载之中，科普出版社广州分社就已经分册出版《西游新记》连环画了。

《西游新记》是《西游记》的续篇。最初，听童恩正说要写《西游新记》，我有点担心，因为自从《西游记》在十六世纪七十年代的明朝中叶问世以来，四百多年间，续书充斥坊间——《西游补》、《后西游》、《续西游》……不光是中国人写续书，日本人也写了许多续书。比如，日本科幻小说作家丰田有恒便写了《西游记》，由早川书房和角川书店出版。侨居于日本的中国作家陈舜臣在一九七四年日本《读卖周刊》上连载了长篇《新西游记》，于一九七五年、一九七八年分别由读卖新闻社和讲谈社出了单行本，一九八一年由卞立强译成中文出版……面对着如此众多的续书，再写《西游新记》，能写好吗？

我逐期读了《智慧树》连载的《西游新记》，我发觉，当初的担心是多余的。童恩正的《西游新记》独树一帜，不同于以往任何一部《西游记》续篇。

作者独出心裁地把《西游新记》称为“准神话”。准，类似又不完全相同之意。“准神话”，可以说是介乎现实与神话之间。童恩正的《西游新记》，写的是神话人物——孙悟空、猪八戒、沙僧，反映的却是当今美国的社会现实。他巧妙地把神话与现实结合在一起，构成别具一格的“准神话”。

《西游记》写的是西游，《西游新记》写的是东游，《西游记》写的是唐朝贞观年间的故事，《西游新记》写的是二十世纪八十年代的美国见闻。作者借“学科技三僧重下凡”，作为续篇开头与《西游记》末尾之间的“挂钩”，从而展开了“宇宙客轰动美利坚”的一出又一出“折子戏”。

作者是一位考古学家。一九八〇年九月至一九八一年九月，他作为访问学者，在美国工作了一年。创作源于生活。他的《西游新记》，正是他这一段时间生活的感受。可以说如果他没有这一年的生活经历，他是写不出如此富有现实感的《西游新记》。

鲁迅在《中国小说史略》中，曾非常深刻地指出了《西游记》的写作特色：“吴承恩‘讽刺揶揄则取当时世态，加以铺张描写’，‘作者禀性，复善谐剧’，故虽述变幻恍忽之事，亦每杂解颐之言（注：使人发笑的话），使神魔皆有人情，精魅亦通世故。”可以说，在《西游新记》中，童恩正十分注意保持原著的这一特色，在“讽刺揶揄”美国世态时，常令人忍俊不禁，捧书大笑。然而，作者幽默而不浮滑，谐中有庄，庄中有谐，辛辣地讽刺了资本主义世界的种种病态。

既然是续书，作者很注意保持原著中人物的性格。《西游记》的成功，与其说主要不在于那些富有传奇色彩的神话故事，而在于塑造了唐僧师徒那群栩栩如生的形象。其中最为成功的艺术形象是孙悟空和猪八戒。吴承恩很注意把孙悟空、猪八戒的性格、行为与[illegible]、猪的动物个性。童恩正在写《西游新记》时吸择了原作的这一特色。

比如，猪贪馋好吃。《西游新记》的第八回《猪八戒减肥受挫败，师兄弟诀别“包你瘦”》，很巧妙地把猪的动物特性、猪八戒的性格和作者所要反映的美国的“减肥热”，巧妙地融合在一起。作者在创作中，准确地把握了原著的人物形象，使续编与原著浑然一体。

作者在考古工作中，常与古文打交道，他仿照《西游记》那样的“古代口语”来写作，十分得心应手。作者对章回体的写作技巧也是熟悉的。因此，《西游新记》的语言风格、布局谋篇都与原著相似，保持了作为续篇所必需具备的延续性。

我与童恩正相熟。他修长的个子，学者的风度，谈话幽默而富有哲理。他是一位副教授，教学、科研工作够忙的，只能边写边连载。有一次他出差上海，忽然向我借《月亮宝石》和《福尔摩斯探案集》——原来，他在羁旅之中，还要挤出时间写《西游新记》。他这样勤于笔耕，这样热心为小读者写作（据说，有人劝他，作为教授，何苦去写给孩子看的东西！），这种精神值得称道，值得学习的。

最近，《西游新记》即将由新蕾出版社出版单行本。可以预料，它定会受到大、小读者的喜爱。

85.3.12.夜于上海（4.1.修改）

注：《西游新记》于85年5月出版。定价：1.10元。

叶永烈同志近照

中国作家协会
说拾珠》，将由
短篇小说佳作
引人瞩目和深
大多出自近年
年作家之手。
了数次评奖工
有一部分卓有

1985年5月15日《天津书讯》报刊出的贴错了照片的叶永烈文章

关于这本书，他接着“爆料”说：

> 《西游新记》是《西游记》的续篇。最初，听童恩正说要写《西游新记》，我有点担心，因为自从《西游记》在十六世纪七十年代的明朝中叶问世以来，四百多年间，续书充斥坊间……面对着如此众多的续书，再写《西游新记》，能写好吗？
>
> 我近期读了《智慧树》连载的《西游新记》，我发觉，当初的担心是多余的。童恩正的《西游新记》独树一帜，不同于以往任何一部《西游记》续篇。
>
> 作者独出心裁地把《西游新记》称为“准神话”。准，类似又不完全相同之意。准神话，可以说是介乎现实与神话之间。童恩正的《西游新记》，写的是神话人物——孙悟空、猪八戒、沙僧，反映的却是当今美国的社会现实。他巧妙地把神话与现实结合在一起，构成别具一格的“准神话”。
>
> 《西游记》写的是西游，《西游新记》写的是东游；《西游记》写的是唐朝贞观年间的故事，《西游新记》写的是二十世纪八十年代的美国见闻。作者借“学科技三僧重下凡”，作为续篇开头与《西游记》末尾之间的“挂钩”，从而展开了“宇宙客轰动美利坚”的一出又一出“折子戏”。

关于童恩正，叶永烈先生在文中披露：“作者是一位考古学家。1980 年 9 月至 1981 年 9 月，他作为访问学者，在美国工作了一年。创作源于生活。他的《西游新记》，正是他这一段时间生活的感受。可以说如果他没有这一年的生活经历，他是写不出如此富有现实感的《西游新记》。”关于二人的关系，文中写道：“我与童恩正相熟，他修长的个子，学者的风度，讲话幽默而富有哲理。他是一位副教授，教学、科研工作够忙的，只能边写边连载。有一次他出差上海，忽然向我借《月亮宝石》和《福尔摩斯探案集》——原来，他在羁旅之中，还要挤出时间写《西游新记》。”“作者在考古工作中，常与古文打交道，他仿照《西游记》那样的‘古代口语’来写作，十分得心应手。作者对章回体的写作

童恩正所著《西游新记》

技巧也是熟悉的。因此,《西游新记》的语言风格、布局谋篇都与原著相似,保持了作为续篇所必须具备的延续性。”随后,他祝愿:

> 最近,《西游新记》即将由新蕾出版社出版单行本。可以预料,它定会受到大、小读者的喜爱。

其实,作为当年同样著名的科普作家,童恩正也不应被我们遗忘。他1935年出生于湖南宁乡,1957年在四川大学历史系求学时,便开始发表文学与科普作品。1961年大学毕业后,入峨影厂担任编剧,不久重返四川大学从事考古研究。20世纪70年代末,他创作了科幻小说《珊瑚岛上的死光》,不但广受读者喜爱,而且获奖多次,并在80年代初期被拍成电影,成为我国科幻电影的开山之作。此外,他还写有《在时间的铅幕后面》《雪山魔笛》《追踪恐龙的人》《宇航员的归来》等众多科幻小说。1991年赴美讲学,后移居美国,担任多所大学教授。遗憾的是,1997年4月,他患肝病在美治疗期间,因换肝手术失败而猝然离世,年仅62岁。

作为新中国科普文学的开拓者,叶永烈与童恩正在三十余年前便已著名。当年一位著名科普作家为另一位著名科普作家在一张名不见经传的行业小报上,写了一篇新书推介类的小文,实乃友情的体现,这才是中国当代文坛上真正的“佳话”之一。

胡万春创作《苦海小舟》后的“随想”

新中国成立初培养的作家中，工人出身者是一大主流。如1949年后的天津，在阿英、孙犁、鲁黎、方纪等文学名家的扶持下，就曾产生了阿凤、董迺相、滕鸿涛、大吕、万国儒、张知行等一批享誉全国的工人作家。而上海同时期也是如此，当年在夏衍、于伶等文艺界领导人的关怀下，也出现了如胡万春、唐克新、费礼文、优学宝等数十位从工厂里走出的作家。而这其中影响最大知名度最高作品最多者，则非胡万春莫属。

胡万春从1952年开始创作，一生共写作三百余万字作品，陆续出版了短篇小说集《青春》《爱情的开始》《谁是奇迹的创造者》《特殊性格的人》、中篇小说《阿粹斯号》《内部电影》《铁拳》《战地春秋》、电影剧本《钢铁世家》《家庭问题》及话剧《激流勇进》等二十余部书籍。其作品曾翻译成日、英等十余种文字被介绍到国外，尤其是他的自传体小说《骨肉》，在1957年世界青年联欢节举办的国际文艺竞赛中，还被评为世界优秀短篇小说。也正因此，他曾多次受到毛泽东、周恩来、陈毅等高层领导人的接见。即使到了新时期，他仍有新作出现，如1984年底新蕾出版社便出版了他的自传体长篇小说《苦海小舟》，目前累计印数已近六万册。

新蕾出版社1985年出版的《苦海小舟》

至今也想不起来，1985年7月15日出版的那期《天津书讯》报一版上，胡万春写的《创作〈苦海小舟〉随想》一文是谁约来的，大概是该书责编转来的吧。但此文是经我手编辑上版的，却是无疑，因为那时报纸的一版正是我的责任编辑。

他在交代《苦海小舟》创作缘起时写道："一部作品完成以后，作一点回顾是颇有意思的。为什么我在新蕾出版社编辑同志的鼓励、促进下能写出《苦海小舟》呢？道理很简单，是因为我头脑的'仓库'里早有这方面的原材料。我的童年、少年是在烽火连天的抗日战争时期度过的，而且又生活在上海这样的畸形繁华的都市里。在那个时期生活过来的人是很多的，但我的生活经历却与众不同，有我的特殊性。"那么这种特殊性又是什么呢？他后面的描述则充满了传奇：

> 我不仅处于兵荒马乱的抗日战争中，是在那充满血和泪的年代，而我又生活在大都会的底层。我跟随父亲住在救火会里与英国人伐尔门有过认识，我跟随父亲住过凄惨万分的难民所，我跟随父亲逃难去过浙江宁波，我为了寻找母亲跟随"银币贩子"只身偷渡到上海，我在畸形繁华的"孤岛"上海当过流浪儿，我进过基督教会办的贫民小学，我结识过基督徒，我骑自行车、乘小舢艋做过单帮，我与土匪打过交道，我乘过火车的车顶，我在军工厂当过小学徒，我与日本人打过交道，我目睹围攻日本大班，我与工人运动的活动分子有过接触，我参加过大规模的游行示威活动等等。这是粗线条，从细部来看，那就更奇特，在我当流浪儿

创作《苦海小舟》随想

胡万春

一部作品完成以后，作一点回顾是颇有意思的。为什么我在新蕾出版社编辑同志的鼓励、促进下能写出《苦海小舟》呢？道理很简单，是因为我头脑的"仓库"里早有这方面的原材料。我的童年、少年是在烽火连天的抗日战争时期度过的，而且又生活在上海这样的畸形繁华的都市里。在那个时期生活过来的人是很多的，但我的生活经历却与众不同，有我的特殊性。生活就象今天的有奖储蓄，开奖时的中奖号码总是由1234567890这十个数字组成的，但是得头奖的不论是那五个数字组成总是唯一的一个，这就是共性中的个性。世界上任何一个人的经历，只要如实地写出，决不可能是一样的，那怕孪生兄弟也不能例外，这是因为在共同的社会中，人是作为个体活动的。而我的童年生活除了个性之外，尚有特殊性，我不仅处于兵荒马乱的抗日战争中，是在那充满血和泪的年代，而我又生活在大都会的底层。我跟随父亲住在救火会里与英国人伐尔门有过认识，我跟随父亲住过凄惨万分的难民所，我跟随父亲逃难去过浙江宁波，我为了寻找母亲跟随"银币贩子"只身偷渡到上海，我在畸形繁华的"孤岛"上海当过流浪儿，我进过基督教会办的贫民小学，我结识过基督徒，我骑自行车、乘小舢艋做过单帮，我与土匪打过交道，我乘过火车的车顶，我在军工厂当过小学徒，我与日本人打过交道，我目睹围攻日本大班，我与工人运动的活动分子有过接触，我参加过大规模的游行示威活动等等。这是粗线条，从细部来看，那就更奇特，在我当流浪儿时，我曾在垃圾桶拣到一个美丽的婴儿，我将她放在背篓里背着她，我为她雇佣过"保姆"，我因为失去她而万分悲痛，我曾想咬死使我失去婴儿的老婆婆，我受到过老佛爷的呵斥。这仅是流浪生活中一些小事，尚有许多奇特的遭遇。因此，当我动手写我的童年时代经历时，我连自己也不敢相信，我竟遇到这多么奇人奇事。自传是真人真事，要说有传奇性，这是生活提供的，不是编造的，问题是我怎么样表现呢？

在构思《苦海小舟》这部自传体作品时，我曾想到三十年前（一九五五年）创作自传体长篇小说《骨肉》时的情景，回顾了"以情动人"的创作体会。

我认为，文学如果不能以情动人，就象缺乏感情一样的遗憾。在写作《苦海小舟》时，我让自己的思想回复到四十七、八年之前，让自己重新经历一次已经逝去的年代的生活，倾吐着自己当时的真实感情。有时我写着写着，激动得情不自禁地流下眼泪来了。奇妙的是，使自己动感情的不仅仅是悲哀的事，有时写到十分风趣、幽默的人和事，连笑也会产生"含泪的笑"。越是爱的人，越是爱得深的事物，遭到不幸，往往是自己最辛酸、最动感情的。没有爱和恨，也就不会有丰富的感情流露了。

在小说创作中，都是比较注意刻划人物的。但我在写作《苦海小舟》时，因为是真人真事，就不能随便地想象与虚构，所以我在描绘人物时是听其自然的。主人公就是我自己，就我自己这个人生的镜子来说，我认为"任何人活在世上并不是在刻划自己，而是生活在刻划着他们。"我还认为，父母亲不过生育了我的肉体，社会才真正地塑造了我这个具体的人。我为什么这样而不是那样，是环境所支配的。因此，我并不着意的刻划自己，也不着急的刻划别人。我要使自己与别人都自然而然地出现在作品里，努力保持我自己与别人的本来面貌。世上的事就是这般奇妙，结果是，没有着意刻划变成了无形的刻划，没有着意运用技巧变成了无形的技巧，消除了作品人为的斧凿痕迹，反而使人物真实可信。在创作《苦海小舟》时我是想这么去做的，究竟做到了何种程度就很难说。也许是"瘌痢头儿子自己的好"，只是自以为是。

书要与读者见面了，但愿它还值得大家一读吧！

1985、6、9、夜

作家谈创作

1985 年 7 月 15 日《天津书讯》报刊出的胡万春文章

时，我曾在垃圾桶捡到一个美丽的婴儿，我将她放在背篓里背着她，我为她雇佣过“保姆”，我因为失去她而丧魂落魄，我曾想咬死使我失去婴儿的老婆婆，我受到过老婆婆跪拜哭求。这仅是流浪生活中一些小事，尚有许多奇特的遭遇。因此，当我动手写我的童年时代经历时，我连自己也不敢相信，我竟遇到这么多奇人奇事。

那么他又是如何将这些“奇人奇事”具体表现在文学作品中的呢？对此，他披露说：

在构思《苦海小舟》这部自传体作品时，我曾想到三十年前（一九五五年）创作自传体小说《骨肉》时的情景，回顾了“以情动人”的创作体会。

我认为，文学如果不能以情动人，就像人缺乏感情一样的遗憾。在写作《苦海小舟》时，我让自己的思想回复到四十七八年之前，让自己重新经历一次已经逝去的年代的生活，倾吐着自己当时的真实感情。有时我写着写着，激动得情不自禁地流下眼泪来了。奇妙的是，使自己动感情的不仅仅是悲哀的事，有时写到十分风趣、幽默的人和事，连笑也会产生“含泪的笑”。

……

在小说创作中，都是比较注意刻画人物的。但我在写作《苦海小舟》时，因为是真人真事，我不能随便地想象与虚构，所以我在描绘人物时是听其自然的。主人公就是我自己，就我自己这面人生的镜子来说，我认为“任何人活在世上并不是在刻画自己，而是生活在刻画着他们。”我还认为，父母只不过生育了我的肉体，社会才真正地塑造了我这个具体的人。我为什么这样而不是那样，是环境所支配的。因此，我并不着意的刻画自己，也不着急的刻画别人。我要使自己与别人都自然而然地出现在作品里，努力保持我自己与别人的本来面貌。

如今看来，他的这个愿望是达到了。否则就不会在“新蕾”版 24 年后，在他逝去十年后的 2008 年，东方出版中心还将该书作为“白玉兰文学丛书”之一种，去重新再版了。要知道，那一代工人作家中，其作品在当今还能再版者，已是微乎其微。究其实，还是因为这部作品不是简单的当时工厂的“理想化”

描述,而是真实地塑造了作品中主人公“这一个”鲜活的形象,即使放在今日,其所再现的社会场景与人物传奇,仍是有着一定的认识作用和阅读价值。

持平而论,在20世纪50年代初,工人创作群体的出现,确是中国当代文学史上的一道亮丽风景。新中国肇始,百废待兴,新的时代需要新的生活新的意识新的文学作品。作为当时新生人民政府的重要主人,工人作家和工人形象及工厂生活登上文学舞台,实乃政治需要。而且在当年也确实出现了一大批工人作家所创作的鼓舞人心、干预生活,并让工人阶级占领文学阵地成为文坛主角的名篇佳作。

但一个事实也不可否认,文化修养文学素养及创作理念毕竟在束缚着这批文坛新军。他们中的大部分人,都是在补习文化的同时从事着文学创作。火热的生活需要文学化艺术化去表现,只有这样,作品才有生命力。在这方面,他们确实显得力不从心,这也正是这批作品在当年火爆如今遇冷的原因之一,即以胡万春为例,虽然他当年文坛辉煌,但其人其书如今却已渐为人忘。如有例外,恰恰不是“工厂文艺”,而是他一生的“厚实”积累《苦海小舟》。

柯原忆天津“黎明”前的《民生导报》

1985 年柯原在广州军区政治部留影
柯原提供照片

广州部队诗人柯原是天津人，也是《天津书讯》报老作者，仅在报纸创办的头两年，他便为我们写了五六篇回忆旧天津书人书事的文章。其中一篇谈沈从文在当年卖字对其救助的稿件，曾让我作为“敲门砖”叩开了沈老的家门，得以面见偶像，至今仍留下美好记忆。

我与柯原没见过面，只是通过几回信，但他的稿件却都是经我手编发的。印象较深的除了谈沈从文的文章外，尚有一篇回忆新中国成立前夕天津进步文人集会的稿件——《忆“宁园”》。记得这篇文章在 1985 年 8 月 30 日小报四版上刊出后，曾引起吴云心、杨大辛、张虎刚、张道梁、吴同宾、贺照、王慰曾等沽上老文化人的感慨，他们曾在不同场合不约而同地对我讲：民国时期天津的小报小刊，并非如一些受“非红既黑”模式影响的“文史回忆”所述及的那样，都是藏污纳垢，趣味底下，也有一部分是有文化的，甚至是有亮点的，尤其是在黎明前的那几年，因为他们当年也是这个圈子里的人。

近年来，我的研究方向也有所拓展，从单纯钩稽评骘民国通俗小说，开始向民国报刊延伸。因为民国通俗小说几乎均为报载小说，其与当年的报刊密不可分。在搜集阅读了大量民国天津旧报刊后，我对上述几老的感慨深有同感。

现为保存天津文化史料计，将柯原这篇文章的部分内容摘编如下：

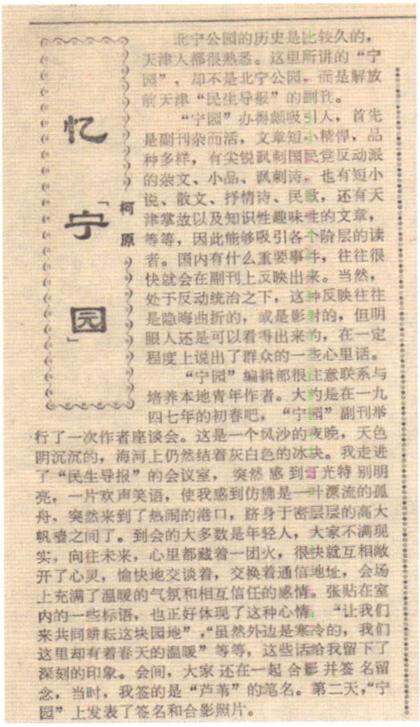

北宁公园的历史是比较久的，天津人都很熟悉。这里所讲的“宁 园”，却不是北宁公园，而是解放前天津《民生导报》的副刊。

“宁园”办得颇吸引人，首先是副刊杂而活，文章短小精悍，品种多样，有尖锐讽刺国民党反动派的杂文、小品、讽刺诗，也有短小说、散文、抒情诗、民歌，还有天津掌故以及知识性趣味性的文章，等等，因此能够吸引各个阶层的读者。……

1985 年 8 月 30 日《天津书讯》报刊出的柯原文章

“宁园”的编辑部很注意联系与培养本地青年作者。大约是在一九四七年的初春吧，“宁园”副刊举行了一次作者座谈会。这是一个风沙的夜晚，天色阴沉沉的，海河上仍然结着灰白色的冰块。我走进了《民生导报》的会议室，突然感到灯光特别明亮，一片欢声笑语，使我感到仿佛是一叶漂流的孤舟，突然来到了热闹的港口，跻身于密层层的高大帆樯之间了。到会的大多数是年轻人，大家不满现实，向往未来，心里都藏着一团火，很快就敞开了心灵，愉快地交谈着，交换着通讯地址，会场上充满了温暖的气氛和相互信任的感情。张贴在室内的一些标语，也正好体现了这种心情：“让我们来共同耕耘这块园地”“虽然外边是冷的，我们这里却有着春天的温暖”等，这些话给我留下了深刻的印象。会间，大家还在一起合影并签名留念。当时，我签的是“芦苇”的笔名。第二天，“宁园”上发表了签名和合影照片。

在这次座谈会上，我结识了报社的几位编辑，也结识了一些年轻的作者。以后，大家的交往就多了起来。我们组织了读书会，成员有学生、工人、职员和店员，在一起阅读和讨论进步书刊，阅读学习秘密带来的

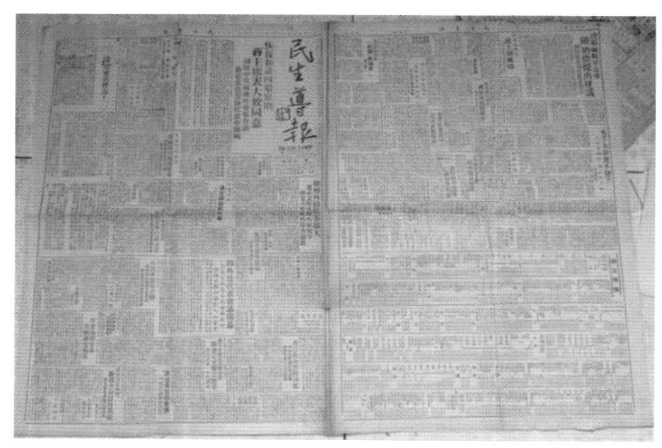

1947 年的天津《民生导报》

中共文件,有几个人还一道为天津的报纸编文艺副刊。

……

一九四七年下半年以来，国民党反动派加紧了对进步文化活动的迫害镇压。《民生导报》曾几次遭到暴徒的捣乱,艰难维持了一段时期后,终于被迫停刊了。我的老师,南开大学教授李广田,曾经主编过《民生导报》的“文学周刊”,在报纸停刊后,也被迫离开南开大学到北平清华大学教书。后来,一些青年作者,也纷纷离开天津奔赴解放区。我也在一九四八年的冬天,越过封锁线进入解放区,到正定华北大学学习。

……

时光荏苒,这已是三十年前的旧事了。……这些年来,大家都经历了很多,也为人民做出了许多新的贡献。但是,回想起黎明前的那一段时光,回想起冬夜里的那一次温暖的聚会,也还是会在心中唤起缕缕春风,唤起对往日的战斗友谊的珍惜之情吧!

其实,作为当时的年轻人,柯原对《民生导报》的背景是不甚了解的。

《民生导报》创刊于 1946 年 8 月 15 日,是当时天津除《大公报》《益世报》《民国日报》外的第四家对开大报。其董事长秦丰川早年曾任天津《商报》采访主任、《益世报》记者等职,后投入傅作义部,抗战胜利后由重庆的国民党军统局派到天津做接受工作。他利用接受之便,在日租界寿街(今兴安路)开办了《民生导报》。由于其办报初衷是想“搞一番事业,脱离军统的关系”,

并制定了编辑方针是“旧政协路线，宣传民主，主张和平”，故所雇用人员中潜伏着多位中共党员。如当年召集柯原等年轻人集会的副刊“宁园”编辑赵纯椴，便是一位断了组织关系的中共。

据《天津报海钩沉》一书记载：“赵纯椴编的副刊《宁园》，风格清新，是非分明，每天一篇短评《三言两语》，辛辣尖锐。不断刊登言辞激烈的杂文、讽刺诗，有的明确提出‘反内战’之类的口号，吸引了不少进步的青年作者。”此外，该书还对柯原参与的那次集会做了如下描绘：“(1946 年)12 月 10 日(柯原误记为 1947 年初春)《宁园》副刊在北宁公园举行了一次读者、作者、编者的联欢会，会上有不少热情激愤的讲话，引起特务机关的注意，受到国民党市党部新闻检察官多次警告，最后勒令撤换编辑，赵纯椴离去。”

1946 年底，报社资金耗尽，再加上当局的多次警告威逼，《民生导报》于 1947 年春节休假之际，宣告休刊。此后虽曾复刊，但在 1948 年 4 月 21 日，报社遭数十名警察、便衣捣毁，《民生导报》至此彻底关门停刊了。

曹禺说“写《王昭君》是周总理交给我的任务”

1985 年 10 月 13 日曹禺在北京家中接受本书作者等人采访

倪斯霆摄

人一生的爱好往往变幻莫测，有时一个契机便可改变。我如今年近花甲，从事文字编辑与文字写作也已近四十年。但我在青少年时期却是痴迷绘画的，拜过名师下过苦功并参加过天津及全国少儿美展。变化出现在 19 岁的某一天。那天听完老师讲文学史上的曹禺，在连夜读罢刚刚解禁出版的《曹禺选集》后，我交上了一篇名为《浅论周朴园的虚伪性》的作业，岂料几天后作业发回，老师竟有如下批语：“此文如系你本人所写，实乃文坛大幸。”

这让我受宠若惊，在接连的几周，我又从父亲劫后幸存的藏书中，找出除《雷雨》《日出》《北京人》外，曹禺在“文革”前出版的其他剧本《蜕变》《原野》《明朗的天》，昼夜通读，浮想联翩。由此不但喜欢上了曹禺，认为他是全世界最会编故事的人，而且还兴趣转移，搁下画笔，开始了对话剧、电影剧作的钻研，并写出了几部至今仍束之高阁不敢示人的剧本。再后来，我在做了《天津书讯》报文字编辑的同时，由曹禺而巴金而老舍，由老舍而张恨水而刘云若，最终迷上了民国通俗小说。因此可以说，是曹禺把我引进了文学殿堂，是那篇不经意写出的小文改变了我的兴趣爱好——小文及老师批语我一直珍藏至今。

做梦也想不到，就在我“热恋”曹禺的温度持续上升之时，却机缘巧合地见到了魂牵梦绕的偶像。1985 年国庆节刚过，南开大学出版社崔国良社长给我们送来了刚刚出版的由曹禺研究专家田本相先生编纂的《曹禺年谱》，并告知由南开大学、天津剧协及天津人艺联合主办的“曹禺同志七十五周年诞辰暨戏剧活动六十周年学术讨论会”，将于10月4日至6日在南开大学举行，届时曹禺将亲临大会，他邀请我们书讯报派记者前去采访。幸运来得如此突然，我赶紧向主编汇报并毛遂自荐要求去做会议报道。

1985年10月4日，曹禺在南开大学等单位举办的“曹禺同志七十五周年诞辰暨戏剧活动六十周年学术讨论会”上致辞

姜德君摄

1985年10月4日早上9时，会议如期召开。当曹禺在刘厚生、来新夏、陈瘦竹、于是之、夏淳、晏学等名家陪同下，于主席台就座时，我借帮助摄影记者德君兄拍照的机会，跑到台前仔细端详着偶像。至今记忆深刻的是厚厚的眼镜片和脸上的暗斑。开幕式后，来自全国六十多家单位的百余名代表就曹禺的戏剧成就展开研讨。那时我见少识浅，坐在旁听席上只是傻听，觉得每位的发言都如圣旨一般，包括那些听不懂的，而曹老则时不时在插话解释。三十年后，我也忝列代表参加过曹禺学术研讨会，并在会上做了论文宣讲，虽然有些发言我仍听不懂，但曹老已经不在了，取而代之的是曹老女儿万昭。

值得一记的是，在那次会议间隙，当我写完报道赶回报社交稿时，主编却因有其他工作错过亲见曹禺而深感遗憾，因为他本身就是业余话剧导演，20世纪50年代曾执导工人话剧团演出过《雷雨》。经过磋商，主编决定改日赴京拜访曹禺，并请他为报纸创刊三周年题词，为此他让我在会上想法儿拿到地址。于是，这便促成了我们几日后的曹府之行。

曹禺的家位于北京木樨地22号楼6门10号。1985年10月13日上午10时许，我们一行叩开了曹禺的家门。曹老当时仍在睡觉，但得知是天津的记者赶来时，他立即起床，穿着睡衣顾不上洗漱便来到客厅接待我们。我们递上自家报纸赶忙做自为介绍，曹老习惯性地将眼镜往脑门上一推，便认真

1985 年 10 月 13 日曹禺在北京家中接受本书作者等人采访

姜德君摄

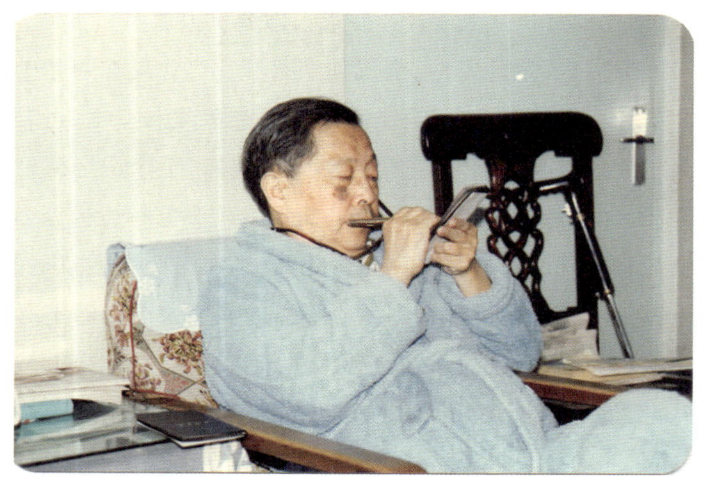

1985 年 10 月 13 日，曹禺在北京家中接受采访时，在本书作者的通讯簿上留地址

姜德君摄

看了起来。此时德君兄不失时机地按动快门，将这一瞬间变成永恒。接着主编便倾诉了多年的仰慕之情，我在旁边也不知天高地厚地跟着附和，并时不时迸出几个诸如“戏剧冲突”“三一律”“四堵墙”之类的专业名词。

此时只见曹老放下报纸缓缓地说：“《雷雨》是我 23 岁写的，写《日出》时也就 25 岁。那时我虽然读过一些易卜生的戏，也掌握了一些戏剧技巧，但真正让我拿起笔来写，却是因为当时心中有一种压抑的情感，不吐不快。写作

1985 年 10 月 13 日曹禺在北京家中与本书作者等人交谈

姜德君摄

1985 年 10 月 13 日曹禺在北京家中接受本书作者等人采访时，激动地说：写作《王昭君》，“这是周总理交给我的任务！”

倪斯霆摄

一定要有感觉，首先是人物，你一定要对他熟透了。主题最好晚一点成形，可以先构思情节、场面。比如《雷雨》，我先想到‘敲窗’，后来又想出了‘吃药’、‘相认’。《日出》也是如此，最先有的是结尾那句唱词‘日出东来，满天的大红；要想吃饭，可得做工！’”

随后，我们便谈起了曹老的新作《王昭君》。此时曹老激动起来，他说：“这是周总理交给我的任务！”记得当时曹老对有些人对该剧的非议颇不以

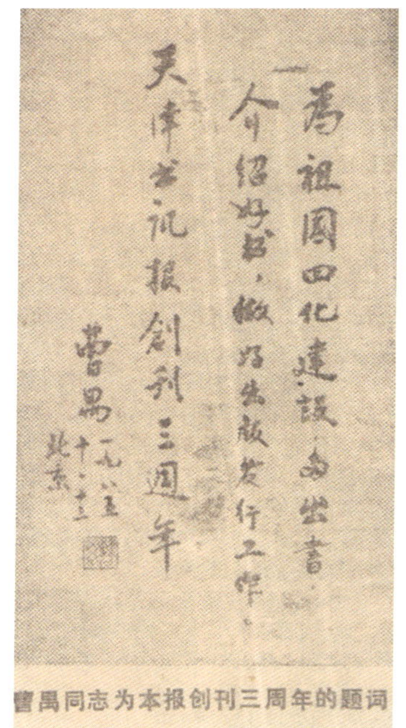

1985 年 10 月 30 日《天津书讯》报刊出的曹禺题字

为然。原话记不清了，今日为写此文，我翻出了当年为采访准备的资料，其中一张 1979 年出版的《文汇报》上，徐开垒的《访曹禺》一文或许能代表曹老当时的心情："他对国外有些人把历史剧《王昭君》称作'填词文学'表示愤慨。他认为这是很不公平的。他说，他写《王昭君》，确是周总理交给的任务。但这里所说的'任务'，并不是指行政上的命令。周总理在文艺工作上一向尊重作家的自由劳动，从来不给人规定写什么题材，当时他完全是用商量的口吻，给曹禺提供一些线索，提些建议，写不写完全由曹禺自己决定。……'我们要写熟悉的生活，这话并没有错。'他说：'但有些不熟悉的生活，作家可以根据自己的兴趣去熟悉它，了解它。当熟悉了之后，写出来的作品，就不能仅仅因为它是结合政治任务写成，而轻易地加以否定。'"

然而，环境有时就是爱开善良人的玩笑。纵观曹禺一生的戏剧创作，一个吊诡的事实我们也毋庸讳言：那就是在当年能写出《雷雨》《日出》《原野》的他，在 1949 年之后所写的《明朗的天》《胆剑篇》《王昭君》等新戏，却是一部不如一部。这三部戏与其早期《雷雨》《日出》《原野》相比，无论是在时代认知度上，还是在艺术震撼力上，均可谓乏善可陈。

即以《王昭君》为例，当 20 世纪 70 年代末创作完成并被搬上戏剧舞台时，虽然国内反响强烈，好评一片，但那更多的是人们对老作家老艺术家们在历经多年磨难后，重出"江湖"的一种心理补偿与情感接受，其实与作品本身关系不大。对于这部戏，写作是否"有感觉"，人物是否"熟透了"，主题是否"晚形成"，曹禺没讲，或许也没法讲。否则自 1978 年完成《王昭君》后，心中总想再写几部"大戏"的他，为何至 1996 年故去的 18 年间，再也没有一部剧作推出；1949 年以前的 16 年写出七部大戏，1949 年之后的 47 年为何只写了三个剧本。

其实回答这些并不难，他在 1935 年时写的《日出》中已给出了答案："太阳升起来了，黑暗留给后面。但太阳不是我们的，我们要睡了。”曹禺不是陈白露，但曹禺的写作辉煌只能出现在他最熟悉“有感觉”的陈白露年代。在那个年代他写出的被“主题追认”的《雷雨》《日出》《原野》，与新时代在“主题先行”下写出的《明朗的天》《胆剑篇》《王昭君》，两厢比较，孰能经得住时间考验，已经不言自明。需要说明的是：这与曹禺本人的艺术功力无关。

记得那天采访结束，曹老欣然命笔，为小报题词：

> 为祖国四化建设，多出书，介绍好书，做好出版发行工作。
>
> 天津书讯报创刊三周年
>
> 曹禺 一九八五、十、十三 北京

此题词刊登在 1985 年 10 月 30 日小报报眼位置。

胡絜青图解《四世同堂》中的“大赤包儿”

1985年，在抗战胜利40周年之际，根据老舍同名小说改编的电视连续剧《四世同堂》，热播全国。一时间，剧中性格鲜明的各色人物成了国人热议。尤其是北京人艺著名演员李婉芬饰演的“大赤包儿”，更是牢牢地吸引了观众眼球。人们在尽情“享受”她的“坏水”的同时，也在纷纷议论，何为“赤包儿”。

记得那年夏末，我在百花文艺出版社为《天津书讯》报组稿时，又与小说室的编辑们聊起了这个话题。因《四世同堂》在新中国的首个版本，便是由该室于1979年底整理推出的，故而大家兴致颇高，议论热烈。此时就听该书二审顾传菁说：“其实老舍在书里对‘赤包儿’是有解释的，但我听胡絜青说得更形象。”随后，她便讲起了“赤包儿”到底是什么……

回到报社，恰逢总编正在考虑小报创刊三周年，要请哪些名人题字，我

百花文艺出版社1979年出版的老舍长篇小说《四世同堂》封面

便向他推荐了老舍夫人、著名画家胡絜青。后经编辑部研究，大家一致认为，趁着《四世同堂》热播，采访胡絜青并请她为报纸题词，恰是好契机。于是当年9月的一天，我们在北京灯市口丰富胡同老舍故居，见到了胡絜青女士。

听说我们是天津出版局的报纸，胡老很高兴。她说当时整理《四世同堂》时，遇到了麻烦，她发现老舍在解放初为了适应新形势，曾对小说手稿的前二十多章进行了删改，但后面的几十章却没有删改下去。针对此等情况，百花社与她研究出了三种整理意见，她与子女倾向于第三种——保存原貌，基本不做删改，然而又怕在政治上过不了关。想不到的是，百花文艺出版社和天津出版局的领导充分尊重了他们的意见，冒着风险出版了基本原貌的版本，对此她和家人都十分感谢。那天胡老讲得仓促，许多详情没有过多披露。好在百花文艺出版社原副总编辑顾传菁近年曾有翔实描述，因史料难得，现摘引如下：

> 《四世同堂》分三部：《惶惑》、《偷生》和《饥荒》，共一百段，近百万言。第一部1944年作，在重庆《扫荡报》上连载；第二部1945年作，在重庆《世界日报》上连载。《惶惑》先由良友复兴图书印刷公司1946年1月出版，3月再版，后连同《偷生》，由晨光出版公司1946年11月出版，以后多次再版。这说明《四世同堂》当时就拥有广大读者。第三部1948年作，于1950、1951年在上海《小说》月刊上连载，未出单行本，直到1975年，由香港文化出版社出版。
>
> ……
>
> 1979年6、7月间，我们正根据晨光出版的《惶惑》、《偷生》的复印稿进行编辑工作，准备发稿。8月，获知老舍夫人胡絜青在原作手稿上发现有老舍的删节和修改。8月下旬，百花(文艺)出版社和四川(文艺)出版社(该社与百花同时整理出版《四世同堂》——引者)的编辑抵京，在胡絜青和舒济的直接指导和具体帮助下，根据《四世同堂》的原作手稿进行认真、细致的校正工作。老舍的手稿，毛笔书写，字迹清楚，流畅潇洒，删改之处，勾画清晰。然而，校正工作进入书稿的第24章之后，发现老舍的删改停止了。下一步怎么进行？当时设想三种方案：①前改后不改；②前改后也改；③前后都不改。第一方案，倒是容易，但将出现作者的叙

述语音和人物性格的前后矛盾和不统一；第二方案，比较麻烦，以什么尺度去删改，才能符合老舍本人的意愿？第三方案，要担风险。因为书中确有一些当时看来刺眼的词句，如："中华民国万岁！""青天白日旗插上""蒋委员长大元帅"等等。当年老舍本人将这些词句删去，今天我们恢复过来，老舍愿意吗？领导上通得过吗？社会上允许发行吗？

事关重大，我们建议责任编辑停止正在进行下去的校正工作，立刻返津，向百花社领导汇报。会上，我们明确提出，第三方案为最佳方案，理由是：

1985 年 10 月 15 日《天津书讯》报刊出丁聪为《四世同堂》所画插图

1.看一部书稿的价值，首先要看其总的思想倾向，而不应停留在个别词句上。我们认为，在中国进入国共二次合作的新时期内，在特定的区域里，有些人曾对当时国内最大的握有统治权的政党和委员长寄予过希望，是完全可能和可信的。小说对生活作了如实的反映，对人物思想性格作了如实的描绘，为什么不可以和不被允许呢？再说，老舍又用他那锐利的笔触，无情地揭示了那些善良的人们对国民党希望的破灭。他在书中痛心地写到了保定、太原、上海、南京……先后沦陷，极为悲切地写出沦陷区人们的痛苦心灵，他哀叹："生活在丧失了主权的土地上，死亡是他们的近邻。"可见，《四世同堂》不仅是对日寇累累罪行愤懑的控诉，而且是对国民党腐败政府不抵抗主义和消极抗战的有力的鞭笞。这样的作品，不仅可以出版，而且应当在中国现代文学史上享有应得的地位。它的特殊的认识、教育作用和美学意义，是别的作品所不能替代的。

2.如果采用第一或第二方案，将使《四世同堂》的人物、结构、思想、艺术陷于混乱。唯有采用第三方案，才能完整地保住和体现老舍的创作个性和艺术风格。

3.究竟哪一个方案更能表达老舍本人的意愿呢？在五十年代的文坛上，曾出现过一些作家对解放前作品进行修改的现象，以表示诚心诚意地接受新思想。1950 年，老舍不是对《骆驼祥子》的结尾做了大段删节吗？老舍家属推测，《四世同堂》也是在那个时期进行删改的。那么，为什么没有删改完毕呢？我想，他一定是不愿意，不忍心，不能够将一部被扭曲、被损坏了的书稿献给读者，他宁愿将其搁置一边，留待后人去评说。如今我们将《四世同堂》以原来面貌予以出版，若是老舍地下有知，会感到欣慰的。

百花社领导对我们编辑的意见很重视。认为对《四世同堂》这样一部杰作，究竟采用哪一个方案，要慎重。要尊重老舍夫人及其子女的意见，请他们决定。我们的意见仅供参考。

后来老舍夫人及其子女在征求多方面的意见和反复研究后，决定基本保持原貌，只作四处修改，记录如下：

《惶惑》

1.第 232 页，删去“怀疑她就像怀疑中央广播电台一样的无用。”

2. 第 268 页，“全个国家就也是一口棺材”，将“国家”改为“北平”。

《偷生》

1.第 158 页，删去“……像耶路撒冷之在基督徒心中似的”，改为“今天，重庆离他很近……”

2.第 140 页，删去“他的眼亮起来。他觉得一夏天的苦闷完全跑到九霄云外。中国还是中国，还有个伟大的声音向全国全世界说出宁死不屈的坚决与勇敢！”

1979 年出版的《四世同堂》实际上是一个不完全版本。后来，经过作家家属和国内外老舍研究者的共同努力，1982 年才将结尾部分，即 88 段到 100 段，在美国出版的英文节译本中找回，再由英文转译成中文又由百花文艺出版社以单行本《四世同堂·补篇》为书名出版。

……

1989 年 5 月，我去京办完事后，到丰富胡同，舒济接待了我。说明来意后，她拿出了《四世同堂》原作手稿本。我将前 24 章的修改之处全部抄录下来，我想看看老舍究竟做了哪些删改，这也许对《四世同堂》的出版价值和老舍的创作个性、艺术风格会有进一步的认识。

前24章，共删改143处（附录略）。我试着将其归纳为六类：

①删去“南京政府”、“中华民国”、“青天白日旗”、“蒋委员长大元帅”等词句；

②补加对共产党、八路军抗日活动的叙述；

③以政治性、阶级性色彩强烈的词汇替代原来比较平和的文学性的阐述；

④删去对一些人物性格刻画的语言；

⑤删去对中国文化的一些思考性的论述；

⑥纯文学方面的修改。

可以看出，除纯文学的修改外，其他五个方面的删改都是难以继续下去的。小说前24章，有些人物对南京政府抱有幻想，后面许多章节中还有对“重庆”的靠近，对“国军”打回来的向往，这不是游离于人物性格之外可以随意删去的表面词句，而是渗透到人物性格中去的思想内涵，它完全是出于刻画人物的需要，出于特定题材创作的需要。还有，如果真的补加了对共产党八路军抗日活动的描写，而削弱了人物塑造中必要的刻画，那么将会改变《四世同堂》的基调，改变人物的思想性格，许多情节也将随之作出很大更动。到那时，《四世同堂》就完全是另外一部作品了。

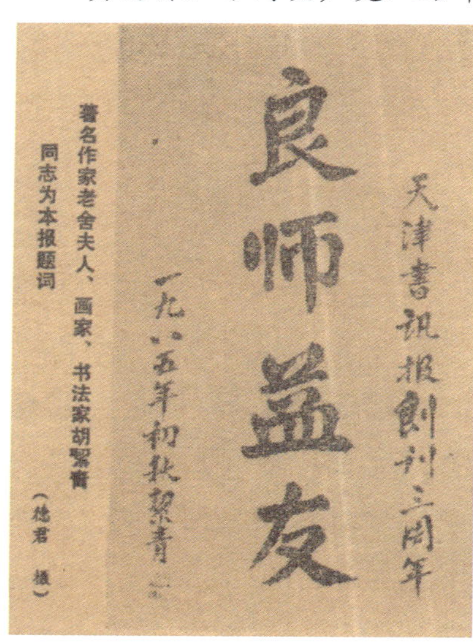

1985年11月15日《天津书讯》报刊出老舍夫人胡絜青的题字

以上便是老舍名著《四世同堂》在重新出版时，所遇“麻烦”及其解决的详情。由此也可看出，在当年人们思想尚未完全脱离禁锢之时，百花文艺出版社及其天津出版局决策者们的识见与胆识。

1949年新政权建立后，健在的新文学作家删改自己在民国时期的成名作或代表作，以求得重新出版的机会，已是一种普遍现象，如茅盾，如郭沫若，如曹禺……当然，老舍也不能“免俗”。但在作家自己已经删改之后，仍能尊重家属意见，敢于以历史“原貌”再版民国原始版本者，百花文艺出版社出版的《四世同堂》应是开了先河。也正因此，胡老那天对我们非常热情，几乎是有求必应，有问必答。在欣然为小报挥毫写下“良师益友”四个书法大字，并题上“天津书讯报创刊三周年”之后，便与我们围绕着正在热播的《四世同堂》聊了起来。

记得胡老说，剧中演“大赤包儿”与冠晓荷的演员演得好，李婉芬和周国治把这对坏男女演活了。此时，我不失时机地问起了“赤包儿”到底是何意。胡老笑着说：“电视剧一播，好多人都问我这个问题。这几天我写了一篇小稿，详细地解释了赤包儿。为了更直观，我还画了一幅水墨图。”说着，便随手从画案上拿过文和图。我们接过一看，连说，给我们吧，回去我们就发稿！这就是小报 1985 年 11 月 15 日第 8 版上，与胡老题字及题字现场照片一同刊发的“赤包儿”水墨图和胡老短文《赤包儿》。在短文中，胡老对“赤包儿”作了形象描述：

1985 年 11 月 15 日《天津书讯》报刊出老舍夫人胡絜青作画时的照片

姜德君摄

赤包儿

胡絜青

最近不少人问我：看了《四世同堂》连续剧，是不是那时对某种坏人，都有大赤包的外号？我不觉一笑。

老舍原著是这么形容的：「冠太太是个大个子，已经快五十岁了，还专爱穿大红衣服，所以外号叫做大赤包儿。赤包儿是一种小瓜，红了以后，北平的儿童拿着它玩。这个外号起得相当的恰当，因为赤包儿经儿童摆弄以后，皮儿便皱起来，露出里面的黑种子。冠太太的脸上有不少皱纹，而且鼻子上有许多雀斑，尽管她还

胡絜青画的赤包儿

1985 年 11 月 15 日《天津书讯》报刊出的老舍夫人胡絜青文章及所画“赤包儿”

最近不少人问我：看了《四世同堂》连续剧，是不是那时对某种坏人，都有大赤包儿的外号？我不觉一笑。

老舍原著是这么形容的：“冠太太是个大个子，已经快五十岁了，还专爱穿大红衣服，所以外号叫做大赤包儿。赤包儿是一种小瓜，红了以后，北平的儿童拿着它玩。这个外号起得相当的恰当，因为赤包儿经儿童揉弄以后，皮儿便皱起来，露出里面的黑种子。冠太太的脸上有不少皱纹，而且鼻子上有许多雀斑，尽管她还擦粉抹红，也掩饰不了脸上的褶子与黑点。”我记得儿时，在东房外北山墙下种着一棵赤包儿。它属于宿根科植物，种植时必须种两个一圆一长、象不大的土豆形状的块根，才能结很多个儿头不大的小赤包儿。一到夏末秋初，这种不到五厘米长、三厘米宽，椭圆形的小瓜，由绿变红，非常好看。把它摘下来，送给小姑娘玩，用手揉着，越揉越软，直玩到里面水分干了，剩下两层薄皮，显出许多小黑种子，才丢掉了。这是北京人家小姑娘最爱玩的一种小玩意儿。这种植物现在已经多年看不到了。

那时候，北京城里，有不少打糖锣的，也就是一种做小生意的老年人，挑着担子，打着小糖锣，卖些小孩吃的块糖，二寸多大的纸做的小蒲包，里面放一点小糖块，吸引儿童来买，互相“过家家”送礼；还有许多手工做的花红柳绿的小玩意儿，往往带着卖小赤包儿。卖的货全，花钱不多，都是哄小孩玩的东西。这种走街串巷做小买卖的人，现在早已绝了迹。我倒很想往他们。

现在我草涂了小瓜形红赤包儿这种植物，以回答观众们。

胡老的短文、水墨图配以题字、照片，为《天津书讯》报三周年纪念，增添了知识性与喜感，那一期报纸出版后，颇获好评。

程造之回忆上海“孤岛”时期的《地下》

年前在天津海河边旧书摊上，两元购得一本长篇小说《地下》，它是作为“上海抗战时期文学丛书”之一种，1983 年由福建人民出版社出版的。

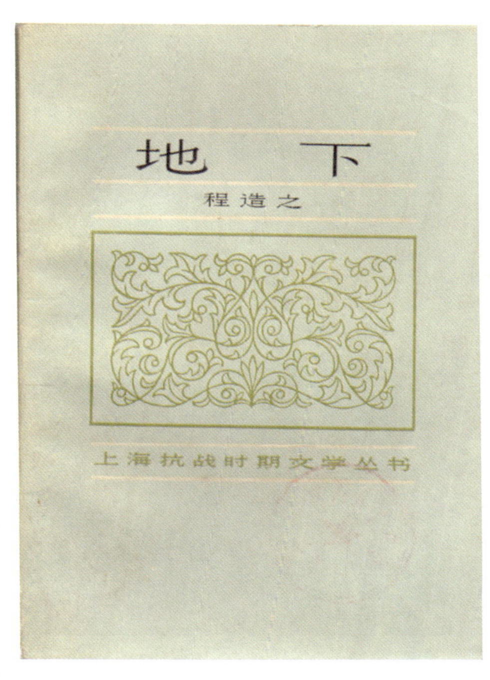

1983 年福建人民出版社再版的《地下》

据丛书编委会介绍，抗战时期的上海文学，大致可分三个阶段：一、抗战初期(1937 年 8 月 13 日—11 月 11 日)；二、“孤岛”时期(1937 年 11 月 12 日—1941 年 12 月 7 日)；三、沦陷时期(1941 年 12 月 8 日—1945 年 8 月 14 日)。“我们深感以上三个阶段文学中具有一定代表性的作品，都值得保存下来”。“而时光易逝，岁月不居，这项整理工作至今还没有去做，大批资料仍然散佚，有待搜集，再不抢救，恐将荡然无存！同仁有鉴于此，集会商讨，决定承担起编纂《上海抗战时期文学丛书》的责任。”“分集陆续出版，每集十册。”“本丛书成立编辑委员会，约请巴金同志为名誉主编，推举楼适夷、林淡秋、柯灵三同志为主编。”

在收有《地下》这一集的十册中，可以发现，除后来被热炒的钱锺书之《写在人生边上》外，尚有巴金的《火》、许杰的《的笃戏》、于伶的《“孤岛”剧作二种》、钱君匋的《战地行脚》、朱雯的《烽鼓集》、舒湮的《万里烽烟》、王元化的《脚踪》、程造之的《地下》、吴岩的《轭下集》。虽然作品几乎鲜为人知，但作者除朱雯、程造之外,其余均为文学史上的名家。

那么朱雯、程造之又是何许人也呢?朱雯待查,而程造之和他的《地下》我却是略知一二。因为就在这集丛书推出不久,我在1985年11月15日出版的《天津书讯》报上,曾编发过程造之回忆当年《地下》写作与出版经过的小文《文章学步从此始》。

程造之这篇文章是自投稿,记得当时我们谁都不知道这个作家,查当时各种词典也没结果,于是便责成我给他写信相询。很快,他就从银川寄来简介:

程造之1980年留影

程造之提供照片

程造之原名兆翔,扬子江口崇明县(今属上海市)人。生于一九一四年农历六月初九。因家贫,未受高等教育。有关知识都是自修得来。一九四〇年黄桥之战,新四军东进,即去苏北参加抗日游击队,次年日寇扫荡,与组织失去联系,到上海在一家私人医院做杂务。一九四四年冬为日寇宪兵队逮捕,次年抗战胜利前被释。抗战胜利后在上海《大公报》任编辑,一九四八年夏天又被“上海高等特种刑事法庭”(一个残酷迫害共产党人和进步人士的司法机关)以危害民国罪逮捕。解放后在上海《新闻日报》任编辑。一九五八年调《宁夏日报》当文艺副刊编辑。“十年动乱”中被打成反革命,送干校农场牧羊九年。一九七五年退休,现任中国作家协会宁夏分会副主席。

知道了身世再看文章,才发现,他原来也是个老作家。如他在文章中写到:

我的第一本长篇小说《地下》写于一九三八年我的故乡崇明(今上

海市的卫星县)沦陷到上海后。它写的是一个村的农民自发性抗日战争,后为王任叔先生发现而交“海燕书店”出版。它到解放那一年止一共印了七版,可怜之极,七版也只有一万多本!

至于我的短篇,在这之前早写了几个。大概是一九三五年某月,我写了一个短篇,约两万余字,名《某村之夏》,在汉口《武汉日报》副页“鹦鹉洲”上用书版形式连载。在一个偶然机会下,我认识了老作家王鲁彦的弃妇谭昭(长沙人,号得先),她答应把我的稿子介绍给出版界,《某村之夏》并非我直接投寄报社,现在想来,就是谭昭介绍给“鹦鹉洲”的(该版编者名段公爽,我们通过很长一段时期信,后中断)。

文章学步从此始

程造之

我的第一本长篇小说《地下》写于一九三八年我的故乡崇明(今上海市的卫星县)沦陷到上海后。它写的是一个村的农民自发性抗日战争,后为王任叔先生发现而交「海燕书店」出版。它到解放那一年止一共印了七版,可怜之极,七版也只有一万多本!至于我的短篇,在这之前早写了几个。

作家程造之同志

王鲁彦的弃妇谭昭(长沙人,号得先),她答应把我的稿子介绍给出版界,《某村之夏》并非我直接投寄报社,现在想来,就是谭昭介绍给《鹦鹉洲》的(该版编者名段公爽,我们通过很长一段时期信,后中断)。我的故乡地处长江口,农民受地主剥削惨重,农民需种子、肥料、水和农具等地主全不管,只等秋后用大斗量谷,大袋装米而已,青年时期的我,看着此情此景,心虽气愤,但也爱莫能助,我只有用文艺来对地主进行鞭挞。《某村之夏》也即以此为主题,写某村盛夏不雨,农民祈神求雨皆不验,在无法可施之时,乃纠集本村群众连夜挖通河道,引水解除旱象的故事。事实本身有点近乎幼稚幻想,但当时作为青年的我,确有那种「人与天斗」的思想,不然怎么办呢。现在

1985年11月15日《天津书讯》报刊出的程造之文章

我的故乡地处长江口,农民受地主剥削惨重,农民需种子、肥料、水和农具等地主全不管,只等秋后用大斗量谷,大袋装米而已。青年时期的我,看着此情此景,心虽气愤,但也爱莫能助,我只有用文艺来对地主进行鞭挞。《某村之夏》也即以此为主题,写农村盛夏不雨,农民祈神求雨皆不验,在无法可施之时,乃纠集本村群众连夜挖通河道,引水解除旱象的故事。事实本身有点近乎幼稚幻想,但当时作为青年的我,确有那种“人与天斗”的思想,不然怎么办呢。现在这篇小说当时的《武汉日报》曾寄我一份,我也把它和其他报上发表的东西贴于“练习簿”上,十年浩劫中与其他珍贵书籍、日记等皆被抄走失踪,所以,连作品中人物姓名等都记不得了。

其他小说散见《国闻周报》《新中华》《中流》《光明》《文学》等刊物上,当时我用的都是我的学名程兆翔,第一部长篇小说才改名程造之。

实话实说,程造之的文字并不漂亮,这篇文章的内容也一般,甚至连《地

下》的写作背景及价值都没说清。当时稿子能发,主要是我们对刚复出的老作家都怀有一种崇敬之情。好在程文的遗憾在这本新时期重印的《地下》中有所弥补,著名文学评论家巴人(王任叔)在该书“序”中写道:“‘八一三’抗战一发生,国内文学杂志全都停了刊。”“瞬息万变的现实,要求于作家的是迅速的把握,迅速的反映;报告,速写,通讯成为文学的大潮,直到茅盾先生在香港编刊《文艺阵地》时,这风气还依旧。短篇创作寥若晨星,一年间也只能收获到‘第一年’中的一部分。……我对于抗战中结实一点巨大一点的文艺作品的迅速产生,没有一天断过希望。”“这回,程造之先生把包装得极整齐的一厚册原稿送到我手里,我感到心脏的剧烈跳跃。开首一口气读了三节,就把我带到一个广漠的原野上,闻着黑厚的土地那种清新的气息。我不认识这作者,更不知道他出生的土地。”“虽然这作品不一定就算得伟大,但我们总已经有了比较结实的巨著了。”“在‘旅次’我费了两夜的功夫,终于念完了它。我敢说,这是一册不平凡的作品,写着不平常的故事。”

虽然巴人先生的文字不乏溢美之词,但一个事实却告诉我们,《地下》应该是在抗战爆发后,在上海出现的第一部“结实”的、“巨大一点”的反映抗战题材的长篇小说。

第一位用纯文学写“帝王”的郭秋良

当今小说与影视剧创作中，“帝王”题材很热。然而据我所知，首位用纯文学写“帝王”的作家，应该是河北省承德地区的郭秋良。1985 年，他的长篇历史小说《康熙皇帝》尚在印制中，百花文艺出版社便接到了各地书店的大量订单。受此影响，我们有了在该书出版之前就在小报上连载的想法。此事经我与出版社协商，很快就付诸实施。

当年 7 月 15 日，《天津书讯》报在没做任何宣传预告的情况下，便推出了该书连载。结果大出我们意料，编辑部很快便收到了众多读者来信，在对该书给予好评的同时，也纷纷表达了购买意向。两个月后，该书如期上市，第一版就发行了 47 万册。对此，作者郭秋良也很兴奋，当我们向他发出约稿请求时，他在第一时间便为小报写来了谈创作始末的文章。

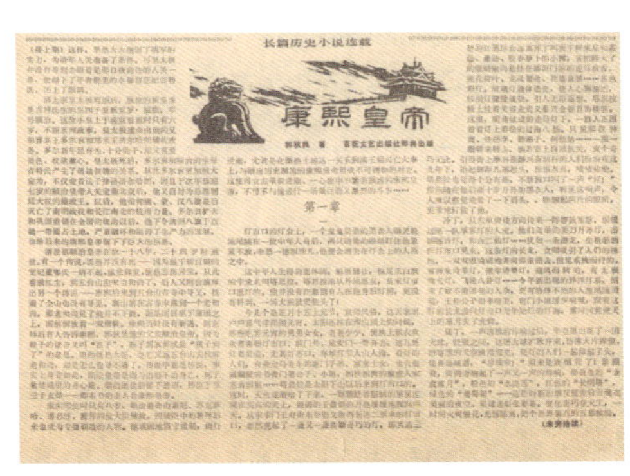
长篇历史小说连载

康熙皇帝

第一章

1985 年 7 月 15 日《天津书讯》报开始连载郭秋良的《康熙皇帝》

由于这篇文章较长，在刊发时，我做了摘编，并写有“编者按”予以说明：

长篇历史小说《康熙皇帝》出版后，引起了读者和文学界的关注，被誉为当代文坛上一部不可多得的佳作。本报曾连载该书的楔子和第一章，受到广大读者的欢迎和喜爱。现因本书已出版发行(定价：1.25 元)，故本报不再继续连载。最近，该书作者郭秋良同志特为我报撰写一篇谈《康熙皇帝》创作体会的文章。文中写了他的创作动机、他如何用辩证唯物主义与历史唯物主义的观点对待历史事件与历史人物、如何用艺术的真实刻画有血有肉的小说主人公形象以及小说所着意追求的语言风格等问题。因本报篇幅关系，现只刊登文中一节，以飨读者。

此节便是登载于 1985 年 11 月 15 日《天津书讯》报第四版上的《我为什么写〈康熙皇帝〉》。文章开篇直奔主题：

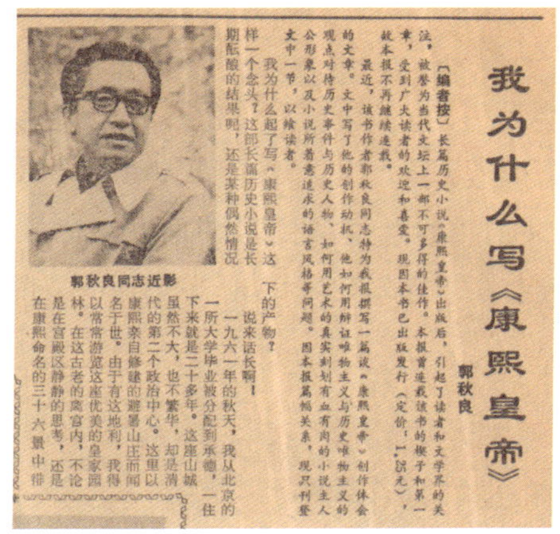

我为什么写《康熙皇帝》

郭秋良

〔编者按〕长篇历史小说《康熙皇帝》出版后，引起了读者和文学界的关注，被誉为当代文坛上一部不可多得的佳作。本报曾连载该书的楔子和第一章，受到广大读者的欢迎和喜爱。现因本书已出版发行（定价：1.25元），故本报不再继续连载。

最近，该书作者郭秋良同志特为我报撰写一篇谈《康熙皇帝》创作体会的文章。文中写了他的创作动机，他如何用辩证唯物主义与历史唯物主义的观点对待历史事件与历史人物、如何用艺术的真实刻划有血有肉的小说主人公形象以及小说所着意追求的语言风格等问题。因本报篇幅关系，现只刊登文中一节，以飨读者。

郭秋良同志近影

我为什么起了写《康熙皇帝》这样一个念头？这部长篇历史小说是长期酝酿的结果呢，还是某种偶然情况下的产物？

说来话长啊！

一九六一年的秋天，我从北京的一所大学毕业被分配到承德，一住下来就是二十多年。这座山城虽然不大，也不繁华，却是清代的第二个政治中心。这里以康熙亲自修建的避暑山庄而闻名于世。由于有这地利，我得以常常游览这座优美的皇家园林。在这古老的离宫内，不论是在宫殿区静静的思考，还是在康熙命名的三十六景中徘

1985 年 11 月 15 日《天津书讯》报刊出的郭秋良文章

我为什么起了写《康熙皇帝》这样一个念头？这部长篇历史小说是长期酝酿的结果呢，还是某种偶然情况下的产物？

说来话长啊！

一九六一年的秋天，我从北京的一所大学毕业被分配到承德，一住下来就是二十多年。这座山城虽然不大，也不繁华，却是清代的第二个政治中心。这里以康熙亲自修建的避暑山庄而闻名于世。由于有这地利，我得以常常游览这座优美的皇家园林。在这古老的离宫内，不论是在宫殿区静静地思考，还是在康熙命名的三十六景中徘徊，都不由地使我想起康熙皇帝——清初历史上著名的君主，以及这位马上皇帝的文治和武功。当我对他有了一个初步的概括性的了解后，我的脑中曾几次掠过朦胧的闪念：是不是可以写点以康熙为题材的作品呢？

后来，有一位在承德做领导工作多年的老同志，在和我谈心时曾经谈到，清代的“康乾盛世”，是中国历史上一段灿烂时期，政治、经济、文化、军事……都达到了相当的高度。但这康、乾两个皇帝的历史地位却并不一样，康熙是一个应该肯定的人，而乾隆却只能是半个应该肯定的人。他并且说，希望在承德搞文学工作的同志写写康熙。

正是听了这个提议后，郭秋良不但动了心，而且马上便付诸行动：

于是，我就去翻资料，又去了北京故宫实地做考察和研究工作，还去了琉璃厂、厂甸、雍和宫、北海……半年多的时间，我翻了一百多万字的资料，其中有像《清史稿》这样的正史，也有野史、轶闻、传说以及记述清代宫廷典制、服饰、饮食、建筑以至民间风俗……的书籍。这使我对清初封建社会，对这个社会的统治阶级和被统治阶级，对各阶级内部的各个阶层，对满、蒙、汉、回、藏……各民族的社会地位极其相互关系，以至民风民俗等等，都有了了解或加深了了解。这时，我对于用小说这个文学样式来再现康熙的业绩，有了愈来愈浓的兴趣，也有了愈来愈大的信心。

对于郭秋良这篇长文，我当时只摘编了这些，至于他是在什么环境下写作的、写作中发生了哪些“故事”，因限于版面，只能忍痛割爱了。如今看来，这对读者全面了解这部首次用纯文学写“帝王”的长篇历史小说的产出经过，是个遗憾。好在这个遗憾近年已被同样生活在承德的名作家何申做了弥补，他曾在一篇名为《走进承德的郭秋良》的文章中，这样写道：“在热河老城外，有一处山明水秀的地方，那有一个桑蚕研究所，院内有一溜平房。那年春上，郭秋良在那写《康熙皇帝》，我去看望他，他很瘦，头发长，脸色有些黑，但精神很好。他告诉我这里很安静，非常适宜写作，只是……只是伙食差些。我去他的房间，一桌一床，两个打饭的搪瓷碗，余下就尽是稿纸和资料了。我的心有些发酸。山坡上的桑林在春光中已经泛出绿色，我觉得秋良兄就是一只春蚕，在不知疲倦地劳作着。过了些时候，我在机关的楼里见到他，忽发现他的面上有伤，一问得知是从楼梯上摔了下去，只因血压增高头重脚轻。听了很让人担心，但秋良毫不介意。夏季，我回天

1985 年百花文艺出版社出版的《康熙皇帝》

津探望老母，在市委招待所见到他。地处原俄租界小白楼的那座老建筑高大气派，厚重的屋门里，是洋式吊灯和典雅的家具。天津百花文艺出版社的编辑们与秋良谈笑风生，一看就是相交甚深的老朋友。我被那个场面所打动，我看出秋良兄交友的真诚。”

而这种“真诚”，在河北另一位名作家刘章的笔下，得到了更具体的阐释：“他的《康熙皇帝》长篇小说出版，听说好像是得了七千多元稿费，过石家庄，留给诗人浪波三百元，让转给我，让我分享他的劳动果实，他永远把我当成小弟弟。三百元早已用完，而友情永远用不完。”

这样的人品加上创作才情，让郭秋良有了更广泛的发展空间。继《康熙皇帝》后，他又相继写出了《康熙皇帝演义》《夏都风云——避暑山庄大传奇》《陈圆圆与吴三桂》《吴三桂的皇帝梦》等一系列作品，并先后担任了承德地区文联主席、承德市文联主席等职务。

沈从文在天津的“乞醯”之举

1986年春节刚过，一篇从遥远南国寄来的稿件落到了我手里。这是广州部队诗人柯原专为《天津书讯》报撰写的《沈从文和“益世报”文学周刊》。那时沈从文很热，沉寂了几十年的他，像他后来研究的出土文物一样，被人们重新发现，许多报刊都刊登有关他的文章，因此接到此稿，我非常兴奋。在动笔处理此稿时，下面的一段话引起了我的注意：

1936年沈从文在天津
张兆和提供照片

> 一九四七年秋，长期当小职员的我的父亲因病去世了。当时我家中只靠姐姐当小学教员的微薄工资，以及亲友的接济度日。父亲的治疗及去世，使家中负了一笔债，母亲和姐姐都十分愁苦。这时，我抱着试探的心情，给沈老写了一封信，打算预支点稿费，以偿还部分债务。沈老对此十分关心，马上写了信来，提出要为我义务卖字。接着，就在《益世报》文学周刊上登出启事。

当时我想，如果能将沈老的“启事”糅进文章岂不更好，但当时手边没有这类资料。于是抱着试试看和面见偶像的心情，我抄下每期给沈老寄样报的地址就踏上了去北京的列车。

当我这个不速之客敲开沈老家门时，84岁的沈老由于疾病折磨，正卧床休息。沈夫人张兆和听我说明来意后，将我让到了沈老的卧室兼书房。我见

1936 年沈从文与夫人张兆和在天津

资料照片

沈老虽躺卧在床但精神尚好，便向他问过安后直接说出了来因，并将柯原的稿子念给他听。尚未念完，沈老便将手指向了书柜的上方。沈夫人张兆和边从书柜顶端拿下一摞《沈从文文集》，边对我说："要不是前些年柯原到家中看望他提起此事，他已经记不起救助的是谁了。"经沈老指点，我们从书中找到了 1947 年 9 月 20 日《益世报》刊出的沈老"启事"：

有个未识面的青年作家，家中因丧事情形困难。我想作个"乞醯"之举，凡乐意从友谊上给这个有希望的青年作家解除一点困难，又有余力作这件事的，我可以为这作家卖二十张条幅字，作为对于这种善意的答谢。这种字暂定为十万元一张，我的办法是凡要我字的，可以来信告我，我寄字时再告诉他如何直接寄款给那个穷作家。这个社会太不合理了，让我们各尽所能，打破惯例作点小事，尽尽人的义务，为国家留点生机吧。

你们若觉得我这个办法还合理，有人赞助，以后我还想为几个死去了的作家家属卖半年字。这些人的作品，可能是你们在学生时代常常接触，影响到你们很大，他们的工作意义极有助于文学进步和社会重造，却死于工作辛勤或时代变乱中。我们值得从这个方式上表示对于人类的爱和文化知识的尊重。扩大我们的爱和尊重，注入于我们工作中，生活中，信仰中，社会明天就会不同得多！

沈从文敬启

一九四七年九月

读罢此文，我第一感觉便是老人的厚道。为了维护"青年作家"的名誉与自尊，他没有在“启事”中道出柯原的姓名与地址，而是让求字者径直找自己，待对方得到书法后再将笔润寄给柯原，这是多么的体贴与宽厚。联想到其他文章中所写沈老的善良，我不禁脱口而出：“您真是即行侠仗义又善解人意！”沈老听后淡淡地说：“社会太黑暗，文人能做的只有这些。”

至于沈老“启示”刊出前的背景情况和刊出后的结果，近年穆祎先生在文章中曾有披露：1946年8月，沈从文随抗战时期流落至昆明的西南联大回到北平，继续在复校后的北京大学任教。当年10月，他接受了天津《益世报》的邀请，出任该报副刊“文学周刊”主编。“第二年的夏天，沈从文陆续收到一个笔名‘芦苇’的作者的诗歌。诗歌颇富激情，沈从文喜欢，便在7月19日，刊出了这位作者的《飞吧，我的心！》等诗作两首。这一下子点燃了诗人的热情，他又不断地向《益世报》投稿。接下来的几个月，几乎每月都有这位诗人的诗作刊出。一些诗稿，沈从文还推荐发表在北平的《平明日报》‘星期艺文’副刊上。这家报纸的副刊，也是由沈从文主编的。不刊用的稿子，沈从文还负责地退回。退稿信，沈从文亲自来写，有时还附上具体意见。这使得诗人与这位编辑先生亲密熟悉起来。”

这位“芦苇”，便是后来的知名诗人柯原。当时柯原只有16岁，是天津河北高等工业学校的一名学生。他所学专业虽然是化学工业，但却喜欢文艺。在大量阅读了艾青、田间、绿原、李季等名家的诗歌后，他也开始了新诗创作。据他后来回忆：“当时年龄小，有闯劲。买不起稿纸，找些边角白纸，自己刻蜡纸，在学校油印机上印出，成了自己独特稿纸。诗作发表，有时收不到样报，就在傍晚时，拿把小刀，在阅报栏上把自己的稿子割下来。”

据穆祎文中披露：“几个月之后，柯原与时常通信的沈从文就有了一种特别的信赖感。就在此时，柯原当小职员的父亲因年老被裁失业，随即又得了急性肺炎。当时可以救急的西药极贵，一小支消炎用的盘尼西林(按：今名青霉素)，竟需要十几万法币。治疗未久，父亲去世。期间花销及丧事费用，使他家欠下一笔债务。当时柯原家只有姐姐一人当小学教员，菲薄的薪水根本不足撑起这个家庭。看到母亲和姐姐的愁苦状态，16岁的柯原便向沈从文写了一封信，说明家境情况，并提出想预支一些稿费的请求。”于是，便有了沈老那则“义务卖字”的“启事”。

“启事”刊出后，由于沈从文的小说在当时影响很大，其卖字目的又是救助贫困做善事，很快他便接到了大量来信，人们将自己对字的规格、内容写上，要求沈从文书写。而沈从文写好后，自己花钱寄出时，便将柯原家的地址附上，以便买家寄款。据柯原后来回忆，当时乐意花钱买沈从文字的，也并没有什么大款阔佬，多是一些善良的普通人。他们都实诚地按地址寄去了钱款，有的还写信表达亲切问候。他家陆续收到了寄来的款项有二十多份。用这笔钱，他家终于还清了债务。对此，柯原心里清楚："这是在当时情况下，沈从文老师对一个无名诗人所能尽到的最大限度的捐助了。"而这样的情分自然不能忘怀，以致许多年后，柯原的母亲还"一直叨念和祝福这位没有见过面的好心肠教授"。

20世纪80年代初，沈从文热了起来。柯原见到了报刊上对沈老的许多报道，在庆幸他走出多年阴霾重放异彩的同时，也没有忘记老人家当年对他一家的恩情。于是他给沈从文写了一封信，汇报了自己后来的情况和近况，并附了两本自己的诗集。接到柯原来信，沈老却记不起当年救助的是何人了，在看过柯原所讲原委后，方才知道当年的"芦苇"如今已是成果颇丰的诗人。他在给柯原回信时，仍像当年对待"芦苇"那样，充满了关怀与爱护："你在军队中搞宣传工作，用新诗作武器，必比较容易建功。且可能还有机会各处走动。据我私见，除正常工作外，如还有余暇时间可用，最好试写点散文，或通讯报道性作品，肯定会比一般作家临时短期在某地某处采访作的文章扎实而深入。"

1980年夏天，柯原在赴京领奖期间，特意去了沈老家看望。一对暌违三十余年的文坛师徒，终于在海晏河清的新时期重又聚首了。对此，柯原感慨颇多。返回南国广州，他便将这一段文坛佳话记于笔端。几年后，我便接到了

春节刚过，一封从遥远南国寄来的稿件落到了我的手里。这是广州诗人柯原同志专为《天津书讯报》撰写的稿件《沈从文和"益世报"文学周刊》。文中回忆了沈从文教授于一九四七年在天津主编《益世报》文学周刊时热情扶植天津文学青年的往事。

象往常一样，在动笔处理稿件之前，我匆匆地将文章看了一遍。其中的一段话却引起了我的注意。柯原同志在文章中写到："一九四七年秋，长期当小职员的我的父亲因病去世了。当时我家中只靠姐姐当小学教员的微薄工资，以及亲友的接济度日。父亲的治疗及去逝，使家中负了一笔债。母亲和姐姐都十分愁苦。这时，我抱着试探的心情，给沈老写了一封信，打算预支点稿费，以偿还部分债务。沈老对此十分关心，马上写了信来，提出要为我义务卖字。接着，就在《益世报》文学周刊上登出启事。"记得以前从友人处听说过沈老为死难者卖字的传说，但当时信疑参半。这与沈老当时的地位、声望是不相……

沈从文与柯原

倪斯霆

……了这篇文章……抱着对作者与读者负责的心情，我决定去北京沈老家中探问一下当时的情况……

当我这个不速之客敲开了沈老家的门时，今年八十有四的沈老，由于身体欠佳，正卧床休息。沈夫人张兆和听我说明来意后，将我让到了沈老的卧室兼书房。沈老，虽然躺卧在床上，但精神矍烁。他热情地伸出手，示意我坐在他身旁。我将柯原同志的稿子念给沈老听，尚未念完，沈老便将手指向了书柜的上方。沈夫人张兆和从书柜的顶端拿下了一套《沈从文文集》，经沈老的指点，我们从中找到了当年《益世报》文学周刊发表的沈老的启事：

有个未识面的青年作家，家中因丧事……

……一点困难，又有余力作这件事的，我可以为这作家卖二十张条幅字，作为对于这种善意的答谢。这种字暂定为十万元一张，我的办法是凡要我字的，可以来信告我，我寄字时再告诉他如何直接寄款给那个作家。这个社会太不合理了，让我们各尽所能，打破惯例作点小事，尽尽人的义务，为国家留点生机……

助，以后我还想为几个死去了的作家家属卖半年字。这些人的作品，可能是你们在作学生时代常常接触，影响到你们很大，他们的工作意义极有助于文学进步和社会重造，却死于工作辛勤或时代变乱中。我们值得从这个方式上表示对于人类的爱和文化知识的尊重。扩大我们的爱和尊重，注入于我们工作中，生活中，信仰中，社会明天就会不同得多！

沈从文敬启

一九四七年九月

看罢，我的眼睛湿润了。多么坦荡的胸怀，多么无私的奉献！沈老当时是著名作家、学者，他的书法的造诣也是蜚声海内外，能够为一个未识面的无名青年义务卖字，这在当时的情况下，是沈老所作的最大的努力和帮助了。柯原同志如今能成为一位诗人，这与沈老在当时无私的提携和关怀，恐怕也是不无关系的吧。

在返津的火车上，我还在为沈老这一"乞[illegible]"之举所感动。我要把这些写出来，让更多的人知道。

1986年9月7日《作家生活报》刊出本书作者所写《沈从文与柯原》一文

他那篇饱含深情的来稿。

行文至此，我还想起了拜见沈老时的一个插曲。我当时不知道“乞醯”如何念是何意，沈老便告诉我，语出《论语·公冶长》。返津后，经查典籍，方知“醯”念“希”音，作“醋”解。

以上便是我借柯原之稿去面见沈老的一次经历，当年我曾将此“故事”写成文字，刊于 1986 年 9 月 7 日的《作家生活报》上。需要说明的是，就是此次拜见沈老，不但让我弄清楚了他对柯原的救助，而且沈老也在不经意间帮助了我。因为正是在与沈老的谈话中，他所言“新中国成立前天津新文学不发达，但通俗小说很兴盛”这句话，让喜欢“旧小说”的我找到了研究方向，从此开始了民国天津通俗小说作家与作品的研究。

来新夏的超强记忆力

2014年3月下旬，在《今晚报》副刊上，我看到南开大学著名教授来新夏先生谈治学的文章，说理深刻，笔力尤健，当时除了对这位92岁老人笔耕不辍深感敬意外，更是由衷地祝福他长命百岁，多给我们后生晚辈留下些金玉良言。讵料一周后，我竟得到先生与我们告别的讯息。噩耗传来，我呆坐良久，因为不久前我还得到他赐我的一部著作《旅津八十年》。当晚我与王振良兄通电话，振良兄当年因主持《今晚报》副刊，与来先生交往甚密。据他讲，来先生身体一直很好，只是由于近日劳累过度，身感不适而入院，谁料这一进便没再出来。

1946年来新夏毕业于北平辅仁大学并获文学士学位

焦静宜提供照片

此后的数月间，由罗文华兄和王振良兄分别操办的《天津日报》与《今晚报》文艺副刊，先后刊发了数十篇悼念之文，对来先生的道德文章备述其祥。作为既非先生弟子，又与先生过从不是甚密的我，依惯例本不想再"滥竽充数"。然而后来在与友人聊天时，我随便说了两段来先生轶闻，这引起了振良兄的关注，认为确有传布之益，嘱我一定记录下来，于是便有了2014年7月9日《今晚报》副刊上的那篇《来先生的记忆力》。此文刊出后，得到了来先生夫人焦静宜女史的青睐，在2019年南开大学百年庆典之际，由其作为编者之一推出的《来新夏先生与南开大学》一书中,她特意将该文选入。据该文回忆——

1983 年,南开大学出版社成立,来先生被任命为总编辑。短短五年,他便将该社带入全国一流大学出版社之列,受到学界和书业的瞩目。1988 年初,我供职的《天津书讯》报新辟了一个“出版社新春巡礼”专栏,在领导的安排下,我去采访了南开大学出版社。

记得是春节后一个乍暖还寒的早上,在南开大学出版社副社长崔国良先生的引荐下,我在该社见到了来先生。虽然此前我对他的北洋史等学术成就已很熟悉,但初次见面,来先生的容貌装束却仍让我感到惊奇:高大魁梧的身躯配上金丝眼镜与笔挺的深褐色西装,使他显得高深莫测,而言谈举止间的儒雅之态更是让他尽显绅士风度。当时我想,如果在他白衬衣领口上再打个领结,这简直就是西方电影中绅士派儿教授的典型。

然而更让我惊奇的是,当我单刀直入问起出版社在五年之内成绩斐然的原因时,来先生几乎不假思索地脱口而出:“我们社虽是一个年轻的出版社,但在建社伊始,便制定了明确的出版方针,既紧密配合教学,繁荣学术研究。我们社是国家教委指定的全国教材出版中心之一,教材的出版占有比较重要的地位。五年来,我们已为 21 所高校出版了经济、文史、哲学、社会学、东方艺术等学科及理科教材 60 种,不但广受好评,而且有多部获得国家教委及省市奖。之所以有此成绩,是因为我们已在津、京、沪及武汉、广州等地建立了一支数量可观、学术上卓有成就的作者队伍。尤其是南大校内 22 个系、49 个专业、12 个研究所的 129 位教授、485 位副教授、872 位讲师及一大批博士、硕士研究生,是我社得以取得成绩的基本保障。尤其可喜的是,在“七五”计划中,国家教委已把我社列入规划,世界银行将贷款帮助我们改造印刷厂,这样到 1990 年预计出书可达到 160 种 4800 万字。”

在如数家珍地说出如上情况与数字时,来先生没看一点资料,完全是即兴的随口道来。

采访归来,我写了一篇《配合教学 繁荣学术——南开大学出版社总编辑来新夏同志答本报记者问》的稿子,刊登在 1988 年 4 月 16 日的报纸上。然而过了仅仅二十余天,我便在 5 月 5 日出版的《南开周报》上,看到了来先生写的一篇名为《回顾与展望》的文章,其伏案所写的文字,不但与那天跟我随口而出的话语基本相同,而且所有数据更是丝毫不差。此文由于刊发在内部

配合教学 繁荣学术

南开大学出版社总编辑来新夏同志答本报记者问

南开大学出版社总编辑　来新夏同志

1988 年 4 月 16 日《天津书讯》报刊出的本书作者对来新夏的专访

报纸上，后来也未收录到来先生的任何文集中，故而传布不广，坊间很难见到。好在文章不长，为了证明其记忆力的准确，也为了保存史料计，于此不妨转录如下：

> 榴花似火的五月是南开大学出版社走过匆匆五年的日子。古人往往喜欢以“白驹过隙”来形容如梭的岁月。我社的五年正是如此匆匆地在繁忙中奔驰过来的。这匆匆的五年所留下的萍踪屐痕处处可掇拾到渡越险阻的辛劳和春华秋实的欢笑。
>
> 五年间，我们从几个人，十几个人发展到如今已拥有近五十人略具规模。我社是一个只有五年历史的新起出版社，它以高校师生、科研人员和自学青年为主要读者对象，这些可尊敬的读者喜爱我社的出版物。他们善意的批评和动情的爱抚不断地给我社注入活力，使我社得以从破土而出的幼苗成长为枝叶扶疏的枝干。
>
> 我社在京、津、沪、武汉、广州已建立了一支数量可观、学术上有成就的作者队伍，即以我校而论，22 个系、49 个专业、12 个研究所、129 位教授、485 位副教授、872 位讲师以及一大批博士、硕士研究生都是我们的基本作者。他们以脑力和心血熔铸、凝练成各种专著教材，像母亲以乳汁哺育婴儿那样使我社从默默无闻而成长为在海内外初具影响的出版社。

五年间，我社冲破了言情、武侠、荒诞出版物的险峰恶浪，坚持两个效益和配合教学、繁荣学术的经营方针，同心戮力，共出版了301种图书（其中有60种重版书）。我社为21所高校出版了经济、文史、哲学、社会学、图书情报学、理化和数学等学科的60余种教材；同时又有节奏地推出了一批专家学者的专著和为大学生、自学青年所需的读物。这些图书中有多种获政府和省市级优秀成果奖，有的还被评为畅销书。

晚年的来新夏在"邃谷"书房

焦静宜提供照片

回顾这匆匆的五年，不能只停留在流连和感慨，而应该站在新的起跑线上展望未来。

我社今后的出书重点仍将是教材、专著和工具书。教材的注意力将放在填补空白、解决急需方面，力争在短期内协助各院校摆脱油印教材的困扰；学术专著的重点则放在对现实问题的研究成果和有理论创建方面。

大家都了解，目前出版业由于多方面原因而处于一种萧条过渡时期。我社为了迎接这种挑战，采取了以收补歉的办法，一方面有计划地出版拥有众多读者的知识性读物，以其赢利来补贴学术专著的出版，另一方面我们将尽力协助作者多开辟一些有利于解决出版困难的渠道，以增强出版可能。我社抱着有一点余力多出一本书的宗旨，虽然这将降低我社的经济利益，但学术界和全社会得到的效益却是更大的。我们诚挚地希望作者谅解和理解。

我社将有可能得到国家和学校的资助在明年建成一座六千多平方米的准现代化装备的社属印刷厂，预计1990年年出书量可达160种（其中新版书近百种，重版多版书60种）约4800万字，使我们有可能以更多更好的出版物奉献给广大的读者。

我们向一切支持、爱护和理解我们的朋友致谢，并希望继续得到支持、爱护和理解。

作为一个年过六旬的文科教授，在教学、著述和业务管理已不是“繁忙”而是“烦忙”的状态下，能够在没有任何准备中，面对我的采访，张口便能说出上述一连串数字，而且与其后来据材料所写丝毫不差，来先生的超强记忆力当时虽让我叹服，但我也仅仅是归结于他对业务的熟悉与敬业。

真正让我领教来先生的记忆力，是于此二十多年后。

自那次采访完毕，我写的专稿刊出后虽被几家读书类报刊转载，但我却一直无缘再见到先生，期间也没有任何联系。2011 年底，我应邀参加在南开大学举行的《天津记忆》百期纪念会。那天早上当我开车来到明珠园时，在我前面停下的一辆车里走出了来先生和其夫人焦静宜女史。我赶忙停车跑过去搀扶，岂料来先生一见是我，又是不假思索地笑呵呵随口而出：“啊，是你呀。倪斯霆，天津书讯报的名记，采访过我！”这下我可真服了，时过二十多年仍有如此记忆，不但记得往昔的事，而且还记得姓甚名谁，这哪是记忆力超强，这简直就是“特异功能”呀！

2013 年国庆节前夕，91 岁的来先生应振良兄之约，到地处河北区大悲院附近的问津书院作讲座，当时我因赶写书稿《还珠楼主前传》，未能前往聆听，但总觉得以后还有机会，岂料这竟成了来先生的最后一次讲课。念兹，唏嘘之余，倍觉遗憾。

陈景春忆传奇小说《血溅津门》组稿经过

1982 年岁末，我赴京组稿返津途中，在火车上翻看刚买到的朱光潜所译《歌德谈话录》，此时对面一位儒雅的中年男人突然问我：你这么年轻，怎么喜欢理论，看得懂吗？于是我们便聊了起来，由此知道他是百花文艺出版社理论室主任陈景春。而且让我惊讶的是，他不仅认识我父亲，还是我老师张赣生先生第一本书《中国戏曲艺术》的责编。

2007 年陈景春在圆明园留影
陈景春提供照片

与景春老师就这么偶然相识了，在此后的日子，我只要到“百花”，总是到他屋里坐坐。后来他知道我父亲正在写作《中国曲艺史》，便敏锐地提出，其中有关民俗部分可以单独扩展成书。不久，由他策划并终审的国内首部演艺民俗专著《曲艺民俗与民俗曲艺》，便由“百花”出版了。

1992 年陈景春的《文艺编辑学》由天津教育出版社出版，此为他送给本书作者的样书及题字

景春老师属于有编辑功力和阅历的那种人，而且在编辑理论和文艺理论方面也是造诣颇深，曾出版过学术专著《文艺编辑学》和《艺术面面观》。他虽不善言谈，但只要聊起文坛掌故和“百花”故事，便如数家珍。我曾约他写过一系列“忆旧”文章，其中刊于 1995 年 8 月 15 日《天津书

讯》报上的那篇《〈血溅津门〉的组稿工作》，在今天看来，已是一篇难得的天津出版史料。

《血溅津门》是20世纪80年代初轰动华北影响全国的一部佳作，当年著名评书演员田连元在中央广播电台和中央电视台分别做了播讲；天津美术出版社和河北美术出版社分别出版连环画，发行数百万册；天津电视台拍了电视连续剧，播出后反响强烈并受到天津老市长李瑞环的肯定。对该书的组稿经过，景春老师在文中做了如下回忆：1971年他在抓河北省廊坊地区创作组时，得知曾以《儿女风尘记》和《三辈儿》蜚声文坛的张孟良，就居住于天津市郊静海县（当时属廊坊地区管辖），于是便“千呼万唤”地请他“出山”，组织编写了一部短篇小说集——

> 大约是1971年夏的一天下午，张孟良来到编辑部。他身材高大，面庞黝黑，戴着一顶宽边草帽，完全是一副北方农村人的样子，交谈时，显得十分诚恳、谦虚。之后不久，他就全身心地投入这项活动，其间大约有近一年的时间，就住在赤峰道131号出版社的招待所中，与这一地区的创作骨干舒褐、吴荫培、辛曙光等同志进行组织发动、筛选初稿、修改润色等，最终出版了短篇小说集《新嫂嫂》。这本书不值得一提，但在那几百个共同“战斗”的日日夜夜，我和孟良之间，已经彼此完全了解，成为无话不说的朋友了。我历来主张文艺出版社要抓长篇，可以说请他出山的主要目的，就是通过编短篇约长篇。随着友谊的增长，这一要求也就日益明确化。孟良因为过去出过的两个长篇在“文革”初期吃尽了苦头，一而再、再而三地推诿，经过长时间的“拉锯战”，他大约是看在朋友的面子吧，终于吐了口，答应写一部题为《津郊武工队》的长篇；但同时又提出了个条件，需要

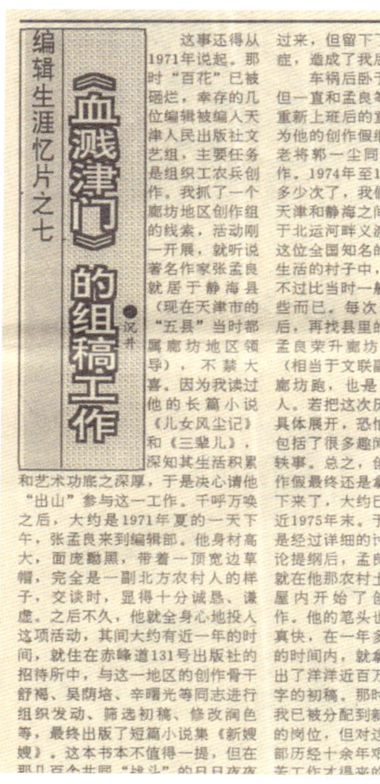

编辑生涯忆片之七

《血溅津门》的组稿工作

●沉井

这事还得从1971年说起。那时“百花”已被砸烂，幸存的几位编辑被编入天津人民出版社文艺组，主要任务是组织工农兵创作。我抓了一个廊坊地区创作组的线索，活动刚一开展，就听说著名作家张孟良就居于静海县（现在天津市的“五县”当时都属廊坊地区领导），不禁大喜。因为我读过他的长篇小说《儿女风尘记》和《三辈儿》，深知其生活积累和艺术功底之深厚，于是决心请他“出山”参与这一工作。千呼万唤之后，大约是1971年夏的一天下午，张孟良来到编辑部。他身材高大，面庞黝黑，带着一顶宽边草帽，完全是一副北方农村人的样子，交谈时，显得十分诚恳、谦虚。之后不久，他就全身心地投人这项活动，其间大约有近一年的时间，就住在赤峰道131号出版社的招待所中，与这一地区的创作骨干舒褐、吴荫培、辛曙光等同志进行组织发动、筛选初稿、修改润色等，最终出版了短篇小说集《新嫂嫂》。这本书本不值得一提，但在

1995年8月15日《天津书讯》报刊出的陈景春文章

给他请创作假——这在当时是件难办的事。但为了这部长篇，我上下左右地开始了活动。谁知这事“八字还没一撇”，我于1973年11月在天津大港油田组稿骑车下基层途中，竟被一辆迎面飞速开来的大卡车辗于轮下，人事不省；后来头部缝了七针才抢救过来，但留下了严重的脑震荡后遗症，造成了我后半生的种种不幸。

《血溅津门》初版本封面，百花文艺出版社1981年6月出版

车祸后卧于病榻约一年之久，但一直和孟良等同志有联系。所以重新上班后的重要工作之一，就是为他的创作假继续奔跑；文艺组的老将郭一尘同志也参与了这项工作。……创作假最终还是拿下来了，大约已近1975年末。于是经过详细的讨论提纲后，孟良就在他那农村土屋内开始了创作。他的笔头也真快，在一年多的时间内，就拿出了洋洋近百万字的初稿。那时我已被分配到新的岗位，但对这部历经十余年艰苦工作才得来的长篇实在难于割舍，于是在铺开新一摊工作的同时，又抽时间看了这部长篇初稿，并参加了两次讨论会。但当时社领导考虑到我接手新的工作，三令五申，让我把包括孟良稿在内的全部小说稿都交给小说组，此后，就没有机会过问此稿了。这样，直到它1981年更名为《血溅津门》正式出版。

对此，张孟良近年也有更翔实的回忆——

“《血溅津门》刚开始写作的时候，还较为顺利，最主要的是出版社的编辑陈景春给了我很大支持，经常和我取得联系，有时候专门从天津到静海来看我，问我写作的进度和有什么困难，总给我一些帮助，我得到了很大的宽慰，所以进度也比较快，大约用了一年的时间，就把初稿拿出来了，约一百多万字，分上下两部。我把它捆扎起来送到出版社，可是使人意想不到的事情

1962 年百花文艺出版社部分编辑人员合影，左二为董延梅，右二为陈景春，右三为陈新，右五为徐柏容

倪斯霆收藏

发生了，陈景春出了车祸。他住了医院，一住就是一年多，使作品进度受到影响。尽管我们两人做了很大努力，最后还是换掉了他的责任编辑。一部长篇小说的成败，决定作者和责任编辑的配合，配合得好不仅写作进度快，而且使作品相映生辉，如果配合得不好，就会使思路晦涩。更换责任编辑，这下可就麻烦了，因为原来我和陈景春商量的路子和一些主要的故事人物结构跟现在换的这位责任编辑所构想的截然不同。所谓不同最根本的就是两个人的想法不一致。作为一个作者，我在想，一部书如果中途换责任编辑是最不幸的了，不仅打乱了作者的构思，还可能把一部书彻底毁掉。”

“这样一拖拖了四五年。到了 1980 年，在天津市委宣传部长白桦，副部长李麦的关怀下，出版社将一、二、三审编辑换掉，另换了两个编辑，不知道出于什么原因，这两位编辑看了稿子以后，给我提出了两个意见：一、把现在的稿子 100 万字削减到 32 万字以下。二、只写天津市里的抗日斗争，不写郊区的。实际上这两条意见就是否定了这个稿子。100 万字稿子削减到 32 万字以下相当于砸碎重来，前面的五年时间就白过了，因为书上的抗日武装主要是津郊武工队，如果不写郊区，那还叫什么津郊武工队？可是事情就这样，你接受了他们的意见就要按照他们的意见重新写，不接受的话，五年光景就白白度过了，既没办法向领导交代，也没办法向读者交代。当时，我已经是 51

岁的年龄了，体力精神大不如从前，再受到这样的挫折几乎精神防线崩溃了，但是我想到我是一个共产党员，是个军旅作家，我不能就这样被难住，我一咬牙便答应下来，重新构思作品，塑造人物，组织故事。当时，我住在天津地区重庆道招待所，在一个小屋子里，埋头苦干，又经过一年的时间压缩到四十余万字，实在压缩不下去了，这时候新换的这两位编辑经过我一年的交往似乎态度上与开始的时候大有转变，于是总算是过了决审关。还好，天津新华书店向全国征订第一版第一次印刷，竟达到了17万3千册，这在当时来说，就像一颗文化炸弹震动了津门。”

虽然张孟良与景春老师的回忆在时间点上略有出入，但由此我们还是能够看到《血溅津门》在当年轰动背后的一系列“故事”。

在景春老师给我的稿件最后，他还爆料了“一段小插曲”：

> 为了讨论初稿，我们曾访问过小说主人公郝明的主要原型、抗战时期津郊武工队队长冯三同志；这位当年让敌人闻风丧胆的英雄，“文革”时期却遭冤案，被下放在南市的一家橡胶厂看大门，但交谈起来依然风趣、幽默，看得出当年矫健、机智的身影。当时我爱人正兼任街道“社会主义大院”的副主任，为了丰富这项活动，曾请他讲过一次战斗经历。由于他所讲的都是亲历，十分生动，两个多小时竟无一人退场。记得那天我为招待这位当年的英雄，特备了几瓶啤酒和几碟好菜；但想不到这位武工队长竟像当年对付敌人那样神出鬼没，转眼就不见了。八十年代初，冯三冤案得以平反，恢复行政十三级待遇，但据说也没什么实权。屈指算来，他若依然健在，已经是年过八旬的老者了。

董延梅"忆旧"中的出版史料

2002年董延梅(左)与台湾作家余光中研究稿件

1989年春节刚过，我到百花文艺出版社组稿，碰到资深编辑董延梅老师。她说自己马上要退休了，但对"百花"的"情感"难以割舍，对当年"激情燃烧的岁月"中的编书"故事"难以忘怀，最近这些"情感"与"故事"总是在"折磨"着她。我说您不妨将这些写出来，一者是一种感情的释放；二者则是为"百花"甚至为天津出版业留下一些史料，至于刊发，我责编的《天津书讯》报副刊可以提供版面。或许是我的建议提醒了她，也许是她早有此意，不久，她便将三篇"编书忆旧"的稿子交给了我，并说看看社里社外的反应，再决定是否接着写。

对此，她在后来结集出版的书中，曾有如下记载："岁月是挽不住的，我终于走到了这个工作的尽头，要离开这个岗位。这种失落感，这种眷恋之情是难以用笔墨形容的。理智告诉我，这是必定要来临的。长江后浪推前浪，历史向前发展，旧的必然逝去，后来者必然居上。我应该欣然地面对现实，重新安排自己余有的岁月，而且要为我曾经倾心过的工作留下点什么，于是我想到了写我自己的'编书忆旧'。""最初，我只是给《天津书讯》写稿，写了两三篇，责编倪斯霆同志就来找我了，希望我连续写，我当然受宠若惊，就继续接着写"，结果"一口气写了四十几篇。"

这组“忆旧”自1989年5月20日在《天津书讯》报上开始连载，每周一篇，除当年秋冬之际我因公出差西北、西南，中断几周外，一直刊登到翌年的夏天。在这期间，连载被延梅老师的“老同伴”李申看见了，她“觉得天津书讯报的编辑做了一件实实在在的好事；作者写了别人写不了或不愿写的文章，同样做了一件实实在在的好事”，便跑去找社长，要求将文章结集出书。结果选题顺利通过，这便是百花文艺出版社1991年6月出版的《君子兰的情意——编书忆旧》一书。

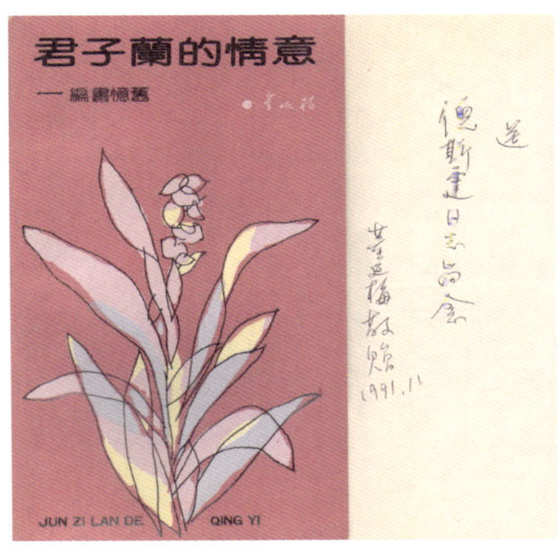

董延梅将在《天津书讯》报上连载的“编书忆旧”结集为《君子兰的情意》，由百花文艺出版社1991年出版，此为她送给本书作者的样书及题字

20世纪90年代中期，我在编报之余，参与了《天津通志·出版志》的撰写与编纂工作，在一次于蓟县盘山召开的审稿会上，“百花”社创建时的具体业务负责人、老出版家徐柏容先生曾对我说：“你们报纸有远见。‘百花’当年在全国是有影响的文艺社，就连人民文学出版社对它也是刮目相看，周扬更是称‘百花厉害’。我们目前对它的历史重视得还不够。董延梅的回忆是有价值

1962年百花文艺出版社部分编辑人员合影，左六为董延梅，左七为徐柏容，右五为陈景春

倪斯霆收藏

的，可能这种价值现在还没有被人们意识到，将来它的意义会越来越大。”

徐柏老此番话可谓有先见之明。近年来，随着学界对当代文学、编辑、出版等学科史的反思，以及民间收藏热的升温，“百花小开本散文”已成为一种独特的出版甚或文学现象，在被人们所研究；同时，它也成为目前藏界的新宠。但由于原始资料匮乏，当年的当事人或已进入暮年，或已先后故去，因此延梅老师的“忆旧”便显得珍贵。对此我有切身感受，最近几年参加各种文学或出版学术会议时，每当说起天津，人们便会提到“百花”，提到那套“小开本散文”。而每次我提到曾经组稿编发过延梅老师的回忆文章时，总有相关研究人员托我寻找当年的小报或那本“编书忆旧”，目前我已为上海、苏州、武汉、兰州、北京的朋友们复印过这些资料。

其实，我们不做研究，只是随便翻看一下这些“忆旧”，也会被作者在特有的女性情思笔调下，所披露出的史实或掌故所感染。例如，关于郭沫若的《洪波曲》，她写道：

> 1958年上半年百花文艺出版社还没有正式成立，我作为天津人民出版社文艺编辑室的一个青年助编，雄心勃勃地准备转入百花，而且奉命要为百花的建社准备一批稿子。那时我似初生牛犊，到了北京多么有名气的作家也敢去找，多么重要的人物也敢去麻烦。记得第一个去拜访的大作家就是郭沫若郭老。
>
> 那天，我和年纪比我还轻的老编辑柯玉生同志，在王府井大街作协大楼打听到，《人民文学》编辑部正准备发表郭老的《洪波曲》。心想要是能约到这部稿子，在百花建社时出版，可就给百花创了牌子；可是像郭老这样知名的老作家，能把稿子给一个小小的地方文艺出版社吗？犹豫了好久拿不准主意，最后两人还是决定去碰一碰。

郭老和他的《洪波曲》

——编书忆旧之一

●延梅

1958年上半年百花文艺出版社还没有正式成立，我做为天津人民出版社文艺编辑室的一个青年助编，雄心勃勃地准备转入百花，而且奉命要为百花的建社准备一批稿子。那时我似初生牛犊，到了北京多么有名气的作家也敢去找，多么重要的人物也敢去麻烦。记得第一个去拜访的大作家就是郭沫若郭老。

那天，我和年纪比我

个小小的地方文艺出版社吗？犹豫了好久拿不准主意，最后两人还是决定去碰一碰。

在大院胡同的胡同口，我们又犹豫了半天。我们壮着胆子按响了门铃，没想到通报后，郭老的秘书，一位穿军服的男同志，说郭老正要接待客人不能见我们。偏巧这时于立群同志扶着郭老从里面走出来。于立群同志一眼就看见了在门洞里的我们。她摆着手阻止了秘书，又问我们是哪里来的。我们闻声而动，飞快地跑到了他们的身边。

当我们向他们两位说明了是来约《洪波曲》的，而且稚气地问他们是否可以给我们这个小小的

需要支持。

记得他们两位后来还把我们让到了会客室，里边确实是正待接见宾客的意思，郭老披着一件长衣坐在桌旁，微笑地端详着我们两个人，又拿着介绍信看了看，然后半开玩笑地随手拿起毛笔，在介绍信的背面写了一行字：“人老珠黄不值钱”。还问我们：“你们懂吗？我老了，已经不值钱了，还是你们年轻人值钱啊！”当然我们是不同意他这种论断的，恭敬地对他说：“哪里，人越老越值钱！”

郭老的《洪波曲》就这样没费多少力气约到了。他让我们过些日子到《人民文学》编辑部去取初校样由他通知他们。

我现在已记不起来，我们两个人后来是怎样高兴地回到出版社的。反正，拿回稿子交给了社领导，而且立即请一位出版社的老编辑曾秀苍同志担任责编。

《洪波曲》在1959年以平装与精装两种版本问世。书出版后，我们去给郭老送稿费，郭老说什么也不要。这书后来连印了几次，80年还印了一次，累计印数达40余万册。

《洪波曲》是解放前一年，即1948年郭老寓居

1989年5月20日《天津书讯》报刊出的董延梅“忆旧”之一

在大院胡同5号的胡同口，我们又犹豫了半天。我们壮着胆子按响了门铃，没想到通报后，郭老的秘书王廷芳，一位穿军服的男同志，说郭老正要接待客人不能见我们。偏巧这时于立群同志扶着郭老从里面走出来。于立群同志一眼就看见了在门洞里的我们。她摆着手阻止了秘书，又问我们是从哪里来的。我们闻声而动，飞快地跑到了他们的身边。

《洪波曲》初版本封面，百花文艺出版社1959年出版

当我们向他们两位说明了是来约《洪波曲》，而且稚气地问他们是否可以给我们这个小小的不知名的出版社时，他们笑了起来。郭老竟反问我们："我当然可以给你们，可你们为什么非要我的稿子呢？"我们当即就比赛似的你一言我一语说了一大堆理由，其实主要意思还是说明因为他是大作家，我们这个小出版社需要支持。记得他们两位后来还把我们让到了会客室，里边确实是正待接见来客的意思，郭老披着一件长衣坐在桌旁，微笑地端详着我们两个人，又拿着介绍信看了看，然后半开玩笑地随手拿起毛笔，在介绍信的背面写了一行字："人老珠黄不值钱"。还问我们："你们懂吗？我老了，已经不值钱了，还是你们年轻人值钱啊！"当然我们是不同意他这种论断的，恭敬地对他说："哪里，人越老越值钱！"

郭老的《洪波曲》就这样没费多少力气约到了。他让我们过些日子到《人民文学》编辑部去取初校样，由他通知他们。

又如，关于巴金的《倾吐不尽的感情》，她回忆说：

1960年4月，巴金率中国作家代表团参加亚非作家紧急会议，在日本访问了较长时间，回国后他接连发表了几篇怀念日本友人的抒情散文，其内容都是围绕着发展中日友好关系，维护世界永久和平的。那时

《倾吐不尽的感情》的点点滴滴

——编书忆旧之五

●延梅

巴金同志

一九六〇年四月，巴金率中国作家代表团参加亚非作家紧急会议，在日本访问了较长的时间，回国后他接连发表了几篇怀念日本友人的抒情散文，其内容都是围绕着发展中日友好关系，维护世界永久和平的。那时百花文艺出版社已开始编辑出版国际题材的小开本散文，理所当然地要设法去约巴老的这些散文。记得，巴老和我们书信往来了几次，就答应写十篇编成一册交我们出版。大约在一九六二年底稿子编成寄来。在读稿过程中，还出现了几个小问题，好象有一处和当时的宣传口径不大一致，我们提出后，他非常认真负责地改了一遍。我还记得很清楚，写信时，我们从责编到三审，甚至到了社长那里，字斟句酌地很怕他这位著名的大作家提出异议。没想到他是那样的谦虚，而且很热诚地向我们表示感谢。记得就是那次，他在信中写道：我写的稿子，编辑不看我不放心，编辑是我的手足。

这本散文集是一九六三年八月出版的。印装的很讲究，还特意制作了平装、半精装、精装三种形式。一九六三年夏天很热的时候，我随部分社领导去上海出版界取经，曾到巴老在武康路的花园式住宅中去拜访过，也有幸见到了萧珊同志。现在已记不起来是去送出版的书，还是去告诉他书不久即将出版，总之，我受到了他们热情的款待。巴老说：他将把这个散文集做为一份珍贵的礼物送给日本友人。

有人说，巴老近年来所写的《随感录》，是他最真实的感情的抒发，是他晚年所书写的这些真言将珍贵地载入史册。我想，这并不等于说，他六十年代初所写的这本《倾吐不尽的感情》就不是他的真言。当年他为中日友好和平事业，披荆斩棘所做的种种努力，他对于那些终生为这事业奋斗的日本友人所奉献的深情，特别是他那颗「向着祖国的心」难道都不是真

1989 年 7 月 1 日《天津书讯》报刊出的董延梅“忆旧”之五

百花文艺出版社已开始编辑出版国际题材的小开本散文，理所当然地要设法去约巴老的这些散文。记得，巴老和我们书信往来了几次，就答应写十篇编成一册交我们出版。大约在1962年底稿子编成寄来。在读稿过程中，还出现了几个小问题，一个是巴老在几处都把“熟悉”写成了“熟习”，责编看出后，不敢轻易改动；好像还有一处和当时的宣传口径不大一致，我们提出后，他非常认真负责地改了一遍。我还记得很清楚，写信时，我们从责编到三审，甚至到了社长那里，字斟句酌地很怕他这位著名的大作家提出异议。没想到他是那样的谦虚，而且很热诚地向我们表示感谢。记得就是那次，他在信中写道：我写的稿子，编辑不看我不放心，编辑是我的手足。

这本散文集是1963年8月出版的。印装的很讲究，还特意制作了平装、半精装、精装三种形式。1963年夏天很热的时候，我随部分社领导去上海出版界取经，曾到巴老在武康路的花园式住宅中去拜访过，也有幸见到了萧珊同志。现在已记不起来是去送出版的书，还是去告诉他书不久即将出版，总之，我受到了他们热情的款待。巴老说：他将把这个散文集作为

《倾吐不尽的感情》初版本封面，百花文艺出版社1963年出版

一份珍贵的礼物送给日本友人。

再如，关于老舍的《小花朵集》，她追忆说：

记得第一次去拜访他，是1962年之初，后来还去过几次。那个阶段，他常在天津的《新港》文学期刊上发表文章，为曲艺界的事也常来天津。我们想他对天津的感情这样深，去约约稿也许不会碰钉子。和我同去的还有刚到社不久的年轻人，我们总是在门口嘀嘀咕咕一阵子，然后拉响北京乃兹府丰盛胡同老舍家的门铃。老舍先生穿着衬衫和我们聊天的神情，我至今还记得。他总是山南海北地几句话就让我们轻松起来。他的话很幽默，有时笑得我们前仰后合。有一次，我们问他《我的前半生》是不是经他修改了。他笑起来，没回答我们是还是不是，却给我们讲了许多清宫的趣闻。他说喝茶的盖碗怎样用也是很讲究的，还告诉我们他正在考虑写一部反映满族生活的新著。我已经记不起来，是第几次去，他就答应考虑给我们编一个集子了。

稿子好像是带回来的，用报纸包了一大堆剪报稿，很多很多，也很乱很乱。可能在这之前他已经很久没动这些旧作和新作了。我们花了很大气力才读完了这些稿，还一一分了类。最后决定只取和文艺有关的一部分随笔、短论，并建议作者取名《小花朵集》。老舍先生欣然采纳了我们的意见，只提出来有一篇游记《内蒙风光》，他很喜欢，而今后也不可能多写这类文章，虽然有些打乱我们的编选原则，还是希望我们能收编进来。最后，我们同意以附录形式收入。他对这个“两全之计”很赏识，还特意在此书《后记》中写上了一笔。

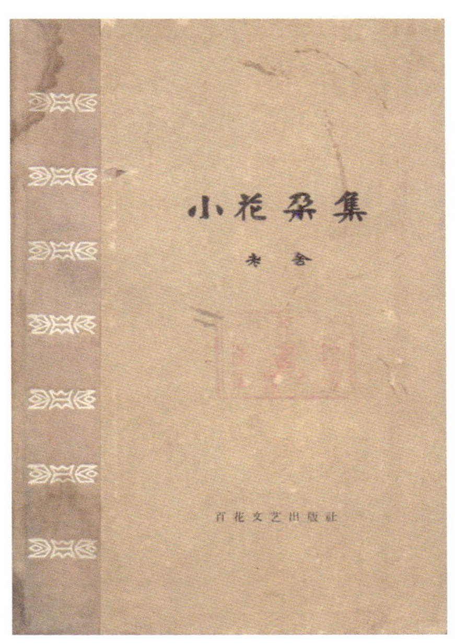

百花文艺出版社1963年出版的《小花朵集》

记与艾芜老的几次联系

——编书忆旧之二十二

●延梅

继鲁迅、茅盾、郭沫若之后，与巴金齐名的一代文豪艾芜，也是给百花文艺出版社提供文援的最早的老作家之一。记得早在1957年上半年，我在天津人民出版社文艺编辑室工作时，就与他有了联系。他的著名的《艾芜中篇小说集》就是1958年4月，由天津人民出版社出版的，这为1958年8月百花文艺出版社建社打下了基础。

这本书是艾芜同志1935年至1948年期间所写的中篇小说结集，其中共收了七个中篇，约40余万字。这是了解艾芜同志这一时期小说创作的最好版本。由于其中有的是他的自传体小说，对于了解这位流浪文豪的早期生活和思想面貌，也极有价值。百花文艺出版社建社后，于1963年、1980年、1983年又改版重印了三次，颇得读者好评。

记得为这本书，1957年夏秋时，我曾多次往返于京津之间。因为书中有许多地方涉及到了中缅边界及少数民族政策问题，我一会儿去什方院艾芜家，一会儿去外交部或民族事务委员会，最后还是打出的清样送审之后，得到批准才允许放行的。因此，我也就和艾芜同志建立了密切的联系，和他的夫人王蕾嘉同志也很熟悉了。他们虽然都是知名人物，却都很朴实，他们的家和他们的人一样，让人感到温暖，和亲切。艾芜同志不喜欢言谈，连说话的声音也很轻。但从言谈中，我知道他生活经历丰富，而且博学多识，为人也很敦直。从言谈中也透露出了他的写作计划和行动安排，尤其他不在家时，王蕾嘉同志会兴致勃勃地谈到他们的许多经历。原来王蕾嘉同志也是诗人。她温柔贤惠的江南妇女的形象，给人记忆很深。

艾芜是小说家，散文写的也很美。他的著名的《南行记》和《南行记续篇》是小说，但也颇富抒情散文味。解放以后，他在深入工厂、农村体验生活时，写了许多散文，结集为《初春时节》，他交给了我。这是百花文艺出版社建社后，出版的《洪波曲》、《夜读偶记》等著名图书中的一种。1958年11月出版的，大32开本，印的也很漂亮，现在虽然没有书了，我还记忆犹新。紧接着，1859年6月，百花文艺出版社又出版了他的《欧行记》。这是他两次出访匈牙利、捷克斯洛伐克和苏联的游记散文集。是很厚的一本书，大约有20余万字，深色的封皮，普通32开本。

1965年8月，艾芜同志在四川郫县安德铺参加“四清”运动结束后，回到北京。本拟静下心来继续写作，却突然通知他调回籍四川安家落户。于是在11月份，他携带夫人和小的儿女告别了居住13年的北京。我知道他已

艾芜同志

1990 年 2 月 17 日《天津书讯》报刊出的董延梅“忆旧”之二十二

在延梅老师的四十多篇“编书忆旧”连载中，像上述的“花絮”与“掌故”甚多，譬如和萧乾、冰心、艾芜、碧野、叶君健、吴伯箫、柯灵、孙犁、黄秋耘、黄永玉、韦君谊等人的组稿交往等，均写来既情感真挚，又“内幕”频曝，同时，也为“百花”社甚至天津当代出版业留存了难得的一手史料。

“百花散文小开本”出版史实的首次披露

百花文艺出版社历时三十载(1962—1992)出版的“小开本”散文,如今在收藏市场,已是洛阳纸贵、一册难求了。对这套书,近年来文学、出版界的关注也是日益加甚。著名学者陈子善先生所言应该能够代表目前学界观点:“无论从文学传播还是接受的角度考察,‘百花散文小丛书’在中国当代文学史,特别是当代散文创作史、编辑史和出版史上占有重要的一席之地,是毋庸置疑的,其成败得失理应进入当代文学研究者的视野,认真探讨和总结”。

那么这套书又是如何创意和出版的呢?一个和孙犁有关的“故事”已被爱书的人们所熟知,尽管“版本”有异。其实,这一史实向读者首次披露,是在近三十年前我供职的《天津书讯》报上;这一史实的权威“版本”,是由我编发的“百花”资深编辑董延梅老师的一篇“忆旧”文章。

延梅老师这篇名为《小开本散文的始祖》的文章,刊发在1989年9月23日出版的小报4版上,是我向她组稿的“编书忆旧”系列文章中的一篇。文章起始,延梅老师便回忆起与孙犁初次见面时的尴尬:

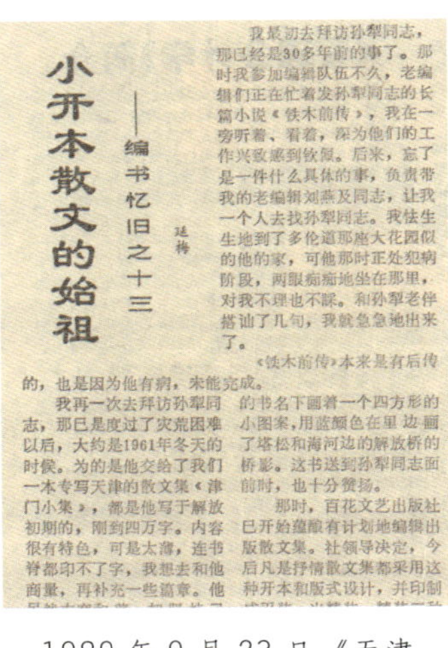

小开本散文的始祖

——编书忆旧之十三

延梅

我最初去拜访孙犁同志,那已经是30多年前的事了。那时我参加编辑队伍不久,老编辑们正在忙着发孙犁同志的长篇小说《铁木前传》,我在一旁听着、看着,深为他们的工作兴致感到钦佩。后来,忘了是一件什么具体的事,负责带我的老编辑刘燕及同志,让我一个人去找孙犁同志。我怯生生地到了多伦道那座大花园似的他的家,可他那时正处犯病阶段,两眼痴痴地坐在那里,对我不理也不睬。和孙犁老伴搭讪了几句,我就急急地出来了。

《铁木前传》本来是有后传的,也是因为他有病,未能完成。

我再一次去拜访孙犁同志,那已是度过了灾荒困难以后,大约是1961年冬天的时候。为的是他交给了我们一本专写天津的散文集《津门小集》,都是他写于解放初期的,刚到四万字。内容很有特色,可是太薄,连书脊都印不了字,我想去和他商量,再补充一些篇章。他

的书名下画着一个四方形的小图案,用蓝颜色在里边画了塔松和海河边的解放桥的桥影。这书送到孙犁同志面前时,也十分赞扬。

那时,百花文艺出版社已开始酝酿有计划地编辑出版散文集。社领导决定,今后凡是抒情散文集都采用这种开本和版式设计,并印制

1989年9月23日《天津书讯》报刊出的董延梅“忆旧”之十三,首次披露了“百花小开本散文”出版内情

> 我最初去拜访孙犁同志,那已经是30多年前的事了。那时我参加编辑队伍不久,老编辑们正在忙着发孙犁同志的长篇小说《铁木前传》,我在一旁听着、看着,深为他们的工作兴致感到钦佩。后来,忘了是一件什么具体的事,负责带我的老编辑刘燕及同志,让我一个人去找

> 孙犁同志。我怯生生地到了多伦道那座大花园似的他的家，可他那时正处犯病阶段，两眼痴痴地坐在那里，对我不理也不睬。和孙犁老伴搭讪了几句，我就急急地出来了。
>
> 《铁木前传》本来是有后传的，也是因为他有病，未能完成。

而她再一次去“拜访”孙犁，则是拉开了“百花小开本散文”编辑、出版的序幕。对此，延梅老师忆及：

> 我再一次去拜访孙犁同志，那已是度过了灾荒困难以后，大约是1961年冬天的时候。为的是他交给了我们一本专写天津的散文集《津门小集》，都是他写于解放初期的，刚到四万字。内容很有特色，可是太薄，连书脊都印不了字，我想去和他商量，再补充一些篇章。他虽然态度和蔼，却坚持己见，说：将就着出本小册子吧，短期内我不可能写这类文章了。对孙犁同志的大作，怎么可以草率从事呢？何况百花文艺出版社从来都是慎重对待每一本书的，这真难坏了我们的社领导。美术编辑陈新同志开动脑筋，设计出了一种 690×960 毫米 1/32 的小开本。而且版心很小，每篇的篇题差不多占了半页，并配以精制的题头图，这样，四万字也就不显得太薄了。书印出来以后，小巧玲珑，摆在那一本本厚重的大书中格外出色，尤其陈新同志设计的封面，使得这本小书成了一件完美

1962 年出版的孙犁《津门小集》，拉开了百花文艺出版社“小开本散文”出版序幕

1961 年天津图书出版业部分党团员合影，后排右三为董延梅，后排左二为陈新

倪斯霆收藏

的艺术品。封皮是浅灰色的,横写的书名下画着一个四方形的小图案,用蓝颜色在里边画了塔松和海河边的解放桥的桥影。这书送到孙犁同志面前时,他也十分赞扬。

1950 年在知识书店从事美术编辑工作的陈新(左一),是他创意设计了“百花散文小开本”

倪斯霆收藏

需要说明的是,对该书“开本”的通俗解释,应为:将 690×960 毫米的小整张纸裁切成 32 页,最终形成外观尺寸是 115×164 毫米的小 32 开本。而且该书的字数亦非“四万字”,而是 28000 字。

“百花小开本散文”的“始祖”,就这样在几乎“无计可施”的情况下,被逼迫亮相了;其实它也成了新中国成立后,各种“标新立异”的“口袋书”之“始祖”。然而让“百花”社始料不及的是,这个“将就”着印制的“小开本”,甫一上市,便受到读者的热捧,很快又印了第二版。这给“百花”社决策层很大启发,于是,被后来研究者称为“百花小开本现象”的大戏便开演了。对此,延梅老师记忆清晰:

1965 年,陈新(右)与曾任百花文艺出版社美术编辑的吴燃(左)、张德育(中)合影

倪斯霆收藏

> 那时,百花文艺出版社已开始酝酿有计划地编辑出版散文集。社领导决定,今后凡是抒情散文集都采用这种开本和版式设计,并印制成平装、半精装、精装三种形式。平装的是纸

> 面、带折口；半精装的是布脊纸面加硬衬飘口；精装用麻绸封面，外罩纸的封套。自 1962 年以后至“文革”前，百花文艺出版社出版的一套抒情散文集，都是这样装帧设计的，在读者和作者中引起了广泛的影响。有的作家，愿意把他的散文稿投寄给百花文艺出版社出版，不能说这种装帧设计不是一种促进。“文革”前，这套小开本散文，共出版了 13 种，而《津门小集》应该说是它们的始祖。
>
> 1979 年底百花文艺出版社复社后，又继续坚持编辑出版散文的传统特色，到目前为止，已出版了 60 余种。而且仍然采用了小开本的装帧设计，只是由于客观形势发生的变化，和限于主观力量的不足，不能沿用三种形式，只用了一种纸面加硬纸的。

在当代著名作家中，对“百花小开本散文”最情有独钟者，应该说正是“逼促”此种开本形成的孙犁老人了。据延梅老师追忆：“打倒‘四人帮’以后，孙犁同志病体康复，写了大量的文艺随笔、杂谈等形式的散文，受到了广大读者的推崇。百花文艺出版社理所当然地接受了出版他这些著作的光荣任务。自 1979 年 8 月以来至目前为止，已出版了他六本散文集：《晚华集》《秀露集》《澹定集》《远道集》《尺泽集》《陋巷集》。也许因为孙犁同志对小开本偏爱，他的这六本书仍然都用的是小开本。至于参加这些散文集编辑工作的，那人数可就很多了，我只不过拜读过其中四本，而且责编也都不是我。他们和孙犁同志关系密切，经常到家中去拜访他，请教问题，对孙犁同志的写作动向十分清楚，因此，一有了好稿，他们都会约到。据说，今后每年差不多都可以编一本。”

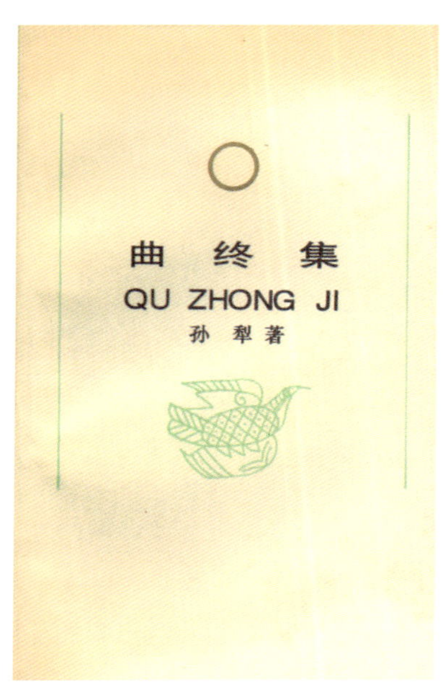

1995 年 11 月，百花文艺出版社出版了孙犁最后一部小开本散文《曲终集》

而事实也是如此，在各种版本的“孙犁文集”“孙犁全集”推出之前，当年孙犁几乎每年一本的作品集，初版都是由“百花”付梓的小开本，直至第十本《曲终集》。但需要指出的是，这套书的装帧设计虽然仍是陈新先生，但后来的开本尺寸已由过去的115×164毫米，变成了113×180毫米。

对此，“百花”资深编辑谢大光先生近期曾撰文道破谜底：“随着80年代末文学退潮，‘小开本’逐渐现出萎褪之相。先是发行科提出，现今打包、入库都机械化标准化了，‘小开本’开型特殊增加不少麻烦，书店也不愿给上架，最好不要用。美术室讲效率，‘小开本’题图尾花要看完稿子才能画出，也不受待见。1992年我为孙犁编《如云集》，原本自1979年《晚华集》开始，孙犁每年在‘百花’出一部耕堂随笔，都是‘小开本’，《如云集》已是第七本，发行科坚持改成长32开，否则不开印，我怕耽误出书，妥协了，拿到样书，孙犁倒没说什么，我心里别扭了好久。以孙犁著作肇始的‘小开本’，竟然不能善始善终。最后终结‘小开本’的，是市场的无情之手。从开始起印万册以上，还需重印，下滑到不足千册，进入90年代，发行科干脆报不出印数了。邵燕祥的《小蜂房随笔》1989年付印，先等‘精神’，后等印数，干等了四年，直到1993年才勉强开印一千册，成了‘最后一个莫希干人’。最可惜赵鑫珊、禾子（季红真）、卫建民三个人的散文集，我约来的稿子，已经列入计划，发排改出清样，因迟迟没有印数，时间过长，无法向作者交代，只好退稿。”

至此，在文学圈与读者中颇获佳誉的“百花小开本散文”，就这样“幕落”而“剧终”了。

“神笔马良之父”洪汛涛忆《童话》十年

如今提起洪汛涛，恐怕知之不多，但若说起《神笔马良》，则会唤起几代人的记忆。1954 年，《新观察》第 3 期推出了洪汛涛这部成名作，瞬间便风靡全国，童话主人公马良也成为那个年代中国儿童智慧、勇敢和正义的化身。

据作者后来披露，该作品本来是一个长篇童话，他在 1940 年代便写出了长篇创作提纲，新中国成立后，由于种种原因只写成了一部 15000 字的小中篇，然而《新观察》发表的时候，却被压缩成了 5000 余字。为补遗憾，他随后又创作出了 50 回 10 万多字的长篇《神笔马良正传》，交海燕出版社出版。与此同时，他还将其改编为木偶动画电影《神笔》，由上海电影制片厂出品后，先是获文化部 1949 至 1955 年影片编剧一等金质奖章，随后成为第一部在国际上获奖的中国美术片。

著名画家程十发为少年儿童出版社 1956 年出版的《神笔马良》所作插图

倪斯霆收藏

受此影响，在此后的岁月，洪汛涛将毕生精力倾注于儿童文学的创作与研究，不但与叶圣陶等同列“中国童话十家”，而且还被誉为“神笔马良之父”。

新时期到来，又是洪汛涛率先出手，与新蕾出版社共同办起了国内首家童话刊物，给经过多年严寒的童心以温润。现今的中年人，少年时代得到《童话》滋养者，应不在少数，近年旧书摊上，收集配套当年《童话》渐成热门，便是例证。而且，人们在珍藏“童心”的同时，也在渴求着有关当年《童话》的传说。也正因此，洪汛涛刊发在 1989 年 10 月 28 日《天津书讯》上的那篇《〈童话〉十年》，便显得珍贵。现为保存文化史料计，我将其摘编如下。

《童话》十年

洪汛涛

1989 年 10 月 28 日《天津书讯》报刊出的洪汛涛文章

文章开篇先是回顾：“‘文革’前夕，童话已被折腾得奄奄一息，为求得童话的生存，我和钟子芒同志曾在上海少儿社编过一个童话丛刊，叫《童话一集》，想一集、二集、三集地办下去。可是，打好了清样，就要开印了，又因种种罪名，被扼杀了。”到了“‘文革’结束后，童话是最先苏醒的。钟子芒同志已经去世。我多么想能把童话刊物办起来。”正所谓“无巧不成书”，正在他有此念头时，天津的朋友上门了——

> 正在想，天津新蕾出版社的编辑柯玉生同志出现在我家门前。他回出版界不久，就想着这件事，而且他们还有具体的打算，要办一本童话的刊物。
>
> 我们想到一块去了，都非常高兴。说办，就办了。
>
> 消息一传出，童话界的朋友们都十分的支持。新蕾出版社敦请了各方面代表性的童话作家、理论家、翻译家、画家，叶圣陶、叶君健、包蕾、华君武、任溶溶、严文井、陈伯吹、陈子君、张天翼、金近、郑文光、贺宜、洪汛涛、黄庆云、葛翠琳（笔画序）十五位为顾问。
>
> 德高望重的童话前驱叶圣陶，为《童话》写了刊名，我国最早写童话的大家茅盾题词祝贺：“为童话之百花齐放而努力！”

随后，在“1979 年，那个很冷的冬天”，正在北京为全国少年儿童文艺创作评奖的洪汛涛，便被新蕾出版社拉到了天津，在一家小旅馆的床铺上，他和柯玉生摊开了众多稿件，共同编出了《童话》创刊号。

叶圣陶 1979 年 11 月 21 日为《童话》丛刊题写的刊名

《童话》创刊号，除了叶圣陶、茅盾两位老人的题签、题词外，笔谈中，有冰心的《我的祝愿》，高士其的《插上幻想的翅膀展翅飞翔》，严文井的《童话的题材很多》等等。

作品中，最为瞩目的是张天翼的长篇连载《秃秃大王》（分两期登完）。《秃秃大王》，是张天翼的童话力作，和他的《大林和小林》一样影响深远，是我国童话宝库中的一颗明珠，虽然写之于1933年，但新中国成立后从未发表过，许多人想读而难以读到，更其可贵的是张天翼已生病，但还是逐字逐句的作了修订，《童话》所发表的《秃秃大王》，是这一名作的最后定稿。

此外，在创刊号上，据洪汛涛回忆，还有戈宝权、叶君健、葛翠琳、任溶溶、包蕾、沈寂、郭风、郑文光、叶永烈等名家及他自己的作品。“这一辑《童话》，由于网罗了我国当代第一流的童话名家的新作品，以及风格、样式、品种的多样，它是十分有分量的，厚厚350页，真可谓‘掷地有声’。《童话》的出版，在儿童文学界是一件震撼人心的大事。当时国内的许多报刊，都介绍了这本丛刊，而且影响也到了国外，国外研究中国儿童文学的学者们，要了解中国的童话，都要找《童话》。”

《童话》在出版了18辑后，便到了1989年。据洪汛涛统计：这十年中，《童话》发表过陈伯吹、贺宜、金近、方轶群、梅志、黄庆云、宗璞、吴梦起、黄衣清、孙幼军等老一辈童话作家的作品，也发表了大量新一辈童话作家的作品，如郑渊洁、秦裕权、高洪波、夏辇生等。但也是在这十年中，随着国外儿童读物和影视的引进，国内出版界也刮起了一股“模仿”风，对此，洪汛涛写道：

十年来，《童话》一直是一本严肃的刊物。这里说的严肃，是指《童话》的编辑方针和态度的严肃，并非说《童话》所发表的作品板着一脸面

新蕾出版社出版的《童话》丛刊封面

孔教训孩子的严肃，是和当前有的少年儿童报刊的“趋时媚俗”这一现状相对而言的。我们回顾十年中，当日本科幻卡通《铁臂阿童木》风靡之时，我们就出现了大量的模仿阿童木的作品。后来卡通《米老鼠和唐老鸭》走红起来，我们看到了众多米老鼠唐老鸭式的作品，最近，又出来一个《变形金刚》，变形金刚那一类的故事，又成了一些人写作的效法对象。童话借鉴是可以的，但是照搬，而且照搬成风是不能赞成的。何况，《铁臂阿童木》是童话吗？《米老鼠和唐老鸭》是童话吗？《变形金刚》是童话吗？

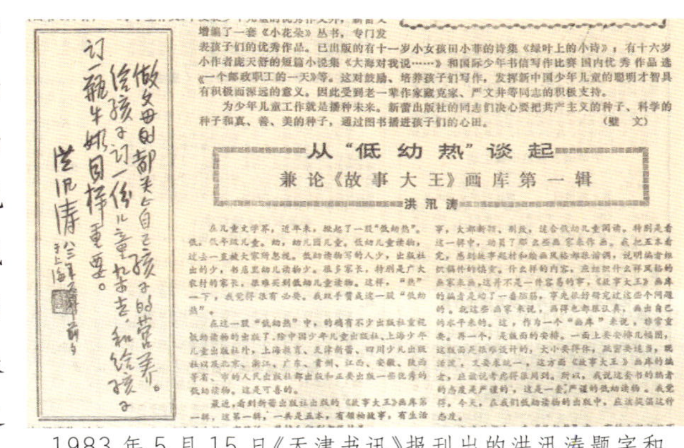
做父母的都关心自己孩子的营养。给孩子订一份儿童报刊，和给孩子订一瓶牛奶同样重要。
洪汛涛 八三年于上海

增编了一套《小花朵》丛书，专门发表孩子们的优秀作品。已出版的有十一岁小女孩田小菲的诗集《绿叶上的小诗》；有十六岁小作者庞天舒的短篇小说集《大海对我说……》和国际少年书信写作比赛国内优秀作品选《一个邮政职工的一天》等。这对鼓励、培养孩子们写作，发挥新中国少年儿童的聪明才智具有积极而深远的意义。因此受到老一辈作家臧克家、严文井等同志的积极支持。

为少年儿童工作就是播种未来。新蕾出版社的同志们决心要把共产主义的种子、科学的种子和真、善、美的种子，通过图书播进孩子们的心田。（璧 文）

从“低幼热”谈起

兼论《故事大王》画库第一辑

洪汛涛

在儿童文学界，近年来，掀起了一股“低幼热”。低，低年级儿童。幼，幼儿园儿童。低幼儿童读物，过去一直被大家所忽视。低幼读物写的人少，出版社出的少，书店里幼儿读物少。很多家长，特别是广大农村的家长，很难买到低幼儿童读物。这样，“热”一下，我觉得很有必要。我双手赞成这一股“低幼热”。

在这一股“低幼热”中，的确有不少出版社重视低幼读物的出版了。除中国少年儿童出版社、上海少年儿童出版社外，上海教育、天津新蕾、四川少儿出版社以及北京、浙江、广东、贵州、江西、安徽、陕西等省、市的人民出版社都出版和正要出版一些优秀的低幼读物，这是可喜的。

最近，看到新蕾出版社出版的《故事大王》画库第一辑，这第一辑，一共是五本，有植物故事，有生活故事，大都新颖、别致，适合低幼儿童阅读。特别是看这一辑中，动员了那么些画家来作画。我把五本看完，感到故事题材和绘画风格都很协调，说明编者组织稿件的慎重。什么样的内容，应组织什么样风格的画家来画，这并不是一件容易的事，《故事大王》画库的编者是动了一番脑筋，事先很好研究过这些个问题的。就这些画家来说，画得也都很认真，画出自己的水平来的。这，作为一个“画库”来说，非常重要。再一个，是版面的安排。一面上要安排几幅图，这版面是很难设计的，大小要得体，疏密要适当，既活泼，又要求统一，这方面《故事大王》画库的编者，应该说考虑得很周到。所以，我说这套书的编者的态度是严谨的，这是一套严谨的低幼读物。我觉得，今天，在我们低幼读物的出版中，应该提倡这种态度。

1983 年 5 月 15 日《天津书讯》报刊出的洪汛涛题字和文章

随后，他又对当时的部分儿童读物提出质疑：“有的作品，写得像外国翻译过来的，认为这样才够味，才是新童话。有的作者连作品中的人物（或动物）非起个洋名字不可，不起洋名字就写不了作品。有的童话，连篇蓦然、须臾、倏地、尔后、啁啾、悱恻、呢喃、彷徨、忐忑，这类孩子听不懂的陈旧词语，卖弄斯文。有的前言不对后语、大段大段不用标点，糊弄小读者。市上还流行一些巧克力警长探案，泡泡糖小姐失踪，黄瓜大王和西红柿骑士打仗，W 星球入侵 B 星球，瞎七搭八的胡闹作品，也还有一种拖鼻涕大奖赛，肚皮上装拉链，放屁大王打擂台，粪壳螂做寿，连题目都不堪入目的肮脏作品。这些作品，随着当前各行各业强调‘经济效益’，正在败坏我们童话的声誉，污染少年儿童读者的心灵。”

其实，当年洪汛涛所质疑和批评的，在当今的儿童读物市场，照样存在，甚至有过之而无不及。故此，我们今天不仅要收藏“童心”，而且需要唤回纯洁美丽的“童真”，在这方面，让孩子们读读当年的《童话》，还是大有裨益的。

我给出版社多位编辑开“专栏”

三十余年前，我做《天津书讯》报编辑时，跑得最勤的出版社便是“百花”。原因除我个人喜好外，还出于该社有多位在全国文坛有影响的编辑，他们讲的“故事”和写的文章读者爱看。那时我不坐班，但每周大部分时间却泡在这个社，除和编辑们聊天组稿外，有时也参加他们的选题论证会。时间久了，我便被一些编辑的功力和阅历所折服，萌生了为他们在报上开专栏的想法。当时我找的第一位编辑便是理论室主任陈景春。

很快，景春老师的一组讲述冰心、巴金、老舍、郁达夫、丁玲、柳青、赵树理等现代文学名家处女作的稿子，就到了我手里。1985 年 5 月 30 日，这个定名为“走向文坛第一步”的专栏如期面世，很快就引起反响，认为不仅是讲文坛轶事，而且是融入了作者的考证与思考，具有理论意义。也正因此，该专栏一直连载到翌年年底。

或许我那时就有“史料癖”，记得就在这组连载结束不久，我曾向景春老师提出再开一个有关“百花”出书掌故的专栏，但他拒绝了，我感到当时他似乎有顾虑。对此事我一直“耿耿于怀”，好在两年后，由于机缘巧合，我如愿地约到了更资深的老编辑董延梅老师的“编书忆旧”，这个专栏在报纸上连载了近两年，颇受好评，如今已成为难得的当代出版史料。

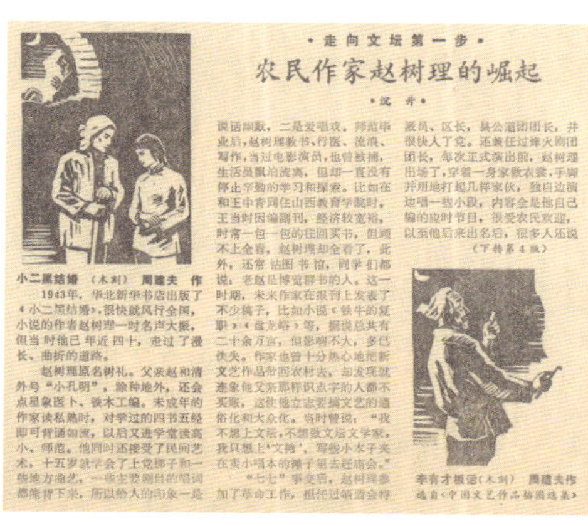

·走向文坛第一步·

农民作家赵树理的崛起

·沈 井·

小二黑结婚（木刻） 周建夫 作

1943年，华北新华书店出版了《小二黑结婚》，很快就风行全国，小说的作者赵树理一时名声大振，但当时他已年近四十，走过了漫长、曲折的道路。

赵树理原名树礼。父亲赵和清外号“小孔明”，除种地外，还会点星象医卜、铁木工编。未成年的作家读私熟时，对学过的四书五经即可背诵如流，以后又进学堂读高小、师范。他同时还接受了民间艺术，十五岁就学会了上党梆子和一些地方曲艺，一些主要剧目的唱词都能背下来，所以给人的印象一是说话幽默，二是爱唱戏。师范毕业后，赵树理教书、行医、流浪、写作，当过电影演员，也曾被捕，生活虽飘泊流离，但却一直没有停止辛勤的学习和探索。比如在和王中青同住山西教育学院时，王当时因编副刊，经济较宽裕，时常一包一包的往回买书，但顾不上全看，赵树理却全看了。此外，还常钻图书馆，同学们都说：老赵是博览群书的人。这一时期，未来作家在报刊上发表了不少稿子，比如小说《铁牛的复职》《盘龙峪》等，据说总共有二十余万言，但影响不大，多已佚失。作家也曾十分热心地把新文艺作品带回农村去，却发现就连象他父亲那样识点字的人都不买账，这使他立志要搞文艺的通俗化和大众化。当时曾说：“我不想上文坛，不想做文坛文学家，我只想上‘文摊’，写些小本子夹在卖小唱本的摊子里去赶庙会。”

“七七”事变后，赵树理参加了革命工作，担任过牺盟会特派员、区长、县公道团团长，并很快入了党。还兼任过烽火剧团团长，每次正式演出前，赵树理出场了，穿着一身家常衣裳，手脚并用地打起几样家伙，独自边弹边唱一些小段，内容全是他自己编的应时节目，很受农民欢迎，以至他后来出名后，很多人还说

（下转第4版）

李有才板话（木刻） 周建夫作
选自《中国文艺作品插图选集》

陈景春的《走向文坛第一步》1985 年 10 月 15 日在《天津书讯》报连载

现在想来，景春老师可能是受到了延梅老师这组“忆旧”的激励，不久他便找到我，说也有了写回忆

的想法。我当然欢迎，并和他共同拟定了专栏名称“编辑生涯忆片”。对此，景春老师曾在近年的一篇文章中有所记述：

> 1996 年（应为 1995 年）4 月，《天津书讯》报的编辑倪斯霆先生约我写一组回忆录性质的文章，我对这一提议亦颇感兴趣，遂把几十年来编辑工作中一些自以为值得回忆或有点兴味的东西加以整理，按照真人真事的原则，以《编辑生涯忆片》为总题逐篇发表。写到二十余篇时，由于该版责编换人而终止。

景春老师这里说的“该版责编换人”，是指 1996 年我被上级机关调到出版局出版研究室工作。由于我的工作调动，景春老师的连载便也“戛然而止”了。报刊上随写随刊的作品连载，作者如果失去了编辑的督促，往往会造成“半途而废”。如今想来，如果我的工作不调动，或者调动了我将此连载的后续工作安排好，景春老师的“编辑生涯忆片”或许会善始善终。以他的经历和功力，这将是结集后非常有史料价值的一部厚书。但由于我的问题，致使连载中断史料无存。今日今夜，思及此事，我在感觉异常遗憾的同时，也深深感到对不起景春老师。

1995 年 4 月 30 日，景春老师的“编辑生涯忆片”专栏甫一推出，其内容的史料性和经验之谈，便受到业内称道。如他在连载首篇《从作者到挚友》中讲道：

编辑生涯忆片

从作者到挚友（上）

沉 井

一个编辑和作者若能发展成为真正的朋友关系，虽然需要大量真诚的感情投入，但收益也是丰富的，甚至可享用终生。这是我和作家张长弓四十余年的交往中悟出来的一点道理。

六十年代初，我国文坛处于一个短暂的松动期，创作出现了繁荣的势头，但出版社的质量要求很高，宁缺毋滥。所以，拿到高质量的好稿，就成为编辑的一项重要工作。我初到“百花”小说组，除了参加每年一、两次的“大组稿”活动外，自己也独创了一些组稿方法。比如，我爱泡在资料室里浏览各种文学刊物，发现当时有些作家颇为活跃，经常发表佳作，遂把这些作家按姓名立“户头”，以卡片的方式随时把他的作品一一登记。这样经过一个时期的积累，即可看出哪位作家发表了多少作品，是否可以出个集子了？现在还能回想起来的，被我登入卡片的作家有林斤澜、浩然、王愿坚、吉学沛、高缨等人。除北京的几位随时面谈外，其他都有信件联系。张长弓正是其中的一个，大约1962年秋，经领导批准后，我主动去信向他约稿。

想不到反映很快，一个多月后，就收到了张的来稿。记得那是一个又大又厚的封套，打开来看，除了一封热情洋溢、表示感谢的信和作者所在单位的证明书（当时都要有这种证明）外，大约有七、八十篇稿件，其中大部分都是报道新人新事的“豆腐块”和千字文，真正有点文学味道的没有出我“卡片”的范围。这使我一下子傻了眼，因为照原来估计，卡片上记的只是作家作品的一部分，如果只有这部分，距出一本书的要求还有一大截；何况从稿件的整体面貌看，是个庞杂凌乱的“大杂烩”，明显的“业余”水平。是退稿还是补充？我犹疑不决地和小说组组长周艾文同志商议，考虑到来稿有些篇章质量确实不错，主要是有扑面而来的生活气息，从这点看作者可能是位有生活基础，有发展潜力的新苗，于是决定发挥编辑的“催生作用”，去信热情鼓励并希望再补些新稿。果然不出所料，作者正处于创作的旺盛期，几月后，就补寄了质量相当不错的几篇，其中有发表稿、清样和刚刚写好的手抄稿。经修改审定后，编为一本名为《凌晨》的短篇小说集，正式出版。有趣的是，这本书既是作家张长弓的第一次出书，也是我独立编发的第一本书，可惜这本书现在已找不到了。定稿前后，和作者来往信件频繁，张还从呼和浩特专程来津面谈。此君性格豪爽，侠肝义胆，对百花以及我个人出版了他的第一本书怀有一种知遇之情，念念不忘。以后张又多次来津，每次必定和我以及周艾文小聚，谈得十分投机，成为亲密的好友。渐渐地和社里很多人都熟了，大家亲昵地称他为“长弓”，“长弓”也就成为编辑部内经常提起的话题，大家心照不宣，都在期待着他的下一部力作，谁知等来的竟是史无前例的“大革文化命”。

“文革”中，“百花黑店”被砸烂，长弓也被扣上了数顶吓人的大帽子，其苦可知。七十年代初，刚刚获得了有限自由的长弓，就主动来信，而且表示要继续创作，这在当时虽然有些出人意外，我们还是表示欢迎，后来他来津数月，住在赤峰道131号出版社的招待所中，修改一部写于文革前的旧稿，一个反映“乌兰牧骑”生活的中篇。刚刚恢复了业务工作的编辑部惊魂未定，怕人说“黑线回潮”，提了不少“突出政治”“以阶级斗争为纲”之类的馊点子，经修改后于1973年6月正式出版，书名《草原轻骑》，吕锡华同志与我合编，全书14万字，印20万册。这部书在“工农兵占领舞台”的年代里，却写了一批文艺工作者，题材比较新颖，但由于编辑在主题上强行拔高，质量受到不小影响。其实，作为我们个人来说，对当时“江记帮规”那一套是反感的，但一旦以编辑这个社会角色出现时，却又不得不贯彻当时占统治地位的那一套，这在编辑工作中似乎也带有规律性。

本版责任编辑：倪斯霆

陈景春的《编辑生涯忆片》1995 年 4 月 30 日开始在《天津书讯》报连载

我初到“百花”小说组，除了参加每年一、两次的“大组稿”活动外，自己也独创了一些组稿方法。比如，我爱泡在资料室里浏览各种文学刊物，发现当时有些作家颇为活跃，经常发表佳作，遂把这些作家按姓名立“户头”，以卡片的方式随时把他的作品一一登记。这样经过一个时期的积累，即可看出哪位作家发表了多少作品，是否可以出个集子了？现在还能回想起来的，被我登入卡片的作家有林斤澜、浩然、王愿坚、吉学沛、高缨等人。

而他单独责编的第一本书，就是以这种方式于1962年发现的内蒙古作家张长弓，并为其出版了单行本处女作《凌晨》。此后，他又以“短篇钓长篇”的方式，约来了张长弓的《草原轻骑》《漠南魂》，以及张孟良的《血溅津门》。

除景春老师和延梅老师外，我还为“百花”社的李克明、黎华、闻树国等编辑开过专栏。这其中，尤需一记的是闻树国的专栏。

我与树国兄相识于1985年前后，他长我五岁，当时我们都不到三十，但他看书之多成熟之甚却让我吃惊。那时他不但在创作上标新立异，已是全国颇有影响的随笔作家和文化学者，而且在执掌“百花”大型文学期刊《小说

1990年9月，本书作者(右二)与《小说月报》主编李子干(左三)，《小说家》副主编闻树国(右一)、高维晞(右三)及编辑贾春颖(左二)、邵卓(左一)在赴烟台笔会的船上

倪斯霆收藏

1990年9月，本书作者(左)与闻树国在威海合影

贾春颖摄

失落（上）

《徘徊在书外的感觉》之四

品书写意

1992年4月30日《天津书讯》报上刊出的闻树国《徘徊在书外的感觉》连载

家》的编务。由于我俩共同话题多，结识不久便成好友。

记得是在1990年秋天，《小说家》在烟台开笔会，我有幸被他拉去“凑数”。在由塘沽赴烟台的船上，因为浪大船颠，我无法入睡，便拉着正在看英国詹姆斯·乔治·弗雷泽所著《金枝》的他，一同来到船尾甲板闲谈。话题就从《金枝》说起，他讲了这部探求神话和宗教仪式的书对他的启发，以及由此阐发的对文学的解读。尽管当时我几乎听不懂，但隐约感到他的话题在陌生中又有些同感，似乎说到了我在读书中的一些感觉，于是便建议他写成文章，让大家慢慢细品。

岂料他说，这不是一篇文章能够说清楚的，而是需要用一系列文章来阐述。那一刻，我没有犹豫，立即约他在报纸上开专栏，由我做责编。而他反倒有些犹豫，顾虑读者对这种需要认同才能理解的深奥理论和欧化的表述方式难以接受。我说咱们试着做，如果读者不买账，再想办法调整。经不住我的彻夜游说，在海面升起第一缕霞光的时候，他答应了，并经过反复磋商，将专栏名称定为《徘徊在书外的感觉》，他说这是借用国外一个名人的语言。

从烟台回来不久，他便将一沓手稿交给了我。我一看首篇《孤独》开头的第一句话，就傻了——

> 后来，你发现你先前所有的不适，都是因为你和你所生存的环境产生了厚厚的一层隔膜，那是长满了一手的老茧。

1997 年，闻树国将在《天津书讯》报上的连载结集为《徘徊在书外的感觉》由东方出版社出版，此为他送给本书作者的样书及题字

读书多年，还没见过用"后来"做文章开头的。我立马去出版社找他，提出这样的文字可不好登。他急了，说告诉你不适合登你非要我写，下面的文字都是这样！我求他下面的文字能否收敛些，起码要让人看得懂。谈判结果，是双方都迁就一下，他可以"天马行空"地"感觉"，但文字不要太艰涩。他在将文章改过一遍后，这组"感觉"终于在 1991 年的夏天于报上连载了。

果不出我们所料，文章一面世，编辑部内外纷纷说看不懂。我虽然顶着压力继续登，但心里也在打鼓，并做好了"腰斩"挨他骂的准备。然而事情慢慢起了变化，这组文章在知识界和年轻人中有了反响，而且反响越来越大，一些青年学者和大学生为了看连载，还寄钱到编辑部要求邮购报纸。当然，说看不懂的人们照样存在。就这样，该专栏硬挺了两年多，共连载六十多篇。1997 年，东方出版社将连载结集出书，书名袭用了专栏的名称，发行量达到 6000 册。

在此书前后，树国兄还相继出版了《传说的继续——中国神祇的性与创造力》《祭奠耶稣：〈圣经新约〉批判》《〈山海经〉批判——挑剔经典，耳语众神》等多部专著。后来，他因圈内均知的原因，调到了天津作协；再后来，他借调到了人民文学出版社，主持《文学故事报》的编辑工作。这期间，他多次返津与我探讨、交流编报业务。

然而，天妒奇才，就在他对自己此后的生活和事业充满信心的时候，却不幸于 2001 年腊月初九故于一次本不应发生的意外，年仅 45 岁。其时他与我在津分手不足半月，那次他带着朋友的孩子来津，让我找快板书名家张志宽做辅导，当时我给他和张志宽及相声名家马志明等拍了多张合影，但照片尚未寄出，便闻知了这个不幸。那一刻，我在感到生命无常的同时，也只能仰天长叹，任泪水不住地流了……

后 记

近年总有一种忆旧的冲动。

年届花甲，人生的一些事情已然淡忘，但有些经历，却是挥之不去。这其中，经常萦绕脑中的，便是20世纪80年代初的那些文馨与书香，以及与之相关的“故事”。

尤其是近年，这种冲动愈发强烈。这不仅仅因为那里有我青春年华的文学梦；也不仅仅因为那时年轻脑健记忆盛；更不是曾经有过的风华正茂与意气风发。

我回忆，我怀念，我遥想。因为那是一个有梦有理想的时空；那是一个有诗有文学的岁月；那更是一个思想解放洪流和新启蒙浪潮相互交织波涛汹涌的年代。余身有幸，不仅在该迈入社会的年龄欣逢此等春回地暖之世，而且作为一个钟情缪斯的文青，还幸运地融入了这个时空中充满着激情与诗情的火热年代，在亲历了文坛春光普照下书林复苏岁月的同时，更是亲身参与了其中的部分劳作。

不可否认，我涉入文坛书林并从事编辑工作的年岁，比同龄人要早。刚刚走出那所图书出版学校校门，20岁的弱冠之年，便被出版局领导“钦点”，有幸进入了与文人尤其是文坛名人打交道的《天津书讯》编辑部。虽然那时报纸还未面世，但前期的筹办与组稿，已让我以小小的年纪过早地领略了当年文坛耆宿与新锐的风貌，并受他们感召，终生从事了职业文字编辑与业余文学研究工作。

岁月流转，随着年岁增长与阅历渐丰，虽然自以为身入儒林浪迹文坛日久，已谙此中“江湖”之道，但思考过多有时也反受其扰。近时便有一个尚未完全参透的世相让我困惑——当年的那些文坛耆宿，为何那么宽厚、谦逊甚至内敛。作为一个地方图书评介小报的编辑，我在没有事先预约，单位没有任何知名度，甚至报纸尚未创刊彼此互不相识的状态下，突然闯入其宅并提出唐突约稿和访谈。因了文学的缘分,迎接我的,总是热情的接待和随后的畅聊。尽管此刻他们或是在休息,或是在写作,或是在进餐。而在告别之后,我又是总能在约定的时间,收到他们的来稿或没有任何酬报的题词、书画。要知道,他们中的绝大部分人在共和国成立前后便已著名,有些更是现当代文学史上"地标"性人物。然而反观当下文坛,未经坎坷一夜爆红的名人甚至所谓"名人"的虚张声势甚或恃才傲物,已非个案。是时代变了,风气变了,还是人变了,我至今也没有彻底想明白。

因此,我忘不掉那个生活中充溢着文学的年代,怀念那些真正著名的文坛老人,总是在遥想着当年那些让我感奋的文人事。于是,便有了这本提前到来的拙著中的诸多回忆与感悟。称此书为提前到来,是因为我近年虽然常常陷入忆旧之中,但写作此书的计划,原是想放在已渐临近的退休后,那时我将有更充裕的时间,对当年一些文坛现象也许沉淀得更多,想的也许更周全。然而一个意外改变了我的算计。

2015年伊始,长年伏案的父亲突染重疾,此后便是频繁的住院与家疗。那段时间,我和家人基本上是陪伴在父亲左右。有时夜深人静,我看着一生著述不倦,并已成为海内外中国曲艺研究领域公认名家的父亲,在逐渐走入生命的尽头,而高科技、大医院和亲人们对此却是束手无策,我在感到绝望的同时,也深深体悟到了生命的无常。为了冲淡心中的焦虑,也为了不想虚掷时光,我有了在父亲病榻旁写作的想法。由于我写作的主业是中国现代通俗文学研究,而要操此主业,离不开我那间资料充盈的书房。对此,无论是医院,还是父母家中,都无法得到满足。于是,我想到了几年后只需报纸合订本与当年采访笔记就能完成的那个计划,而且随后便付诸了行动。

岂料先写出的七篇蒙《今晚报》副刊部主任王振良和编辑彭博二兄不弃,立马在副刊"星期文库"刊出后,不但得到了文学与出版界老朋友们的首肯,同时也得到了部分读者的垂爱。当年正月初六,我挤出时间参加"贺岁书"签售时,便有数位读者拿着集有这七篇文章的本子让我签名。这让我有了动力,在此后近一年的日子里,我便在护理父亲的间隙继续见缝插针地写这组"忆旧"。翌年早春,81岁的父亲走完了他的生命之旅,而我也断断续续写出了数十篇"文坛春天"的"记忆"。如今读来,虽然笔调略显沉重,但它毕竟是我在经历生死别离折磨后一种渴望打捞的"记忆"。

2016年春夏之交，已渐趋平静的我，将这组文稿重又整理一番，选出其中20篇，交给了主持《天津日报》文艺副刊的罗文华兄，很快便被他在“沽上丛话”栏目连载。这期间，不但其他纸媒时有摘编，而且新华网、人民网等主流媒体网站也做了多次转载。一年后，在文华兄的邀约下，文稿中的另外十余篇又在其主持的文艺副刊上，以“文坛忆旧”栏目刊出。随后，我又将文稿中有关天津出版史料的内容加以整合，交给了《今晚报》振良和彭博兄，很快这组以“津门怀书录”为栏目的连载也于2007年底亮相。

这样，在经过《天津日报》与《今晚报》的四次连载，这组文稿便有了四十余篇。在今年秋初的一次文友晚宴上，天津社会科学院出版社张博社长与韩鹏兄与我聊起了这组文稿，他们认为有结集出版的价值，鼓励我尽快整理出来交给他们。这让我受宠若惊，于是归家立刻挑灯夜战，在将已刊出的所有文章均进行了整理补充甚至是重写后，又新撰了有关浩然、冯骥才、来新夏等人的篇目，最终编定文章47篇。虽然目前书稿尚未面世，但我对这些文字在曾经和即将面世过程中，罗文华、王振良、张博、韩鹏、彭博诸兄及刘云云、白丽两美女所给予的帮助，表示深深的感谢。同时更要感谢上海远东出版社黄政一主任，因为此书选题，便是政一兄与我在天津意大利风情区夜晚喝啤酒时聊出来的。近来我也常想，如果换个角度看，这些文字与其说是我在陪伴父亲的间隙写出的，毋宁说是父亲在重病中监督我完成的。如今它能付梓出版，也应该是对父亲的一种别样怀念与纪念吧。因此，感恩父亲。

此外，需要重点说明的是，书稿文字就是诸位看官即将看到的这些尚不成熟的文字，但收入此书的大量图像却是弥足珍贵。尽管全书所涉及的现当代文坛大家们的照片，我们此前已看到很多，然而此书所收录的绝大部分照片，则属首次面世。这些最新曝光的照片，都是当年编辑部摄影记者王学浩、姜德君两位老兄及我本人现场亲自拍摄的，它们在尘封近四十年后，能够初现在诸位看官面前，除了要感谢王学浩、姜德君二兄当年的辛勤奔波拍照外，更要感谢他们二人慨然允诺我将其收入书中。同时，我也要衷心地感谢著名作家方纪之子方兆麟先生及文坛名家韩映山之子韩大星先生，他们提供的父辈照片让本书趋于圆满。为表示对诸位先生的尊敬与谢意，我在书中所收照片下，均标注了照片摄影者与提供者姓名。

最后，再次感谢为本书作序的罗文华先生。他曾为我第一本书《旧人旧事旧小说》写序，此次再次求序于他，是因为他是我当年拜访那些文坛名家的知情者甚或是“目击证人”，请他出面提供“证词”，既可证实我的“实话实说”，又能多少冲淡些文中的“自吹自擂”。

倪斯霆

2019年国庆假期初稿于烟台旅次

2019年10月27日定稿于苏州大学“东吴论剑”，时值58岁生日